Anja Saskia Beyer
Inselliebe und Meer

TINTE & FEDER

Das Buch

Als Liz auf der Klippe stand und ins tiefblaue Wasser sah, wurde ihr wieder die besondere Magie der Insel bewusst.

Liz' kleiner Feinkostladen in Berlin steht vor dem Aus und sie fühlt sich einsam. Da kommt die Bitte ihres Großonkels, auf Mallorca nach einer alten Finca der Familie zu sehen, gerade recht. Aber wieso wurde um diese Finca all die Jahre so ein Geheimnis gemacht?

Auf der Insel schließt die junge Frau neue Freundschaften und trifft den attraktiven Olivenbauern Cristian, der sich zunächst abweisend verhält. Erstaunt stellt Liz fest, dass Cristian sich nicht nur aufmerksam um das Anwesen und die Feriengäste kümmert, sondern ihnen auch dabei hilft, ihren ganz persönlichen Neuanfang zu wagen. Liz fühlt sich wider Willen zu Cristian hingezogen. Doch der ist ein Mann mit Geheimnissen und scheint sich auf der Finca vor irgendjemandem zu verstecken …

Die Autorin

Anja Saskia Beyer studierte Theater-, Kommunikationswissenschaft und Werbepsychologie in München. Sie arbeitet erfolgreich als Drehbuchautorin und Dramaturgin für das Fernsehen. Seit 2013 schreibt sie auch Romane, darunter drei #1-Kindle-Bestseller und zwei #1-BILD-Bestseller, auch all ihre anderen Romane eroberten die Bestsellerlisten. Anja Saskia Beyer lebt mit ihrer Familie und ihrem Hund in Berlin.

www.facebook.com/AnjaSaskiaBeyer
www.Anja-Saskia-Beyer.com
www.instagram.com/AnjaSaskiaBeyer

ANJA SASKIA BEYER

Inselliebe und Meer

Roman

TINTE & FEDER

Deutsche Erstveröffentlichung bei
Tinte & Feder, Amazon Media EU S.à r.l.
38, avenue John F. Kennedy, L-1855 Luxembourg
September 2021

Umschlaggestaltung: semper smile, München, www.sempersmile.de
Umschlagmotiv: © Angelo Giampiccolo / Shutterstock;
© TashaSinchuk / Shutterstock; © K_Dreamcatcher / Shutterstock;
© alexkatkov / Shutterstock; © Paul shuang / Shutterstock;
© Balate Dorin / Shutterstock
1. Lektorat: Judith Zimmer, Hamburg
2. Lektorat und Korrektorat: VLG Verlag & Agentur, Haar bei München,
www.vlg.de

Gedruckt durch:
Amazon Distribution GmbH, Amazonstraße 1, 04347 Leipzig /
Canon Deutschland Business Services GmbH, Ferdinand-Jühlke-Straße 7,
99095 Erfurt /
CPI books GmbH, Birkstraße 10, 25917 Leck

ISBN 978-2-49670-729-8

www.tinte-feder.de

Kapitel 1

Türkisblau glitzerte das Meer in der Sonne, der Sand schimmerte beinahe weiß. Hier in der Nähe dieses Küstenabschnitts musste die kleine Finca liegen. Die »heruntergekommene Hütte«, um die er all die Jahre so ein Geheimnis gemacht hatte! Warum nur?

Liz gab Gas, fuhr mit dem gemieteten hellblauen Cinquecento rasant die kleine Straße am Meer entlang. Was für eine traumhafte Bucht. »Der Nordosten Mallorcas soll wunderschön sein«, hatte ihre Mutter gesagt. »Vielleicht geht es dir nach dieser Reise ja wieder besser«, klangen ihre Worte noch in Liz' Ohr. »Einsam zu sein ist wirklich schrecklich. Glaube mir, ich weiß, wovon ich rede.«

Liz' Vater war früh bei einem Autounfall gestorben und ihre Mutter, die ihn sehr geliebt hatte, versank nach der Arbeit in ihrem kleinen Frisiersalon lange in ihrer Trauer, konnte nicht für ihre Tochter da sein.

Liz seufzte, als sie an ihre Jugend dachte, auch damals hatte sie sich einsam gefühlt. Aber sie hatte gewusst, so eine Liebe wie die ihrer Eltern wünschte sie sich einmal.

Seit Liz die dreißig überschritten hatte, zweifelte sie allerdings daran, dieses Glück je zu finden. Gerade wieder hatte ihr ein Kandidat, den sie im Internet kennengelernt hatte, nach ihrem dritten Date per Kurznachricht abgesagt. Bevor Liz absagen konnte. Aber es schmerzte dennoch. Lange ging es ihr in Berlin, in dieser spannenden Stadt, in der sie seit elf Jahren lebte, mit ihren Freundinnen sehr gut, aber in den letzten Jahren hatten sich die, denen sie sich am nächsten fühlte, nach und nach verabschiedet. Entweder sie waren in andere Städte gezogen oder mit Mann und Kindern in den Speckgürtel. »Hey, das ist nur eine Stunde von Berlin«, sagten sie dann immer. Faktisch bedeutete es, dass man sich nur noch viermal im Jahr sah und wegen Kinderstress die Telefonate ständig weniger wurden. Vorige Woche war ihre letzte beste Freundin, mit der sie so oft beim Asiaten um die Ecke gesessen hatte, in die Uckermark gezogen, und seitdem fühlte sich Liz so richtig verlassen.

Sie blinzelte ihre Tränen weg, schaute auf das Meer, auf dem die kleinen Wellen glitzerten und schaukelten. Was würde sie auf dieser Insel, auf der Finca ihres Großonkels erwarten? Schaffte sie das, was er von ihr erwartete? Konnte sie über ihren Schatten springen?

Der Wind strömte durch die offenen Fensterscheiben. Rechts ging es steil eine Klippe hinab. Diese Ecke von Mallorca sah wirklich traumhaft schön aus. Liz blickte beim Fahren automatisch hinunter auf das in der Sonne glitzernde türkisblaue Wasser und atmete den salzigen Duft ein. Das Meer hatte schon immer eine anziehende Wirkung auf sie gehabt. Und wie immer, wenn sie etwas beim Autofahren ansah, lenkte sie aus Versehen in diese Richtung. Erschrocken merkte sie es in letzter Sekunde, riss das Lenkrad herum, der kleine Cinquecento geriet ins Schlingern, Kies vom Straßenrand spritzte auf. Liz schaffte es, den Wagen wieder unter Kontrolle zu bekommen, fuhr schnell weiter und atmete auf.

Gerade noch mal gut gegangen.

Sie liebte Geschwindigkeit. Schon als Kind war sie juchzend im Kettenkarussell herumgesaust, hatte sich gern im Kreis gedreht – was sie leider heute noch tat, dachte sie unwillkürlich. Sich im Kreis drehen wie ein Kreisel. Immer wenn eine Beziehung endete, folgten ein, zwei Jahre als Single. Dann mehrere Internet-Dates, eine kurze Liaison, dann wieder Einsamkeit. Sie hatte es so satt. Und es verletzte, tief. Wieso verliebte sich kein Kerl so sehr in sie, dass er bei ihr bleiben wollte, ein Leben lang? Ein Kerl, den sie selbst auch liebte, natürlich. Oder war sie wirklich zu gutmütig und ließ sich ausnutzen und immer auf die Falschen ein?

Eine männliche Stimme verkündete, dass sie gleich am Ziel ankommen werde. Es war nur das Navi, aber Liz dachte sofort darüber nach, was ihre Ziele im Leben eigentlich waren. Doch ehe sie weiter darüber grübeln konnte, ertönte: »Biegen Sie jetzt links ab.« Genau jetzt? In diesen staubigen Pfad? Liz lenkte irritiert nach links. Es ging an Olivenbäumen vorbei, die in trockener rötlicher Erde standen, und dann, wie von dem Herrn im Navi gewünscht, nach einigen Metern weiter um die nächste Kurve. Die Stämme der Olivenbäume sahen dick und verknotet aus, faszinierend, ihre silbrigen Blätter flirrten sanft im Wind.

Liz gab wieder Gas. Aber genau in dem Moment trat plötzlich ein Esel auf die kleine Schotterpiste, mitten auf den Weg. Sofort stieg sie auf die Bremse, Staub wirbelte auf.

»Huch, um Himmels willen!«, entfuhrt es Liz. Ein Esel! Der Wagen ruckelte und hüpfte, Schotter spritzte auf und in allerletzter Sekunde kam sie knapp vor diesem großen Tier zum Stehen. Es glotzte sie mit seinen dunklen Augen an. Die Vollbremsung hatte den Esel offenbar überhaupt nicht beeindruckt.

Erleichtert atmete Liz aus. Ihre Hände am Lenkrad zitterten, wie sie jetzt bemerkte. Sie liebte Tiere, hätte es sich nicht verzeihen können, wenn sie ihn angefahren hätte. Der Esel sah sie immer noch an und in seinem Blick erkannte sie überhaupt keine Furcht. Beeindruckend. Wie schaffte man das, wenn so eine Blechbüchse auf einen zuschoss? Und jetzt? Sollte sie hupen? Aber das hätte ihn unnötig erschreckt. Sollte sie aussteigen? Wieso nicht? Immerhin handelte es sich ja nicht um einen wilden Löwen, sondern nur um einen Esel, der da vor ihr stand. Bekanntermaßen fraßen diese Tiere einen Menschen nicht gleich auf. Und sie befand sich nicht in der Serengeti, sondern auf Mallorca. Dennoch hatte sie Respekt vor dem Tier. Es war ein mallorquinischer Esel in freier Wildbahn. Also ein wilder Esel? Gab es die hier überhaupt? Und wer wusste schon, wie die tickten? Der Esel blickte sie immer noch an. Was hatte er für schöne, dunkle Augen! Und diese langen, plüschigen Ohren. Verzückt betrachtete Liz das Tier. Es besaß dunkelbraunes Fell, um die Nase herum war es weißlich, um die Augen ebenso und auch am Bauch. Ein hübscher Esel, aber er stand hier mitten im Weg, und da sie weiterfahren wollte, musste sie ihn dazu bewegen, diesen freizugeben.

»Na du? Du Esel«, sagte sie durchs offene Wagenfenster. »Kannst du mal ein bisschen zur Seite gehen?«

Keine Reaktion.

Sollte sie höflicher mit ihm sprechen?

»Bitte, lieber Esel.«

Auch das beeindruckte den Esel nicht.

Liz hatte von ihrem Großvater, der ursprünglich von Mallorca stammte, aber schon seit den Sechzigern in Deutschland lebte, als kleines Kind Spanisch und Mallorquin gelernt. Sie stieg aus, ging vorsichtig einen Schritt auf den Esel zu, hielt inne, versuchte es auf Mallorquin. Immerhin handelte es sich ja mit ziemlicher Sicherheit um einen mallorquinischen Esel. Die deutschen sahen deutlich grauer aus. Aber auch Mallorquin schien der Esel nicht zu verstehen oder zumindest beeindruckte es ihn nicht.

Sie schüttelte amüsiert den Kopf. »Du sturer Esel, geh bitte endlich weiter«, redete sie jetzt wieder deutsch.

Sie trat noch einen Schritt näher, streckte erst mal ihre Hand aus und wartete ab, wie er reagierte. Da es ihn nicht zu interessieren schien, legte sie ihre Hand auf sein Hinterteil, um ihn mit leichtem Druck zu schieben, aber der Esel bewegte sich keinen Millimeter. Sein Fell fühlte sich nicht so weich an, wie es aussah. Liz überlegte, dann stemmte sie sich mit ihrem ganzen Körpergewicht dagegen, aber nichts half.

Liz hielt inne, wischte sich über die schweißnasse Stirn. Die Sonne stand hoch am blauen Himmel. Sie hatte zuletzt am Flughafen etwas getrunken, ihr Mund fühlte sich trocken an und sie wäre jetzt wirklich gern einfach angekommen und hätte eine frische Zitronenlimonade oder wenigstens kühles Wasser getrunken.

»O Mann, das darf doch nicht wahr sein! Jetzt bin ich sogar zu nett für einen Esel. Geh bitte weiter, du Esel!«

Ihre Mutter, die seit ein paar Jahren einen neuen Partner hatte, Gunther, den Liz nicht sonderlich mochte, machte sich neuerdings Sorgen um die Tochter in der Großstadt. Denn Liz hatte es mit Anfang dreißig immer noch nicht geschafft, ein perfektes Leben zu führen. Oder redete sich Liz das nur ein? Dass ihre Mum das dachte? Immerhin führte sie selbst keines. Und welches Leben war schon perfekt? Gab es das überhaupt, das immerwährende Glück? Man sollte das Glück besser in den kleinen Dingen sehen, das wusste man doch aus diversen Ratgebern. In dem feinen, von der Sonne gewärmten Sand zum Beispiel, der aussah, als würde man jetzt gern darin liegen, die Augen schließen und sich entspannen.

Es ärgerte Liz, dass sie ihrer Mutter kürzlich am Telefon die Wahrheit über ihr Leben in der Großstadt erzählt hatte. Von dem Gefühl der Einsamkeit, das sie in letzter Zeit so oft vor allem des Nachts beschlich. In ihrer Einzimmerwohnung in Moabit. Mehr konnte sie sich einfach nicht leisten.

Das alles hatte sich in der süddeutschen Provinz bis ins Nachbardorf zu ihrem Großonkel Alfonso, dem alten Griesgram, herumgesprochen. »Du bist zu gut für diese Welt, Kind«, hatte er am Telefon gesagt. »Du lässt dir viel zu viel gefallen. Deshalb findest du auch keinen ordentlichen Mann, Lizzy, und deshalb läuft es mit deinem Laden so schlecht. Dein Mitarbeiter, dieser langhaarige Dauerstudent, der tanzt dir doch auf der Nase herum.«

Liz hatte nett widersprochen. Zu gut für diese Welt konnte man doch gar nicht sein. Daran lag es bestimmt nicht, dass sie immer noch Single war. Oder immer wieder. Gefühlt immer. Und an Olaf, ihrem Mitarbeiter, lag es ebenso wenig. Oder doch?

Ihr kleiner mediterraner Feinkostladen in Berlin Prenzlauer Berg stand jedenfalls kurz vor der Pleite. *Ein* Grund war, dass die Konkurrenz an Feinkostläden jeglicher Art in diesem In-Kiez zu groß geworden war. Und Olaf, der die Buchhaltung übernommen hatte, weil er neben Philosophie auch ein bisschen BWL studierte, schien tatsächlich nicht wirklich begnadet in Steuerdingen zu sein. Seine Fehler hatten sie Geld gekostet. Aber sie konnte ihn doch nicht feuern. Er war sensibel und er brauchte diesen Studentenjob und allein an ihm lag es eben nicht. Sie selbst war auch kein Mathegenie, binomische Formeln sagten ihr schon immer so viel wie Hieroglyphen, und die Damen, die vor Olaf die Buchhaltung gemacht hatten, konnte sie sich nicht mehr leisten. Liz fühlte sich in letzter Zeit als Komplettversagerin.

»Du musst endlich lernen, nicht immer so nett zu allen zu sein«, hatte ihr Großonkel wiederholt gewettert. »Als Unternehmerin brauchst du Biss.«

Plötzlich hörte Liz die Stimme einer Frau, die »Oh, Picasso, was machst du denn hier?« rief. Kurz darauf erblickte sie auf dem Pfad zwischen den Olivenbäumen eine zierliche Frau in ihrem Alter. Sie hatte blonde Locken, trug einen Strohhut und ein langes, luftiges weißes Sommerkleid. Sie sah aus wie einer Shampoowerbung entsprungen.

Wie peinlich, durchfuhr es Liz. Sie stand hier, sprach mit einem Esel, war verschwitzt und fühlte sich elend. Was war nur mit ihr los? Sie brauchte eindeutig dringend eine Auszeit.

»Hallo«, sagte Liz und lächelte schief. »Picasso heißt er?«

»Ja. Alles in Ordnung?«, erkundigte sich die Frau freundlich.

»Na ja, geht so. Er ist so stur, er bewegt sich keinen Millimeter.«

»Picasso ist ein ganz Lieber, aber stur ist er wirklich. Wie sein Besitzer«, fügte sie leiser hinzu. »Soll ich versuchen, Ihnen zu helfen? Ich bin allerdings etwas in Eile.«

»Gern. Wenn es keine Umstände macht. Zu zweit ist immer besser als allein.«

Die Frau trat zu ihr. »Ich bin Isabelle. Und keine Eselflüsterin, aber wir versuchen es.«

»Ich bin Liz. Und danke.«

Isabelle streichelte den Esel am Kopf. »*Vamos*, Picasso!«

Aber der Esel genoss höchstens die Streicheleinheiten, blieb stehen und nichts tat sich.

»Wieso heißt er Picasso?«, fragte Liz amüsiert.

»Er trägt den Namen in Würde, wurde mir gesagt. Weil er offenbar etwas ganz Besonderes ist«, erwiderte Isabelle und schlug vor, ihn gemeinsam zu schieben. So stemmten sich die Frauen gegen das Hinterteil des Esels und drückten, was das Zeug hielt. Dabei rutschten sie nur in ihren Sandalen im Kiesboden weg, aber der Esel bewegte sich nicht. Isabelle rückte ihren Strohhut zurecht, atmete durch. »Tut mir leid, er scheint wirklich besonders zu sein, wie sein Besitzer gesagt hat. Ich muss jetzt wirklich.« Sie wirkte mit einem Mal bedrückt, sah auf den Boden, in Gedanken verhangen. Dann sah sie wieder auf. »Aber ich kann Ihnen Hilfe schicken, wenn Sie mögen. Leider einen

Mann, den Olivenbauern. Mir wäre es ja lieber gewesen, wenn wir Frauen das selbst hingekriegt hätten.«

Liz lachte auf. »Ja, mir auch. Egal, da stehen wir drüber. Vielen lieben Dank!«

»Gern.« Isabelle ging weiter, drehte sich noch mal um. »Hier drüben die Straße entlang am Meer gibt es übrigens mehrere entzückende kleine Läden, die verschiedenste mallorquinische Besonderheiten anbieten und von ganz wunderbaren Frauen geführt werden. Falls Sie mal Zeit dafür haben. Und der Blick von dort aufs Meer ist fantastisch. Bei Josy kann man tolle Schnorcheltrips buchen und dort gibt es den besten Kaffee der Insel und den besten Schokokuchen, versprochen. Und sie hat immer ein offenes Ohr. Die anderen Ladenbesitzerinnen aber auch. Manchmal kann man das ja gut gebrauchen. Es sind wirklich tolle Frauen.«

»Danke schön, das klingt wundervoll. Die Zeit werde ich mir auf jeden Fall nehmen, solange ich hier bin.«

Isabelle ging weiter, einen Fußweg an den Olivenbäumen entlang. Liz sah ihr nach. Warum sie wohl erst so fröhlich und dann plötzlich so bedrückt gewirkt hatte?

Dann blickte Liz wieder den Esel an. Den Olivenbauern wollte Isabelle ihr also schicken. Vor ihrem inneren Auge sah Liz sofort einen alten, kauzigen Mann, der den Esel schon von klein auf kannte, einmal schnips machte und der Esel spurte. Liz ärgerte sich trotzdem, nicht einmal einem Esel konnte sie den Marsch blasen, wie ihre Mutter es ausgedrückt hatte. Sie wollte kein hilfloses Frauchen sein, bohrte, da sie ja meist Single war, zu Hause selbst mit der Bohrmaschine Löcher in die Wand, aber dieser sture Esel ließ ihr keine andere Wahl. Einen Tritt in den Allerwertesten wollte sie ihm nun auch nicht geben. Nicht einmal einem Esel.

Das Tier sah sie wieder mit seinen dunklen Augen an. Wie lange es wohl dauern würde, bis Isabelle dem Olivenbauern

Bescheid gesagt hatte und er hierherkam? Liz sah sich suchend um. Auch von hier konnte man das Meer sehen. Sie schirmte ihre Augen mit der Hand ab, ließ den Blick über das in der Ferne glitzernde Wasser schweifen.

* * *

Das Gefühl für Zeit und Raum hatte sie verloren. Plötzlich hörte sie eine männliche, tiefe Stimme in ihrem Rücken. Fasziniert vom Meer, war sie ganz in Gedanken versunken gewesen, hatte keine Schritte kommen hören.

»*Hola,* sind Sie die Deutsche, die Probleme mit meinem Esel hat?«

Sofort drehte sich Liz um und sah den Mann, der vor ihr stand, verdutzt an. »Ich habe keine Probleme mit Eseln! Ich komme mit Eseln nur nicht zurecht.« Wie doppeldeutig es klang.

Er lächelte. Ein Kerl in ihrem Alter, vielleicht ein paar Jahre älter, groß, braun gebrannt, dunkle Haare, wache, braune, warme Augen, sehr sympathisch wirkend, am Kinn ein Grübchen.

»Sie brauchen also keine Hilfe?«, erwiderte er nett. Sein Deutsch hatte den typischen Akzent, wenn Mallorquiner oder Spanier Deutsch sprachen. Auf Mallorca, wegen der vielen Touristen, sprachen sicher viele Deutsch.

Am liebsten hätte sie geantwortet: »Nein, danke, ich brauche Ihre Hilfe nicht«, aber dummerweise war es ja doch der Fall. »Ich fürchte doch. Dieser Esel lässt mich nicht weiterfahren, bewegt sich keinen Zentimeter, er hat seinen eigenen Kopf«, sagte sie.

»Oh, okay, aber ehrlich gesagt mag ich das im Grunde.«

Er kam lächelnd näher. Seine dunklen Augen musterten sie freundlich. Sein Gesicht sah kantig, ein wenig eigen, aber gut aus. Offensichtlich machte er Sport, so durchtrainiert, wie sein Oberkörper wirkte, soviel sie unter dem Hemd erahnen konnte. Er war mindestens einen Kopf größer als Liz, trug kinnlanges, dunkles Haar. Kein altes, verhutzeltes Männchen, wie sie es erwartet hatte. Was machte so ein Mann hier inmitten der Olivenbäume? Und er duftete nach Orangen und mehr.

Jetzt wandte er sich dem Esel zu, streichelte ihm über den Kopf, schließlich über den Rücken, als wäre er das edelste Tier der Welt. Nun beugte er seinen Kopf zu einem seiner plüschigen Ohren und flüsterte etwas hinein.

Liz sah ihm fasziniert dabei zu, musterte den breiten Rücken dieses Mannes. Wie liebevoll er mit dem Tier umging! Und tatsächlich schien der Esel auf ihn zu hören, ging ein paar Schritte weiter, sodass der Weg wieder frei war.

Liz entfuhr ein »Wow!«.

Lächelnd drehte sich der Besitzer des Tieres um. »Wir sind aus demselben Holz geschnitzt. Wir verstehen uns.«

Liz erinnerte sich an Isabelles Worte, der Besitzer sei genauso stur wie sein Esel. Sie musste lachen. »Scheint so. Vielen lieben Dank.«

Sie stieg rasch wieder in ihren Wagen, hob zum Gruß die Hand und gab Gas. Schotter und Staub spritzten auf und der Mann rief ihr hinterher: »Langsam! Schalten Sie auf der Insel mal einen Gang runter!«

Ups, das hatte Liz nicht gewollt, dass er da in einer kleinen Staubwolke mit seinem Esel stand. »Entschuldigung, das wollte ich wirklich nicht!«, rief sie zurück. Hoffentlich begegnete sie ihm nie wieder. Immer mussten ihr solch unangenehme Dinge passieren. Vielleicht sollte sie tatsächlich mal einen Gang herunterschalten. Diese Insel lud jedenfalls dazu ein, das hektische Großstadtleben abzustreifen und die Seele baumeln zu lassen. Die kleinen Läden am Meer, mit ihren sympathischen Betreiberinnen, von denen diese Isabelle vorher kurz erzählt hatte, hatten Liz' Neugierde geweckt. Denn immerhin betrieb sie in Berlin ja selbst einen kleinen Laden. Vielleicht ließ sich hier noch etwas abschauen, wie er wieder besser laufen konnte. Liz hoffte auch sehr, auf dieser Insel ein paar Köstlichkeiten einkaufen zu können, um ihrem Laden mit etwas Neuem im Sortiment wieder den nötigen Schwung zu verleihen. Auch deshalb hatte sie den ungewöhnlichen Auftrag ihres Onkels angenommen. Okay, auch weil sie keine andere Wahl mehr hatte, nur mit seiner Finanzspritze konnte sie ihren Laden noch retten.

»In zehn Metern haben Sie Ihr Ziel erreicht«, sagte der nette Mann im Navi, aber bis jetzt sah Liz nur Olivenbäume, rechts, links und geradeaus. Gespannt fuhr sie um die nächste Kurve.

Kapitel 2

Berlin, zwei Wochen zuvor

Der Regen prasselte gegen die Schaufensterscheibe, die Sicht verschwamm. Liz stand in ihrem kleinen Laden, blickte auf die Bötzowstraße, richtete grüne Oliven auf einem bunten Tonteller an, um sie ihrem netten Vermieter, der sich zu einem Gespräch angekündigt hatte, anzubieten. Was er wohl wollte? Gern hätte sie ihm einen Laden voller Kundschaft präsentiert, aber bei diesem tristen Wetter fand erst recht kein Kunde den Weg in ihren mediterranen Feinkostladen, den sie mit so viel Liebe eingerichtet hatte. Liz sah sich sentimental um. Ihr Bruder Sven war damals sogar extra aus Köln, wo er seit seinem Studium lebte, angereist und hatte ihr Regale aus Holz geschreinert, ihre Mutter hatte Deckchen genäht, auf die sie Gläser mit eingelegten Tomaten, Feigenkonfitüre, Oliven und Crema de Almendra, Mandelcreme, stellen konnte. Die ganze Familie hatte mitgeholfen, damit der kleine Laden ein Erfolg werden würde. Auch ihr Opa mit seinem kleinen Erbe. Umso größer der Druck, der auf Liz lastete. Sie hatte sich vorgenommen, den Vermieter zu bitten, die recht hohe Miete ein wenig zu reduzieren.

»Gibt es eine neue Spezialität?«, hatte eine Kundin gestern gefragt. Als Liz verneinte, war sie einfach wieder gegangen.

Lag es auch daran? Dass Liz ihr Sortiment dringend hätte erweitern müssen? Zugegeben, etwas Neues hatte sie schon länger nicht im Angebot.

Liz steckte sich gedankenverloren eine Olive in den Mund. Wie herrlich sie schmeckte! Nach Sonne, Sommer, Urlaub. Die Ladenglocke ging und Liz stellte schnell das Olivenglas, aus dem sie naschte, beiseite, drehte sich um, bereit, den Vermieter anzulächeln, aber herein kam Olaf mit seinen langen Haaren. Durch den Regen sahen sie strähnig und fettig aus. Ihre studentische Aushilfe. Mitte zwanzig, zugegeben ein bisschen nerdig. Er schrieb hier immer seine Hausarbeiten und verlangte deshalb nicht viel Geld. »Ist perfekt dein Laden. Kommt ja kaum einer und stört«, hatte er kürzlich gesagt. Er fand in seiner WG keine Ruhe und hatte sich hier sein mobiles Büro eingerichtet. Inzwischen mit Drucker und einigen Ordnern. Liz hatte nicht widersprochen, auch wenn diese Kramecke nicht wirklich gut aussah vor der Kundschaft. Sie hatte es nicht übers Herz gebracht. »Das ist *really, really* eine Notsituation«, hatte Olaf gesagt. »Ich kann mich in der WG null Komma Nullinger konzentrieren.«

Olaf brauchte das Geld. Auch wenn es nicht viel war, er bekam nichts von seinen Eltern. Sie konnte ihm also auf keinen Fall kündigen, wie es ihr Großonkel schon vor Wochen knallhart gefordert hatte.

Olaf war bei einigen Kunden beliebt, weil er immer eine absurde Geschichte zu erzählen hatte. Oder verschreckte er sie eher? Kürzlich hatte er einer Kundin erzählt, dass es hier im Laden spuke. Er habe einmal bis nachts die Buchhaltung gemacht und sei von einer weißen Frau heimgesucht worden. Danach seien zwei Gläser Oliven leer gewesen. Liz wischte den Gedanken beiseite. Verschreckte Olaf die letzten Kunden?

Sie beobachtete ihn, wie er sein Laptop umständlich an den Drucker anstöpselte und dabei seltsame Zischlaute von sich gab.

»Äh, Olaf, der Vermieter kommt doch gleich. Wäre es vielleicht möglich, den Drucker heute wegzuräumen?«

Olaf sah sie an wie ein Auto. »Nee, sorry, Liz, ich muss voll dringend was drucken.«

Ehe Liz antworten konnte, klingelte ihr Handy. Ihre Mutter, das auch noch.

»Hi, Mum, was gibts? Ich kann eigentlich gerade nicht.«

»Ist etwa Kundschaft da?«

»Äh, nein.«

»Wieso kannst du denn dann nicht?«

»Weil gleich der Vermieter kommt und ich mit ihm verhandeln will, etwas weniger Miete zahlen zu müssen.«

»Ach, das ist doch eine gute Idee«, erwiderte ihre Mutter. Skeptisch fügte sie hinzu: »Meinst du, er lässt sich darauf ein?«

»Ich hoffe es. Er ist ein sehr Netter.«

»Na dann. Ich wollte eigentlich nur sagen, dass Onkel Alfonso mit dir telefonieren möchte, du sollst ihn mal anrufen.«

»Onkel Alfonso? Der muss warten.«

»Du weißt doch, dass er die Ungeduld in Person ist, auch wenn sein Alzheimer in letzter Zeit, glaube ich, zunimmt. Das vergisst er nicht.« Ihre Mutter fuhr fort. »Sag mal, war dein Olaf jetzt endlich mal beim Friseur? Sonst schick ihn zu mir.«

Liz sah Olaf an, der über sein Laptop gebeugt tippte, seine strähnigen Haare fielen seitlich über die Tastatur. »Mum, man kann niemanden ändern.«

»Stimmt. Manche Männer nicht. Aber man kann sich selbst ändern. Und da hat Onkel Alfonso schon recht, wir müssen beide lernen, öfter mal Nein zu sagen. Jetzt hat mich der alte Geizkragen dazu gekriegt, für ihn nicht nur einzukaufen, sondern ihm auch noch die Wäsche zu waschen.«

»Du machst Onkel Alfonso jetzt auch noch die Wäsche?«

Liz sah auf, beobachtete Olaf, der gerade in einem Ordner blätterte und dabei immer wieder den Zeigefinger ableckte. Er hatte mitgehört, verdrehte grinsend die Augen. Liz musste lächeln. Sie verstanden sich gut, das war doch auch etwas wert.

»Na ja, seit du weg bist, hab ich ja weniger Wäsche.«

»Mum, ich bin schon seit elf Jahren weg.«

»Ach ja, stimmt. Du, ich muss aufhören, ich muss zu Onkel Alfonso, also vergiss nicht, ihn anzurufen, ja?«

»Ja, ja. Tschüss!«

Liz legte auf, sah in Gedanken verhangen vor sich hin. Sie war vor elf Jahren nach Berlin gegangen, um Germanistik zu studieren. Sie hatte nie das Gefühl gehabt, dass ihre Mutter sie stark vermisste. Besucht hatte ihre Mum sie, seit sie wieder einen Partner hatte, nicht mehr.

In Berlin hatte Liz die vielen kulturellen Angebote und das Nachtleben während des Studiums genossen. Um das alles zu finanzieren, arbeitete sie neben dem Studium als Werbetexterin in einer Agentur, brach das Studium nach ein paar Jahren dann aber erfolgreich ab. Die Ausbeutung in der Agentur und dazu der Prüfungsstress hatten bei ihr zum Burn-out geführt. Magenschleimhautentzündung, Leberwerte erhöht. Und das mit Ende zwanzig. Ihre Mutter hatte damals erzählt, dass ihr Vater immer von einem Laden mit mediterranen Köstlichkeiten geträumt habe. Liz könne etwas von seinem Erbe als Startkapital bekommen. Liz fand die Idee schön und die überraschende Zuwendung ihrer Mum tat ihr gut. Und so eröffnete sie ihren kleinen Laden in Berlin, mit leckeren Oliven, Marmelade aus sonnenverwöhnten Orangen und vielem mehr. Sie nannte ihn »Sehnsucht nach Meer – mediterrane Spezialitäten«.

Jetzt hämmerte Olaf auf seine Laptop-Tastatur, als wollte er die Tasten erschlagen, und brachte sie damit wieder in die Gegenwart zurück. Liz sah auf die Uhr. Wo blieb nur der Vermieter?

Da läutete auch schon die Ladenglocke und Herr Rieger, der Vermieter, trat ein. Liz strahlte ihm hoffnungsvoll entgegen. Der sonst so freundlich wirkende ältere Herr, mit weißen Haaren und Anzug, machte ein ernstes Gesicht.

»Guten Tag, Herr Rieger«, sagte Liz irritiert.

»Guten Tag, Frau Hoffmann.«

Liz warf Olaf einen Blick zu, bedeutete ihm mimisch, ruhig zu sein. Sie nahm rasch den Teller mit den Oliven und hielt ihn Herrn Rieger hin. »Eine Olive gefällig? Sie schmecken köstlich.«

Herr Rieger schüttelte betreten den Kopf. Olaf und sie warfen sich wieder Blicke zu.

»Ich muss mit Ihnen reden, Frau Hoffmann.«

»Ja, ich mit Ihnen auch«, erwiderte sie, aber ihre Hoffnung schwand. Seine Miene ließ nichts Gutes erahnen.

»Lassen Sie erst mich reden, dann habe ich es hinter mir. Es fällt mir nämlich wirklich schwer. Mein Sohn und meine Tochter, die die Immobilie erben werden, die sie schon vorzeitig überschrieben bekommen, bestehen darauf, dass ich die Miete erhöhe.«

»Erhöhe?«, wiederholte Liz lahm.

»*Shit*, Genickschuss«, sagte Olaf und hämmerte weiter auf seiner Tastatur.

Liz fühlte, dass ihr der Oliventeller gleich aus der Hand fallen würde. Sie stellte ihn schnell auf einem Tischchen ab.

»Sie haben doch nichts dagegen?«, fragte Herr Rieger etwas hilflos. »Ich meine, was rede ich da, selbst wenn … es tut mir sehr, sehr leid.«

»Alles gut, Herr Rieger, Sie können ja nichts dafür.« Fast hätte sie ihn in den Arm genommen. Dabei fühlte sie sich, als bräuchte sie rasch einen Halt.

Nachdem Herr Rieger wenig später den Laden verlassen hatte, trat Olaf zu ihr, nahm sie in die Arme und drückte sie fest an sich. Liz spürte seinen mageren Körper, er roch ungewaschen, aber er war so herzlich wie kein anderer.

* * *

Am Nachmittag, als es noch immer wie aus Kübeln schüttete und kein einziger Kunde den Laden betreten hatte, klingelte ihr Handy. »Mum« stand auf dem Display. Liz hatte ihr in einer Nachricht geschrieben, was der Vermieter gesagt hatte.

Liz nahm ab und hörte ihre aufgelöste Mutter am anderen Ende der Leitung. Sie befand sich gerade bei Onkel Alfonso, hatte versehentlich einen Brief für ihn geöffnet und erfahren, dass er eine Finca, »eine alte Hütte«, wie er es abtat, auf Mallorca besaß!

»Was? Eine Finca? Onkel Alfonso?« Liz konnte es kaum glauben.

»Ja, sie hat wohl unserer Familie gehört und ich wusste nichts davon. Opa, also mein Vater, hat mir nie etwas davon gesagt. Nie!«

»Ist ja ein Ding«, entfuhr es Liz. »Warum nicht?«

»Wenn ich das wüsste.« Es raschelte und ihrer Mutter wurde der Hörer entrissen. Die knarzende Stimme von Onkel Alfonso erklang. Er spielte das Ganze herunter, schien ein ganz anderes Problem zu haben. Jetzt, wo es eh alle wussten. »Der Verwalter, der da seit vier Jahren sein Unwesen treibt, der macht sein eigenes Ding, verscheucht die Feriengäste, Liz, du musst da hin und ihn rausschmeißen. Du hast doch jetzt Zeit und brauchst Geld.«

Liz hörte ihm überrumpelt zu, es hatten sich offenbar schon mehrere Feriengäste beschwert und storniert. Deshalb verweigere sich dieser mallorquinische »Hinterwäldler«, O-Ton Alfonso, auch bestimmt dem »Internetz«, um keine schlechten Bewertungen zu bekommen. Alfonso redete sich in Rage, seine

Ferien-Finca sei nur über ein paar Reisebüros buchbar, nicht über dieses »Internetz« und das ärgerte ihn. Liz musste lächeln. Ihr Großonkel und die Neuen Medien. Sie solle sich auch darum kümmern, dass seine Ferienwohnungen im »Internetz« zu buchen seien, fügte er hinzu. Mit hübschen Bildern, einem 1a-Werbetext, das könne sie doch, und allem Pipapo. Dann bekomme sie eine kleine Finanzspritze für ihren Laden, der ja kurz vorm Aus stehe, wie ihm ihre Mutter verraten habe. Was sie dazu sage?

Liz musste das alles erst mal verarbeiten, erbat sich Bedenkzeit.

Sie hörte ein Rascheln, dann ihre Mum wieder am Telefon. Sie war verletzt, von dem Familienbesitz erst jetzt erfahren zu haben. Liz' verstorbener Großvater, der Vater ihrer Mutter, war in den Sechzigern nach Deutschland gekommen und hatte in der süddeutschen Provinz nach ein paar Jahren ihre Großmutter Else kennengelernt. Insofern besaß Liz zu einem Viertel mallorquinische Wurzeln. Aber ihr Großvater hatte zeitlebens, bis zu seinem Tod, nie erzählt, dass es auf der Insel Familienbesitz gab, wie ihre Mum jetzt noch mal wütend betonte. Sie wusste, dass ihr Vater sich mit seinem Bruder Alfonso vor vielen Jahren verstritten hatte. Den Grund erzählte Opa ebenfalls nie. Auch Alfonso schwieg darüber, kein Sterbenswörtchen seit damals, als er vor acht Jahren nach Deutschland gezogen war, weil er meinte, die medizinische Versorgung sei hier im Alter besser. Dass er ausgerechnet ins Nachbardorf von Liz' Mutter gezogen war, hatte alle gewundert. »Wieso kann Onkel Alfonso nicht nach Hamburg ziehen? Oder nach Buxtehude? Dahin, wo der Pfeffer wächst?«, hatte sich ihre Mutter aufgeregt. Liz' Mutter war sich damals sicher: »Alfonso hofft, dass die Familie, also ich, für ihn da ist, wenn er mal ein Pflegefall wird, jede Wette. Für die Unterbringung in einem Pflegeheim will der alte Geizkragen auf keinen Fall sein Gespartes zum Fenster hinauswerfen. Aber das überlege ich mir gut!« Dabei wusste jeder, dass Liz' Mutter sich in jedem Fall um Alfonso kümmern würde. Von ihr hatte Liz diese herzliche, hilfsbereite Seite, die ihre Mutter zumindest Männern gegenüber an den Tag legte.

»Der alte Geizkragen«, flüsterte Mum jetzt noch mal ins Telefon. »Und ich muss ihm ständig einkaufen und jeden Cent vom Rückgeld auf den Tisch legen, dabei hat er eine Ferienfinca.«

»Ja, unfassbar«, sagte Liz nur.

»Liz, ich kann unmöglich mit auf die Reise, ich kann nicht weg aus dem Friseursalon. Mach bitte ganz viele Fotos für mich, Lizzy, ja?«

»Ich weiß noch gar nicht, ob ich fahre«, erwiderte Liz aufgewühlt. »Ich melde mich.« Sie legte auf, erzählte Olaf davon. Der konnte es nicht fassen. »Wie cool ist das denn, eine Hütte auf Malle, das machst du auf jeden Fall, Liz. Und beim Online-Auftritt für die Finca helf ich dir, so wie bei dem für deinen Laden.«

Olaf hatte ihr auch den ein oder anderen schrägen Tipp für Insta-Storys gegeben, die allerdings ein paar Follower verschreckt hatten.

Liz dachte fieberhaft nach, aber ihr blieb keine Wahl. Am liebsten wäre es Alfonso gewesen, wenn sie diesen »nichtsnutzigen Hinterwäldler« in hohem Bogen rausgeschmissen hätte, hatte er noch betont. So könne sie auch gleich lernen, wie man Angestellte dazu kriegen konnte, zu spuren. Und dann hatte er noch hinzugefügt: »Lizzy, du kannst dich wirklich nicht durchsetzen, das musst du in deinem hohen Alter endlich lernen.« Was für eine Unverschämtheit, hatte Liz gedacht, von einem über Achtzigjährigen. Erstens war Anfang dreißig kein hohes Alter und zweitens konnte sie sich sehr wohl durchsetzen! Oder nicht? War sie der Typ, der einem »unmöglichen Fincaverwalter den Marsch blies«? Es half nichts. Sie musste es schaffen. Irgendwie. Nicht mehr zu allen so nett zu sein, härter zu werden. Musste sie das wirklich? Ging es nicht auch anders im Leben?

Olaf, der wieder an seinem »Läppi« saß, wie er ihn nannte, schnalzte mit der Zunge, riss sie aus ihren Gedanken. »Hey, Liz, kannst du die Mails von den Zulieferern doch alle selber beantworten? Ich bin heute echt chillig drauf und muss auch noch was für die Uni lesen.«

»Klar doch«, erwiderte sie spontan. Aber im nächsten Moment wurde ihr bewusst, dass Alfonso vielleicht doch ein winziges bisschen recht hatte. Manchmal schadete es nicht, zu lernen, seine eigenen Bedürfnisse und Anliegen klar aufzuzeigen. Im Job und auch in einer Beziehung. Manchmal tat eine Auszeit auf einer Insel richtig gut.

Kapitel 3

Mallorca, Gegenwart

»Sie sind am Ziel angekommen.« Fasziniert saß Liz in ihrem Mietwagen, die Sonne schien, sie betrachtete die Toreinfahrt, dahinter, in ungefähr fünfzig Meter Entfernung, die »heruntergekommene Hütte«. In Wirklichkeit eine malerische, gepflegte kleine Finca aus Sandstein, im typisch mallorquinischen Stil, mit grünen Fensterläden und einer überdachten Terrasse, deren leicht abfallendes Ziegeldach von Säulen gestützt wurde. Lilapinkfarbene Blumenranken, diese wunderschöne Bougainvillea, gaben dem Ganzen einen mediterranen Charme, dazu rot- und roséblühende Geranien in terrakottafarbenen Gefäßen vor dem Haus. Rechts und links befand sich noch je ein Nebengebäude, auch sandfarben und blumenumrankt. Ihr Großonkel, das alte Schlitzohr, wieso nur hatte er diese wunderhübsche Finca so lange vor der Familie geheim halten? Vermutlich wollte er hier keinen umsonst Ferien machen lassen, dachte Liz.

Das Tor versperrte ihr die Durchfahrt. Sie entdeckte ein Schild, das sie auf Mallorquin darauf hinwies, dass es sich hier um Privatbesitz handelte. Keine Klingel weit und breit. Nicht gerade einladend für Gäste. Sie stieg aus, öffnete das Tor, setzte sich wieder in den Wagen und fuhr auf das Grundstück. Sofort kam eine Gans schnatternd auf sie zugerannt. Erschrocken, aber auch amüsiert blieb Liz sicherheitshalber in ihrem Wagen sitzen. Erst der Esel, jetzt eine wild gewordene Gans. Sie hörte nicht auf zu schnattern und Liz überlegte, ob sie den bedrohlichen Vogel mit den Resten ihrer Kekse, die sie als Proviant mitgenommen hatte, bezirzen sollte. Doch da erschien auch schon ein Mann in der Tür des größeren, mittleren Gebäudes. Liz kniff ihre Augen zusammen. Oh nein, bitte nicht, dachte sie. Der Esel! Also, der Besitzer des Esels! Auch er hatte ihren Wagen und Liz durch die geöffnete Fensterscheibe erkannt, was sie an seinem Lächeln erahnen konnte.

»Haben Sie sich verfahren?« Er kam zu ihr, trat näher, die Gans stand immer noch neben ihrem Wagen.

»Wie kommen Sie darauf?«

»Ich erwarte heute keine Gäste«, sagte er und ein angenehmer Duft wehte zu ihr.

»Nein, ich meine, ich habe mich nicht verfahren, ich bin richtig hier.« Sie lächelte ihn nervös an.

Die Gans schnatterte wieder. Er beruhigte sie mit einer Geste.

»Hier?« Er fuhr sich durchs Haar. »Schön. Wie kann ich Ihnen helfen?«

»Das erkläre ich Ihnen gleich in Ruhe. Diese … Gans schnappt hoffentlich nicht nach mir?«

Der Mann bedeutete der Gans gestisch, etwas beiseite zu gehen, und sie tat es, ohne Protest, watschelte davon. Beeindruckt sah Liz zu. Eindeutig ein Tierflüsterer.

Sie stieg aus dem Wagen. »Hallo. Sind Sie der Verwalter?«

»Ja, der bin ich. Und mit wem habe ich die Ehre?«

Sie räusperte sich. »Ja, also, ich bin die Großnichte von Alfonso Martinez.«

Er runzelte die Stirn, wirkte sofort distanzierter, sagte aber nichts.

»Meinem Großonkel gehören die Finca und das alles hier«, erklärte sie.

Hatte sie das jetzt ernsthaft gesagt? Wie mache ich mich unsympathisch in zehn Sekunden! Genau so starrte der Mann sie jetzt an, kniff die Augen zusammen.

»Ihrem Großonkel, so ist es. Und?«

»Entschuldigung, das klang jetzt etwas …«

»Überheblich«, vervollständigte er den Satz.

»Ja, aber das sollte es nicht, ich wollte eigentlich nur erklären, wer ich bin. Hat er mich etwa nicht angemeldet?«

»Nein, hat er nicht.«

»Hätte ich mir ja denken können. Ich soll hier nach dem Rechten sehen.« Liz biss sich auf die Unterlippe. Irgendwie sagte sie gerade immer das Falsche.

»Nach dem Rechten? Hier stimmt alles. Es ist perfekt.« Er sah sie an. »Bis vor ein paar Minuten war es das zumindest.«

Liz atmete durch. »Tut mir leid. Es gab wohl Beschwerden von Gästen. Stornierungen. Er möchte doch nur nicht, dass die Gäste wegbleiben und er … Geld verliert.«

»Verstehe.«

»Kann ich hier schlafen?«, fragte sie höflich nach.

»Natürlich. Sie sind ja quasi die Chefin.« Er überlegte. »Nur leider sind wir aktuell ausgebucht. So schlimm kann es mit den Beschwerden also nicht sein.«

»Das ist doch gut.«

»Viele Zimmer haben wir hier nicht«, fuhr er nachdenklich fort. »Das einzige Bett, das frei ist … steht in meinem Appartement, es ist mein privates Gästezimmer.«

Er starrte sie an, Liz blickte verlegen zu Boden. An die Option, dass es ausgebucht sein könnte, hatte sie nicht gedacht. Ihr Großonkel hatte doch so herumgejammert, dass es nicht mehr gut lief.

»Nein, das kann ich nicht annehmen. Sie sind wirklich komplett ausgebucht?«

»*Sí,* es läuft alles bestens, Sie können also auch wieder abreisen, wenn Sie mögen.«

»Was? Nein, ich bin doch gerade eben erst angekommen. Ich nehme Ihr Gästezimmer.« Verblüfft über sich selbst sah Liz ihn an. Sein Unterkiefer bewegte sich leicht, als zermalme er etwas.

Liz fuhr schnell fort: »Ich bin WG-erprobt, kann mich fast unsichtbar machen, ich werde sowieso nur draußen sein bei dem schönen Wetter. Das Meer ist ja auch nicht weit, wie ich gesehen habe.«

»Nein, ist es nicht.« Ihm war anzuhören, dass er nicht wirklich begeistert war von der Vorstellung, Liz in seinem Appartement wohnen zu haben. Ihm blieb keine Wahl. »Also gut, mein Name ist Cristian.« Er sprach es spanisch aus. »Falls Ihnen Ihr Großonkel das auch nicht gesagt hat.«

»In der Tat, hat er nicht«, erwiderte Liz. »Ich bin Liz.« Beinahe hätte sie hinzugefügt, dass Onkel Alfonso immer von einem »mallorquinischen Hinterwäldler« geredet hatte. Aber Cristian sah eher aus wie das Gegenteil. Aristokratisch beinahe. Gebildet. Jedenfalls dachte sie das, denn er hatte so einen wachen, klugen Blick.

Cristian schloss das Gatter, ging zu der Finca und wies sie ein, wo sie parken konnte.

Liz sah Cristian einen Moment durcheinander nach. Ihr wurde nun ziemlich unwohl bei dem Gedanken, sich in sein Appartement eingenistet zu haben. Aber sie konnte doch nicht wieder abreisen. Ihr Flug ging erst in einer Woche. Und was würden Großonkel Alfonso und ihre Mutter dazu sagen, wenn sie hier nicht genauer nach dem Rechten sehen würde? Dazu musste sie hier wohnen. Irgendetwas schien ja im Argen zu liegen, sonst hätte es keine Stornierungen für die nächste Zeit gegeben. Nur was? Entschlossen stieg sie in ihren Wagen, fuhr ihn auf den ausgewiesenen Parkplatz, stieg aus, öffnete den Kofferraum und holte ihre Reisetasche heraus. Cristian erklärte, das Zimmer vorbereiten zu wollen. »Sie können sich ja schon mal ein wenig umsehen.« Er ging in das Hauptgebäude und ließ Liz zurück.

Unschlüssig stand sie da, betrachtete das Anwesen, das wirklich wunderschön aussah. Neben dem Eingang zum alten Hauptgebäude der Finca, erbaut aus vielen kleinen Steinen, wie sie jetzt sah, standen zwei große Tontöpfe, in denen rote und roséfarbene Hängegeranien blühten. Die zwei Nebengebäude rechts und links sahen aus, als hätten sie früher als Ställe gedient. Den kleinen Terrassen nach zu urteilen, befanden sich in diesen beiden Anbauten die Ferienwohnungen für die Gäste. Hinter einer Terrassentür bewegte sich eine Gestalt, ein weißer Vorhang wehte leicht. Die blonde Frau von zuvor trat heraus. Isabelle.

* * *

Isabelle hatte Liz zu sich gewunken, stand an der offenen Terrassentür, die zum Hof der Finca führte. Wie nett, dachte Liz, dass Isabelle hier Urlaub machte. Die Frau war ihr auf Anhieb sympathisch gewesen.

»Hallo, Liz, schön, dass Sie hier auch Urlaub machen. Hätte ich mir ja denken können.«

»Hallo. Schön, Sie zu sehen.«

»Wie ich sehe, hat Ihnen Picasso den Weg freigegeben. Haben Sie ihn noch selbst überreden können oder war es Cristian?«

»Dieser sture Esel hat leider nicht auf mich gehört.«

»Reden wir jetzt von Cristian oder Picasso?«, scherzte Isabelle.

Die Frauen lachten.

»Wir können uns gern duzen«, schlug Isabelle unkompliziert vor.

»Sehr gern. Ich muss noch warten, bis mein Zimmer fertig ist«, erklärte Liz.

»Möchtest du so lange etwas trinken?«, fragte Isabelle aufmerksam nach.

»Einfach kaltes Leitungswasser wäre herrlich.«

Isabelle lächelte. »Setz dich, ich hole es.«

Liz ließ sich auf der kleinen Terrasse nieder. Was für ein netter Empfang.

Kurz darauf kam Isabelle mit dem Wasser, in das sie eine Scheibe Zitrone gegeben hatte, und setzte sich zu ihr. Sie atmete durch. »Ich bin gerade etwas angespannt, mein Ex-Mann hat beschlossen, auch nach Mallorca zu kommen, und natürlich genau in diese Ferienanlage.«

»O nein!«, entfuhr es Liz, doch sie setzte sofort hinzu: »Ich meine, vielleicht wird es ja nicht so schlimm. Ich meine, ich kenne ja keine Umstände.«

Isabelle lächelte sie an. »Wir führen keinen Rosenkrieg, noch nicht. Aber ich hatte gehofft, diese paar Tage in Ruhe verbringen zu können. Wir hatten eigentlich alles geklärt. Zumindest in meinen Augen. Aber er ist damit nicht einverstanden.«

Liz hörte Isabelle zu, ganz offensichtlich tat es ihr gut, darüber zu reden. Vielleicht gerade mit einer Fremden.

»Das ist ja leider häufig so, dass einer mehr an dem anderen hängt«, erklärte Liz. Viel mehr konnte sie dazu nicht sagen.

Isabelle nickte. »Manchmal denke ich, ich hänge mehr an ihm, obwohl ich mich getrennt habe. Ach, was soll's, was erzähle ich da alles?«

Die Frauen lächelten sich an.

Isabelle erkundigte sich, aus welcher Stadt Liz kam und was sie hierher verschlagen hatte.

Die Frauen unterhielten sich angeregt und Liz spürte sofort, wie gut sie sich mit Isabelle verstand.

Sie kamen auf Cristian zu sprechen, darauf, wie rasch er den Esel überzeugen konnte, den Weg freizugeben. Isabelle erklärte: »Darin ist er gut. Soweit ich ihn die paar Tage bereits kennengelernt habe. Cristian kann gut mit Tieren.«

»Mit Menschen nicht?« Liz fuhr sich durchs Haar.

»Ich weiß es nicht. Wieso fragst du?«

Da Isabelle so offen zu Liz gewesen war, beschloss sie, es auch zu sein: »Ich muss im Gästezimmer in seinem Appartement schlafen, weil sonst nichts frei ist.«

Isabelle musste lächeln. »Er lässt dich in sein Reich? Mich bis jetzt noch nicht.«

»Na ja, eher notgedrungen.«

Isabelle horchte auf. »Hast du etwas gegen ihn in der Hand?« Sie grinste.

Liz schüttelte lächelnd den Kopf. »Es ist so, meinem Großonkel gehört das Anwesen und er hat mich hergeschickt und … ach, egal!«

Isabelle fragte nach. »Weshalb hat er dich hergeschickt? Ich meine, das klingt so, als würde hier etwas nicht mit rechten Dingen zugehen«, flachste sie.

Liz wiegte den Kopf. »Er meinte, es hätten sich schon ein paar Touristen über den Verwalter beschwert und, weil dieser so schwierig zu sein scheint, storniert.«

Isabelle verstand. »Cristian wirkt auf den ersten Blick eigen, ich habe ihn noch nicht durchschaut. Aber er hat auf jeden Fall auch eine sehr sympathische Seite. Er ist sehr … einfühlsam.«

»Tatsächlich?«

Isabelle lächelte. »Kennst du solche Männer nicht? Harte Schale, weicher Kern.«

»Oh ja, zur Genüge. Und ich habe mir geschworen, einen weiten Bogen um sie zu machen.« Liz seufzte. »Wird schwierig, wenn ich bei ihm wohnen und das Bad mit ihm teilen werde.«

»Fürchte ich auch.«

Liz fügte hinzu: »Ich gehe mal nachsehen, ob er schon fertig ist. Wir sehen uns.«

Isabelle nickte, deutete auf den Eingang zur Finca. »Ab in die Höhle des Löwen«, scherzte sie. »Aber wie gesagt, ich bin bisher noch nicht drin gewesen. Als ich vor ein paar Tagen ankam, habe ich aus Versehen einen Fuß hineingesetzt, weil ich mich verirrt hatte. Das hat ihm nicht so gepasst.«

»Ich bekomme Angst.« Liz lachte und fügte hinzu: »Nicht.« Sie hob ihren rechten Arm hoch, wie um ihre Muskeln zu zeigen.

* * *

Liz stand mit ihrer Reisetasche vor der alten Holztür der Finca. Die Tür besaß alte Beschläge, mehrere Einkerbungen, als ob jemand mit einem Schnitzmesser etwas hineingeritzt hätte. Auf Bauchhöhe. Vielleicht hatte das ihr Großvater als kleiner Junge getan? Oder ihr Großonkel? Wie es wohl gewesen war, hier aufzuwachsen? Die beiden Brüder hatten sich anscheinend als Kinder sehr gut verstanden, wie er ihrer Mutter einmal erzählt hatte. Ihr Großvater war knapp zwei Jahre nach Alfonso geboren worden und bis zu ihrem geheimnisvollen Zerwürfnis als junge Männer waren die Brüder beste Freunde gewesen. Was wohl damals geschehen war? Dass es um eine Liebe, um eine Frau gegangen war, hatten sowohl ihr Großvater als auch Alfonso abgestritten, als ihre Mutter sie einmal darauf angesprochen hatte. Mehr wollten beide dazu nicht sagen.

Liz hörte ein Geräusch aus dem Inneren der Finca. Sollte sie klopfen? Eine Klingel sah sie nicht. Oder einfach eintreten?

Sie entschied sich, zu klopfen. Aber auch nachdem sie mehrfach versucht hatte, geräuschvoll auf sich aufmerksam zu machen, tat sich nichts. Hörte Cristian sie nicht oder wollte er sie nicht hören? Liz öffnete die Tür, betrat die alte Finca, die Tür ging hinter ihr zu. Hier im Flur roch es etwas modrig, aber auch nach Zitrusfrüchten. Es war schattig und kühl und ihre Augen mussten sich erst einmal an das Dunkel gewöhnen. Ein Teller mit Orangen stand auf einer kleinen Kommode, darüber hing ein altes Ölgemälde, goldumrandet. Auf einem Tischchen ein paar Weinflaschen, Gläser und eine Liste. Ansonsten war der Eingangsbereich recht spärlich eingerichtet. »Cristian?«, fragte sie vorsichtig.

Aber sie bekam keine Antwort. So lange brauchte man doch nicht, ein Zimmer herzurichten, oder? Liz betrachtete die drei alten Holztüren, die von diesem Flur abgingen. Eine davon konnte das Gästezimmer sein. Liz sehnte sich nach einem Bett, auf dem sie sich mal kurz ablegen konnte. Ihr Flieger war früh gegangen, sie hatte kaum geschlafen. Es half ja nichts. Wenn er sie nicht hören wollte, musste sie eben selbst herausfinden, wo sich das Zimmer befand. Denn vielleicht hatte er sie schon gesucht und bei Isabelle auf der Terrasse nicht gesehen. Liz ging auf die erste Tür zu, klopfte, lauschte wieder, machte sie auf, da niemand antwortete. Sie stand in einer Wohnküche. Ein gemütlicher Raum, in dessen Mitte ein alter, hellgelb angemalter Holztisch stand, darauf ein Teller mit Orangen und Zitronen. Über dem alten Herd hingen Gewürzsträußchen und Kochlöffel, ein moderner silberfarbener Kühlschrank stand in der Ecke. Sollte sie nachschauen, ob sich etwas Kühles zu trinken darin befand? Ihr Mund war schon wieder so trocken. In einer WG hätte das normal sein sollen, aber begeistert schien Cristian ja über diese WG nicht zu sein. Verständlicherweise. Liz beschloss, sich lieber ein Glas Leitungswasser zu nehmen. Sie wollte den Ärger dieses Mannes nicht riskieren. Gerade als sie ein Glas gefunden hatte und den Wasserhahn aufdrehte, hörte sie seine Stimme in ihrem Rücken.

»Der Kühlschrank ist nicht besonders gut gefüllt, tut mir leid, ich war auf diese WG nicht vorbereitet.«

»Kein Problem, natürlich. Ich brauche nicht viel, nur Wasser. Ich weiß auch nicht, warum ich so einen Durst habe, seit ich auf der Insel bin. Muss die Sonne sein. In Deutschland regnet es seit Tagen.« Sie sah ihn an und trank dabei. Dann setzte sie das Glas ab, leckte sich über die Lippen. »Schon besser, danke.«

Cristian kam näher, sah sie an. »Droht der alte Herr, mir zu kündigen?«, fragte er direkt.

»Mein Großonkel?«, erwiderte sie, um Zeit zu gewinnen. Was sollte sie darauf sagen?

»*Sí.*«

»Bis jetzt habe ich einen guten Eindruck von dem Anwesen«, erwiderte sie ausweichend.

»Also ja. Haben Sie schon mal in der Tourismusbranche gearbeitet?«

»Nein, noch nie.« Sie stützte sich auf der Spüle auf, denn ihr wurde schwindelig. Sie stellte das Glas ab.

»Dachte ich mir.« Er kam näher, sah sie an. Was für schöne, dunkle Augen er hatte. »Es gibt leider auch unfaire Menschen. Ich habe immer alles gegeben, um meine Gäste glücklich zu machen.«

»Das glaube ich Ihnen.« Dennoch musste es einen Grund für mehrere Stornierungen geben, dachte Liz. Nur welchen?

»Tatsächlich sind wir in drei Wochen nicht mehr ausgebucht«, gab er zu.

»Und wie erklären Sie sich das?«, hakte sie nach.

Er zuckte die Schultern. »Irgendjemand muss etwas über mich irgendwo im Internet geschrieben haben, anders kann ich es mir nicht erklären.«

»Über Sie? Was gibt es da Negatives zu schreiben?«

Er zuckte ausweichend die Schultern. »Im Internet kann jeder seinen Müll abladen.«

»Das stimmt. Umso wichtiger ist, einen guten Internetauftritt zu haben. Um Werbung zu machen, um neue Gäste zu bekommen. Jedenfalls soll ich mich auch um den Internetauftritt der Finca kümmern«, sagte sie.

»Nein!«, erwiderte er sofort. »Ich meine, es geht ganz sicher auch so.«

»Es gab mehrere Stornierungen. Wie wollen Sie neue Gäste bekommen?«

Er atmete durch, strubbelte sich durchs Haar. »Bitte nicht«, wiederholte er ernst. Dann fuhr er etwas versöhnlicher fort: »Ich suche mir meine Gäste gern selbst aus, wissen Sie? Viel geht hier über Empfehlung. Diese Stornierungen … einigen habe ich abgesagt.« Mit diesen Worten drehte er sich um, verließ die Wohnküche, nur um sich im Türrahmen wieder umzudrehen. Seine Stimme klang jetzt netter: »Ihr Zimmer ist das rechts neben der Küche, gleich wenn man herauskommt. Wenn etwas fehlt, melden Sie sich bitte.« Dann ging er und sie hörte kurz darauf, wie eine Tür geschlossen wurde. Liz seufzte innerlich. Dann nahm sie ihre Reisetasche auf, trat in den Flur und öffnete die rechte Tür zum Gästezimmer.

Die Sonne schien durch das Fenster, ein Gästebett aus Holz mit einer weißen gehäkelten Tagesdecke stand in der Ecke. Daneben ein alter Bauernschrank mit geschnitzten Ornamenten. Es sah gemütlich und ordentlich aus. Liz ging zum Bett, stellte ihre Tasche ab, setzte sich und ließ sich hintenüberkippen. Eine kurze Siesta, bevor sie gleich das Anwesen erkunden wollte. Sie sah an die Decke. Was hatte diesen weltmännisch wirkenden Mann dazu bewogen, sich hier in dieser abgeschiedenen Finca niederzulassen?

* * *

Aufgewühlt stand Cristian in seinem Wohnzimmer am Fenster, sah hinaus auf den Hof der Finca. Was hatte diese Frau dazu gebracht, als der verlängerte Arm ihres unmöglichen Großonkels aufzutreten? Er war schon mehrfach mit dem alten Griesgram aneinandergeraten, seit er die Verwaltung der Finca übernommen hatte. Am Telefon und auch per Brief. Ein Glück, dass der Besitzer selbst nicht mehr reisefähig zu sein schien. Was für ein streitsüchtiger alter Mann! Sie dagegen wirkte, als wäre ihr Harmonie wichtig, wie ihm. Verdammt, dennoch hatte sie diesen Auftrag. Er fühlte sich hier mittlerweile sehr wohl, wollte das alles nicht wieder aufgeben. Und hier vermutete ihn keiner. Jetzt konnte es ungemütlich werden. Ein irrwitziger Gedanke schoss ihm durch den Kopf: Oder steckte mehr dahinter? Suchte man ihn jetzt inmitten der Olivenbäume? War sie gar nicht im Auftrag ihres Großonkels hier und sie würden ihn finden? Cristian fuhr sich übers Gesicht. Er sah Gespenster, ganz sicher. Wieso sollte man ihn hier aufspüren, wo er sein Verschwinden so gut geplant hatte. Und woher sollte sie, wenn sie nicht die Großnichte von Senior Alfonso Martinez war, so viel über den alten Griesgram wissen? Unsinn, alles Unsinn. Sie war seine Nichte und nur da, um im Auftrag ihres Großonkels Ärger zu machen. Genau das, was er jetzt brauchte.

Cristian drehte sich um, ging wie ein Tiger im Raum auf und ab. Er überlegte fieberhaft, was er tun konnte, um sie milde zu stimmen, damit sie zu Hause einen beschwichtigenden Rapport ablegen würde.

Vielleicht war es ja von Vorteil, dass sie in seinem Appartement schlief. Er musste aufpassen. Denn diese Frau besaß eine unglaubliche Ausstrahlung, zumindest auf ihn wirkte sie, das war ihm sofort aufgefallen. Sehr natürlich, sehr sexy. War sie sich dessen bewusst? Er atmete durch. Cristian nahm eine Flasche Wasser, die neben seinem Bett stand, trank einen Schluck. Sein Bett, das genau an der Wand stand, an deren anderer Seite sie schlafen würde. Das Gästebett befand sich sozusagen exakt neben seinem, nur die Wand trennte die beiden Schlafstätten. Bei dem Gedanken wurde ihm heiß. Manchmal war er eben auch nur ein Mann. Ihre Figur, ihre Brüste, ihr Hintern, das alles hatte sein Unterbewusstsein in Sekundenschnelle registriert. Er mochte mittlerweile Frauen, an denen etwas mehr dran war, die nicht zu dünn waren. Was dachte er da überhaupt? Dass sein Verstand beim ersten Anblick einer Frau so aussetzte, hatte er lange nicht mehr gehabt. Aber es hatte auch lange keine Frau mehr gegeben, die ihm so gut gefiel. Er trank erneut einen Schluck Wasser, wie um sich abzukühlen. Und wieder blieb sein Blick an seinem Bett hängen. An der Wand, hinter der sie heute Nacht schlafen würde. Er riss seinen Blick los, versuchte zu überlegen, was er für die Zufriedenheit der Feriengäste noch zu erledigen hatte, denn er wollte ihr zeigen, dass hier alles bestens lief.

Kapitel 4

»Und es gibt wirklich nichts, was dir fehlt?« Cristian stand bei Isabelle auf deren Terrasse vor ihrer Ferienwohnung. Sie hatte gerade eine Zeitschrift durchgeblättert, hielt inne. Er duzte diese zarte, grazile Frau seit ihrer Ankunft. Immerhin war sie die Frau seines alten Kumpels. Ex-Frau, um genau zu sein. »Ob mir etwas fehlt? … Alles wunderbar, Cristian. Ach doch!«, fiel ihr etwas ein.

Cristian sah sie erwartungsvoll an.

Isabelle fuhr unwohl fort. »Setz dich bitte.«

»So schlimm?«, scherzte er, setzte sich jedoch.

»Nein, beziehungsweise, ich weiß es noch nicht, wie schlimm es wird. Alexander …« Sie machte eine Pause, sah Cristian verzweifelt an. »Dass er gleich kommt, dass du ihm hier ein Zimmer gegeben hast, das ist, sagen wir mal … belastend für mich. Ich wusste nicht, dass er auch kommen will, als ich gebucht habe.«

»Das tut mir leid. Das wusste *ich* nicht.«

»Was, wenn er mir Anouk wegnimmt?« Ihre Stimme überschlug sich. Sie strich sich die blonden Locken zurück.

»Das wird er nicht tun.« Er wünschte es seinem alten Kumpel, dass er wieder zu seiner Frau fand. Zu seiner kleinen Familie.

»Er besitzt mehr Geld, um bessere Anwälte zu bezahlen als ich«, sagte sie mit leicht zittriger Stimme.

»Nein, so weit wird es nicht kommen«, versuchte er, sie zu beruhigen. Am liebsten hätte er ihre Hand genommen. Aber das wäre das falsche Signal gewesen.

Sie fuhr aufgewühlt fort: »Bisher habe ich es ihm nicht zugetraut, so weit zu gehen, aber seit unserem letzten Telefonat und angesichts der Tatsache, dass er uns nach Mallorca nachgereist ist, bin ich mir da nicht mehr so sicher. Alexander liebt seine Tochter abgöttisch, das hat er schon immer getan. Seit dem Tag ihrer Geburt. Genau wie ich. Dieses kleine, zarte Wesen war und ist das Wichtigste auf der Welt für mich. Und wird es immer bleiben. Ohne Anouk kann ich nicht leben.«

Cristian verstand. Auch wenn er selbst kein Kind hatte. »Und Alexander geht es genauso, Isabelle, da bin ich mir sicher, er hat am Telefon so etwas angedeutet. Deshalb möchte er seinen Urlaub mit ihr verbringen, mehr nicht.«

Isabelle atmete wieder durch, knetete ihre Hände. Sie flüsterte beinahe. »Dieser Mann ist sehr leidenschaftlich. Genau das habe ich damals so an ihm geliebt, genau das unterschied ihn von den Männern, die ich bis dahin kennengelernt hatte.« Sie sah in die Ferne. »Alexander ist Künstler und trotzdem versteht er etwas von Zahlen. Genau diese Kombination hat aus dem einfachen Künstler einen international angesehenen Star gemacht. Einen in der Kunstszene gefeierten Mann. Der von Frauen angebetet wird.« Sie hielt inne, biss sich auf ihre Unterlippe.

Cristian sah sie an. »Und du kannst ihn nicht mehr anbeten?«, mutmaßte er.

Isabelle nickte überrascht, er schien richtig zu liegen. »Alexander wurde mir immer fremder.« Sie nahm einen roséfarbenen Lippenstift aus einem Etui, das auf dem Tisch lag, malte sich die Lippen nach. Diese zarte Frau besaß einen natürlichen Charme, der alle bezauberte. Wie ein zitronengelber Schmetterling.

Er hörte den Kies im Hof knirschen. Ein Wagen fuhr auf den Parkplatz. Man konnte den Fahrer nicht erkennen, aber das musste er sein. Es war ein großer Wagen, ein Audi. Alexander mochte keine Kleinwagen, zumindest nicht mehr seit der Ausstellung in New York, seinem Durchbruch, wie er einmal gesagt hatte. »Man lebt nur einmal, Junge. Und das hat nichts mit Snobismus zu tun.« Denn den hatte Cristian ihm vorgeworfen. »Solange ich es mir leisten kann, genieße ich mein Leben«, hatte er gesagt.

Isabelle stand auf. »Ich habe ihn damals als Künstler ›entdeckt‹«, sagte sie und sah ihrem Ex-Mann von Weitem zu. Alexander stieg aus, schlug die Tür zu, hatte sie noch nicht gesehen. Cristian musste zugeben, sein Kumpel sah verdammt attraktiv aus. Sofort dachte er an Liz. Ganz sicher war Alexander auch ihr Typ. Ein seltsames Gefühl machte sich in seiner Magengegend breit. Ein bekanntes Gefühl.

Alexander sah sich etwas verloren um.

Cristian verabschiedete sich von Isabelle, wollte seinen Gast empfangen.

»Moment, Cristian, eine Bitte habe ich noch«, sagte sie.

Er hielt inne. »Gern, welche?«

»Kannst du dabei sein, wenn Alexander mich nachher begrüßt? Auch wenn er mit mir reden will? Jetzt brauche ich erst mal ein paar Minuten für mich.«

Cristian überlegte, nickte dann. »Wenn du das möchtest, natürlich.« Er sah, wie ihr ein Stein vom Herzen fiel, lächelte aufmunternd. Isabelle ging in ihre Ferienwohnung. Cristian verließ die Terrasse, trat auf Alexander zu. *»Hola chico«*, begrüßte er ihn, streckte seine Hand aus. Alexander schlug lachend ein, umarmte ihn und klopfte ihm freundschaftlich auf die Schulter.

* * *

Liz hielt die Luft an, zog den Bauch ein. Sie lag auf dem Bett von Cristians Gästezimmer und schlüpfte in ihre Hotpants. Dazu musste sie die Hüften nach oben schieben und dann wiederholt den Bauch einziehen. Puh, sie schaffte es, den Knopf zu schließen. Sie ließ sich wieder auf das Bett sinken, blickte durch den Raum. Cristian hatte das Zimmer traditionell mallorquinisch, wirklich gemütlich eingerichtet, Liz fühlte sich bereits jetzt pudelwohl darin. Sie stand auf, stellte sich vor den Spiegel und betrachtete ihre weiblichen Formen. Konnte sie die Hotpants noch tragen? Letzten Sommer saß sie nicht ganz so knapp und ließ sich leichter schließen. War ihr Becken auseinandergegangen? Sie drehte sich etwas um, verrenkte den Kopf. Ein wenig Cellulite an den Oberschenkeln hatte sie bereits, aber damit schlug sich ja fast jede Frau herum und Liz hatte schon länger beschlossen, sich deshalb nicht zu verhüllen. Wie sagte ihre Mutter immer: »Du hast schöne Haare, gerade Beine, einen hübschen Busen, also betone das. Jede Frau hat einiges Wunderschönes an sich. Warum nicht zeigen?« Liz musste lächeln, als sie daran dachte. Dank ihrer Mutter hatte sie ein ganz gutes Selbstwertgefühl, was ihren Körper betraf. Ihr Selbstbewusstsein, was Männer betraf, war allerdings durch die verletzenden Erfahrungen der letzten Jahre ziemlich in den Keller gerutscht.

Das zitronengelbe Top, das sie trug, ließ ihren Busen noch größer aussehen. In der Stadt hätte sie es nicht angezogen, einfach weil sie die Blicke mancher Männer nicht mochte. Aber hier war das egal. Auf einer Finca inmitten von Olivenbäumen, einem Esel und einer Gans. Und dieser Cristian hatte sie sicher schon als überhebliche Großstädterin abgespeichert. Leider, er schien ein interessanter Typ zu sein.

Liz verspürte Hunger, wollte Cristian fragen, ob es hier für die Gäste etwas Kleines zu essen gab oder ob sie zu den Läden am Meer gehen sollte, von denen Isabelle gesprochen hatte. Sie nahm an, dass dort auch für das kulinarische Wohl gesorgt war.

Liz schlüpfte in ihre pinkfarbenen Flip-Flops, nahm ihre Sonnenbrille, steckte sie ins Haar, verließ das Gästezimmer. Im Flur horchte sie, ob Cristian im Appartement zu hören war, sah kurz in die offen stehende Wohnküche.

Kein Cristian weit und breit. Eine leere Kaffeetasse stand auf dem Tisch, ein T-Shirt hing über dem Stuhl. Briefe stapelten sich auf dem Küchenbüfett. Etwas seltsam war es ja schon, in seinen Privaträumen zu wohnen. Liz bekam erneut ein schlechtes Gewissen, fragte sich, ob sie es hätte ablehnen müssen. Aber wo hätte sie dann unterkommen sollen? Vor allem bekam sie nur hier auf der Finca mit, wenn etwas nicht gut lief. Liz trat zur Eingangstür des Appartements, hinaus in die Sonne. Wie blau der Himmel leuchtete! Rasch setzte sie ihre Sonnenbrille auf, ging weiter über den Hof, sah sich um. Ein kleines Mädchen im weißen Hängerkleidchen und mit blonden Locken saß mit einer Schaufel in der Hand vor einem Tontopf mit Geranien und buddelte in der Erde herum, schüttete Erde in ein Förmchen. Sie musste im Grundschulalter sein, sah Liz an, hielt inne.

Liz ging auf das niedliche Kind zu, lächelte. »Hey, wer bist du denn?«

Die Kleine antwortete nicht. Liz versuchte es auf Spanisch und Englisch, dann wieder auf Deutsch.

»Ich bin Liz.«

Wieder keine Antwort.

»Backst du einen Kuchen?« Normalerweise konnte Liz ganz gut mit Kindern, aber dieses Mädchen sagte immer noch nichts, sah sie ernst und mit großen, traurigen Augen an. Dann stand es plötzlich auf und rannte davon.

Herrje, hatte sie etwas Falsches gesagt? Liz tat es leid, sie hatte das Mädchen nicht erschrecken wollen, ging ihm nach in die Richtung, in die es gerannt war. Dort stieß sie auf ein Gehege, in dem der Esel stand und sie ansah. Sie konnte die Kleine nicht entdecken, aber dafür eine Ziege, die ebenfalls in dem Gehege war. Wie schön die Tiere es hier hatten. Ihr Großonkel hatte gar nichts von dem Esel und so gesagt. Liz liebte Tiere, hatte jedoch auch Respekt vor größeren Tieren, wie vorher vor dem Esel. Sie betrachtete ihn jetzt genauer. Picasso war wirklich ein hübsches Tier. Liz ging neugierig weiter, um das Haupthaus herum, und da sah sie einen Pool. Wow, damit hatte sie nicht gerechnet. Das Wasser glitzerte verführerisch in der Sonne. Jetzt ein erfrischendes Bad, das war es! Neben dem Pool befanden sich zwei überdachte Holzterrassen mit Liegen, sodass man im Schatten chillen konnte. Die Holzliegen mit ihren beigefarbenen Kissen sahen edel aus. Das Meer war zwar nicht weit, aber am Pool zu liegen, zu lesen und ab und zu abzutauchen, hatte etwas. Wirklich seltsam, dass es Beschwerden über diese Anlage gab. Bis jetzt konnte Liz nichts Merkwürdiges feststellen. Das Anwesen machte einen sehr gepflegten Eindruck, daran konnte es also schon mal nicht liegen. Auch die Gartenanlage sah aus, als ob sich ein Gärtner regelmäßig darum kümmerte. Zypressen wuchsen neben rot und roséfarben blühenden Oleanderbüschen, dann die vielen Terrakottatöpfe mit den üppig blühenden Geranien in allen möglichen Farben. Liz ging weiter. Die Kleine musste sich vor ihr versteckt haben. Sie beschloss, das zu respektieren und weiter die Finca zu erkunden. Liz umrundete das Haus, entdeckte einen alten Brunnen, daneben ein Sitzensemble im Schatten eines weißen Sonnenschirms. Die Feriengäste konnten sich hier gut aus dem Weg gehen und ihre Ruhe haben, wenn sie wollten. Oder zusammen auf der überdachten Veranda des Haupthauses an dem langen Tisch mit den türkisfarbenen Holzstühlen sitzen. Immer wieder musste Liz daran denken, dass sie erst vor wenigen Wochen erfahren hatte, dass es das alles hier gab. Dass ihr Großvater hier aufgewachsen war. Als Sohn eines Olivenbauern, zusammen mit seinem älteren Bruder Alfonso. Was für eine schöne Kindheit das gewesen sein musste. Sie waren damals zwar offenbar arm gewesen, aber hier in dieser ländlichen Idylle aufzuwachsen, hatte etwas. Sehr schade, dass ihre Mutter nicht früher von der Finca erfahren hatte. Dann hätten sie hier bestimmt oft die Schulferien verbracht. Stattdessen ging es anfangs in den Schwarzwald, aus dem ihr Vater stammte, später immer nach Österreich. Dort war es auch hübsch, aber das mediterrane Klima dieser Insel reizte Liz mehr. Eine Finca, so nah am Meer, was gab es Schöneres? Dass ihr Großvater ihnen nie davon erzählt hatte, und ihr Großonkel auch nicht, kam ihr immer merkwürdiger vor. Was war damals geschehen? Das Haupthaus sah alt aus, zwar gut renoviert, aber als habe es schon viele Geschichten miterlebt.

»Hier sind Sie«, hörte sie plötzlich die raue Stimme von Cristian in ihrem Rücken. Liz drehte sich zu ihm um und da stand er, blies sich eine Haarsträhne aus der Stirn, hielt eine Harke in der Hand.

»Ja, ich habe Sie gesucht«, sagte sie. »Traumhaft diese Anlage und Sie haben sie sehr gut gepflegt.« Ein Kompliment konnte nicht schaden. Und es entfaltete seine Wirkung. Er lächelte. Es stand ihm verdammt gut.

»Ich mag dieses Stück Land«, sagte er. »Ich bin erst seit ein paar Jahren Olivenbauer und ich liebe es. Alles was ich tue, mache ich mit Leidenschaft, nur dann spürt man, dass man lebt.«

Beeindruckt sah Liz ihn an. »Sie arbeiten erst seit Kurzem als Olivenbauer?«

»Ja, ich habe mich neu erfunden. Jeder Mensch kann das.«

Ehe Liz antworten konnte, fuhr er fort: »Haben Sie schon die alte Ölmühle gesehen?« Er deutete auf ein Gebäude, das ihr noch gar nicht aufgefallen war. Sie wusste zwar von ihrem Großvater, dass sein Großvater Olivenbauer gewesen war, hatte aber nicht daran gedacht, dass es hier eine eigene Ölmühle geben konnte.

»Nein, die habe ich noch nicht entdeckt. Zeigen Sie sie mir?«

Er sah sie an, schien zu überlegen. »Gern. Aber nicht jetzt, okay?«

»Okay.«

»Wissen Sie, meine gute Erziehung sagt mir, ich soll nett zu Ihnen sein, weil Sie mein Gast sind. Aber Sie wollen mir kündigen. Das gefällt mir nicht.«

Verblüfft sah Liz ihn an, hob entschuldigend die Hände. »Ich … ich möchte das ja auch nicht. Ihnen kündigen. Aber ich muss den Grund herausfinden, warum die Anlage nicht mehr gut gebucht wird, warum es unzufriedene Gäste gibt. Wenn Sie mit mir zusammenarbeiten, als Team, auch für die Social-Media-Sache, werde ich Ihnen ganz sicher keinen Ärger machen.«

»Und wenn ich nicht mit Ihnen zusammenarbeiten möchte?«

Liz sah ihn irritiert an. »Wieso sollten Sie das nicht tun wollen?«

Er sah sie fest an. »Ich bin hierhergekommen, um meine Ruhe zu haben. Um mein eigener Herr zu sein. Nicht, um in irgendeinem *Team* zu arbeiten. Auch wenn ich nicht der Besitzer dieses Landes bin, schon klar. Aber ein alter Mann in Deutschland, dachte ich, mischt sich nicht ein, lässt mich machen, was ich möchte.«

»Das tut mir leid, mein Großonkel ist zwar alt, aber wenn da im Sommer plötzlich auch nur eine Ferienwohnung leer bleibt, ärgert ihn das so maßlos, dass er kurz vor dem Herzinfarkt steht.«

Cristian schüttelte den Kopf. »Wenn Menschen sonst keine Probleme haben.«

»Da gebe ich Ihnen vollkommen recht.«

»Wieso sind Sie dann gekommen und unterstützen das?«

Liz zögerte. Sollte sie ihm die Wahrheit sagen? Wieso auch nicht. »Weil ich in Berlin einen kleinen Laden führe und ihn aufgeben muss, wenn ich keine Finanzspritze meines Großonkels bekomme. Die Bank gibt mir leider nichts mehr.«

»Oh, das tut mir leid.«

»Ja, mir auch, sehr sogar. Mein Herz hängt daran, wissen Sie? Und vermutlich war ich auch neugierig auf dieses Anwesen, von dem meine Mutter, mein Bruder und ich erst vor Kurzem erfahren haben. Auch dafür will ich den Grund herausfinden.«

»Oh. Verstehe ich.«

»Wissen Sie mehr darüber?«

»Nein, keine Ahnung.«

»Es war nicht klug von Ihnen, dass Sie meinem Großonkel noch nicht einmal mehr auf seine Briefe geantwortet haben. Ich habe meiner Mutter gesagt, dass seine Briefe vielleicht gar nicht ankamen, stimmt das?«

Er schüttelte den Kopf. »Sie kamen an. Sie denken immer erst an das Gute im Menschen, richtig?«

Liz runzelte die Stirn. »Wieso findet das jeder verkehrt?«

»Ich nicht. Auf keinen Fall.«

»Also, wieso haben Sie dann nicht auf seine Briefe geantwortet?« Dieser Mann machte sie wahnsinnig.

»Wie gesagt, ich bin hierhergekommen, um auszusteigen, um Olivenbauer zu werden. Um anderen Menschen, die hier zur Ruhe kommen wollen, zu zeigen, wie man die Natur schätzt, nachhaltig mit ihr umgeht, wie man nachhaltig mit sich und seinen Mitmenschen umgeht. Mit seinem Partner. Wie man gutes Olivenöl herstellt, so wie die Menschen früher. Um mein Ding zu machen. Runterzukommen. Mich nicht wie einen Schuljungen behandeln lassen. Doch genau das war der Ton in den Briefen ihres Großonkels und so lasse ich nicht mit mir umgehen!«

Liz verstand ihn. Sie wusste ja, wie Alfonso sein konnte. Und offenbar hatte sich Cristian schon öfter so einen Ton gefallen lassen müssen, wie es klang.

»Wenn sich mein Großonkel im Ton vergriffen hat, tut es mir wirklich leid. Aber einen Mann in dem Alter kann man vermutlich nicht mehr ändern. Man kann sowieso keinen Menschen ändern«, fügte sie hinzu und dachte an ihren letzten Freund Micha, mit dem sie schon seit zwei Jahren nicht mehr zusammen war. Sie hatte versucht, ihn zu ändern, aus einem egoistischen Menschen einen sozialeren zu machen, was aber nicht geklappt hatte, was unsinnig gewesen war, das hatte sie danach eingesehen. Entweder fand man einen Menschen faszinierend, wie er war, auch mit seinen Macken und Eigenheiten, oder es konnte nicht der richtige Mensch für einen selbst sein. Seitdem hatte sie zwar immer wieder Dates gehabt, sich aber auf niemanden mehr richtig eingelassen. Zu groß war ihre Angst, aufs Neue verletzt zu werden.

»Man kann keinen Menschen ändern«, sagte Cristian jetzt ernst, »aber Menschen können sich selbst ändern.« Wieder hatte er diesen Ausdruck in seinen Augen, als ob auch ihn etwas zutiefst verletzt hatte. Was hatte er erlebt? Wieso hatte er entschieden, in dieser Abgeschiedenheit Olivenbauer zu werden? Was hatte er zuvor gearbeitet?

»Ja, Menschen können sich selbst ändern, das stimmt. Auch wenn es schwer ist«, gab Liz zu. »Darf ich fragen, wieso Sie beschlossen haben, Olivenbauer zu werden?«

Er zögerte. »Das ist eine lange Geschichte.« Er drehte ihr den Rücken zu und ging mit der Harke in der Hand zu einer Palme, harkte die Erde darum herum.

Liz betrachtete diesen Mann, sein breites Kreuz, diesen Mann, der so gar nicht wie ein Olivenbauer aussah. Er hätte vom Typ her eher in die Großstadt, in einen Tennisklub gepasst, ein Mensch, der abends gern Freunde traf, in edlen Restaurants oder in Bars. So konnte man sich täuschen. Er hatte das Leben hier auf dieser Finca gewählt und das ganz offensichtlich aus triftigen Gründen.

»Eine Frage noch«, sagte Liz und er wandte sich zu ihr um. »Bieten Sie hier auch kleine Snacks zu essen an für die Gäste, also vielleicht auch für mich, oder gibt es so etwas bei den Läden am Meer?«

Er runzelte die Stirn. »Gehen Sie zu den Läden am Meer. Josy betreibt auch ein kleines Café, sie hat tolle Schokoladencookies, aber auch anderes Gebäck und Sandwiches. Hauptsächlich bietet sie aber Touren mit dem Boot an oder mit dem Jeep ins Tramuntana-Gebirge.«

»Oh, so ein Laden klingt toll. Und ich liebe Schokoladencookies. Vielen Dank, dann gehe ich zu … wie heißt sie?«

»Josy.«

»Zu Josy. Gibt es den Laden schon lange?« Liz interessierte sich dafür, wie andere es schafften, ihre Läden am Laufen zu halten.

»Sie ist Deutsche. Vor fünf Jahren hierher ausgewandert. Da hat sie den Laden eröffnet. Eine tolle Frau.«

»Klingt perfekt.«

Er drehte sich wieder um und harkte weiter. Liz betrachtete ihn, sein Kreuz, seine Muskeln, die sich unter seinem T-Shirt abzeichneten. In ein hippes Fitnessstudio hätte er auch gut gepasst. Stattdessen harkte er Palmenblätter. So ganz durchschaute sie diesen Mann noch nicht.

Kapitel 5

Liz ging den Weg, den sie mit dem Auto gekommen war, zu Fuß in Richtung Meer. Sie wusste ja jetzt, dass es nicht weit war. Vorbei an alten Olivenbäumen, die hier bestimmt schon viele, viele Jahre standen. Wieder stellte sie sich ihren Großvater und Alfonso als Kinder vor. Zu gern hätte sie auf dieser Finca ab und zu etwas von ihrer Kindheit verbracht, wäre durch die Olivenbäume Slalom gerannt, bis zum Meer. Wieso gehörte die Finca eigentlich nur Alfonso und nicht auch ihrem Opa? Ihr Großonkel hatte behauptet, darüber gebe es ein Dokument. Ihre Neugierde war definitiv geweckt. Auch auf die alte Ölmühle, von der dieser Cristian gesprochen hatte, war sie gespannt. Hoffentlich nahm sich der Verwalter bald die Zeit, sie ihr zu zeigen.

Die Sonne stand hoch am Himmel, senkte sich bereits ein wenig Richtung Meer. Mittlerweile war es später Nachmittag und Liz verspürte einen Bärenhunger. Da man das Meer schon von hier aus sah, konnte sie sich nicht verlaufen, wusste genau, in welche Richtung sie gehen musste. Nach ungefähr zehn Minuten kam sie an der Straße am Meer an, sah etwas weiter rechts schon mehrere kleine Läden. Jeder Laden war aus den typisch mallorquinischen, sandfarbenen Steinen gebaut, alle hatten weiß-beige Markisen. Daneben standen noch zwei

Gebäude, aber ohne Markise, und aus der Ferne konnte Liz auch nicht erkennen, ob ebenfalls Läden darin waren oder vielleicht Büros. Schilder sagten den Vorbeifahrenden, was es hier Besonderes gab. »Schokoladenglück & Meer«, sprang Liz sofort ins Auge, sie liebte Schokolade. Das musste der Laden von Josy sein. Dann gab es noch den Laden »Blütentraum & Meer«, »Perlenzauber & Meer« und »Mandelduft & Meer«. Das klang alles verführerisch und vielversprechend. Liz ging zu »Schokoladenglück & Meer«. Drei Tischchen standen mit je verschiedenen Stühlen aus Korb oder Holz vor dem Laden, mit Blick aufs Meer. Alle Tischchen waren von Touristen belegt. Kein Wunder bei dem Ausblick. Liz betrachtete neugierig die Auslage des Schaufensters. Dort gab es tolle Fotos von Delfinen, Bootstouren und Wanderausflügen. Liz trat ein. Der Duft von Kaffee, Schokolade und Kuchen strömte ihr entgegen und beim Anblick des liebevoll gestalteten Ladeninneren überkam sie sofort ein heimeliges, wohliges Gefühl.

Rechts im Laden fand man alles zu den Touren mit verschiedenen Aufstellern und Prospekten, links ein kleines Café, eine Kühltheke, in der Kuchen, Schokoladenplätzchen und Sandwiches angeboten wurden. Alles sah köstlich aus. Vor allem die Schokoladenplätzchen lachten Liz an.

Eine blonde Frau in ihrem Alter, die gerade an einer chromblitzenden Kaffeemaschine Milch aufschäumte, sah auf und lächelte Liz herzlich an. Sie trug eine kurze Jeans-Latzhose, darunter ein weißes Top, viel Silberschmuck, schulterlange Haare. Sie besaß eine tolle Figur – die zwei Kilo weniger, die Liz zu viel hatte – und braun gebrannte Haut. »Hi!«, sagte die Frau nett, als sei Liz eine gute Bekannte. »Deutsche?«

»Hi, ja. Sieht man?«, antwortete Liz lächelnd.

Die Frau nickte, zuckte die Schultern.

»Das sieht ja toll aus hier«, entfuhr es Liz. »Ich meine, der ganze Laden. Und die Kuchen und Sandwiches. Und diese Schokoladencookies erst.«

»Danke dir!« Josy grinste. »Ich merke schon, noch eine Schokoladenliebhaberin.«

Liz nickte.

»Die Schokocookies und den Schokoladenkuchen mache ich selbst. Sie müssen immer gut gekühlt sein in diesem sonnigen Land, damit sie nicht schmelzen. Aber ich liebe Schokolade einfach. Die anderen Kuchen und das Gebäck sind aus der besten Bäckerei der Welt, sie ist im nahe gelegenen Dorf, aber die Sandwiches habe auch ich belegt.« Sie redete, fast ohne Atem zu holen, duzte Liz und erst jetzt wurde Liz bewusst, dass Cristian sie die ganze Zeit gesiezt hatte.

»Cristian hat mir von deinem Laden erzählt«, erklärte Liz.

»Ah, schön. Du machst Urlaub auf der Finca?«

»Äh, ja, so ähnlich.« Mehr wollte sie jetzt nicht erzählen. Liz betrachtete die Auslage, während Josy den Cappuccino fertigstellte und nach draußen brachte. »Bin gleich wieder da.«

»Ja.« Es gab außer den Schokobackwaren noch einen Mandelkuchen, *Ensaimadas*, das typisch mallorquinische Gebäck, und *Pa amb oli*, wie sie einem Schild entnahm, die typisch katalanischen Brote, eingerieben mit Knoblauch und Tomate, und Sandwiches mit Salat und Thunfisch.

Josy war zurückgekehrt. »Und?«

»Mhhm, sieht alles so lecker aus. Ich hätte gern zwei Schokoladencookies, ein Stück Mandelkuchen und ein Pa amb oli.«

»Ich sehe, du bist eine Genießerin, hast Hunger und Geschmack.«

Liz lachte. »Und bitte einen *Café con leche*.«

»Bekommst du. Draußen ist gerade ein Tischchen freigeworden, mit Blick aufs Meer. Beeil dich.« Josy zwinkerte ihr zu.

Liz lächelte und ging hinaus. In diesem Laden fühlte man sich sofort herzlich willkommen. Bei Cristian nicht ganz so, aber das war ja auch kein Wunder, da er von ihrer Mission wusste. Vermutlich hätte er sie am liebsten vor die Tür gesetzt. So ganz konnte sie es ihm nicht verdenken, immerhin war sie im Auftrag ihres Großonkels da. Liz setzte sich an das Tischchen, genoss den Blick aufs Meer. Dann sah sie sich um. Vor dem Nachbarladen gab es Taschen und Strandkleider mit Blumenmotiven, vermutlich selbst designed. Sie schienen etwas Besonderes zu sein, kein Billigramsch wie in jedem Touriladen. Sofort bekam Liz Lust, nach dem Essen und Kaffee dort und in den anderen Läden zu stöbern. Josy brachte auch schon die Schokoplätzchen, den Mandelkuchen und das Tomatenbrot.

»Voilà, der Kaffee kommt sofort.« Sie lächelte Liz warmherzig an.

»Danke schön.«

Die beiden Familien an den anderen Tischchen trugen Badesachen, darüber T-Shirts, die Kinder Taucherbrillen auf dem Kopf, nach oben gezogen. Ganz offensichtlich wollten sie gleich in See stechen.

Josy kam kurz darauf mit dem Café con leche, entschuldigte sich bei Liz, jetzt leider keine Zeit zum Plaudern zu haben. Obwohl sie sich die gern genommen hätte. »Der Schnorcheltrip mit dem Boot geht gleich los.«

»Oh, toll. Klar, kein Problem.«

Josy lächelte. »Wir quatschen ein andermal. Cristians Gäste sind mir immer willkommen.«

»Danke, sehr gern.« Liz kam etwas in den Sinn. Sollte sie Josy nach Cristian ausfragen? Nach dem Grund, warum es unter den Gästen Beschwerden gegeben hatte? Auf jeden Fall nicht jetzt. Josy musste los, aber Liz würde es bei nächster Gelegenheit fragen.

»Du kannst gern hier in Ruhe essen und trinken und die Aussicht aufs Meer genießen. Ich muss nur den Laden abschließen, meine Aushilfe ist krank. Eine Toilette ist hinterm Laden.«

»Alles klar, danke. Und viel Spaß!«

»Werden wir haben. Ich genieße die Trips selbst auch immer sehr. Ich glaube, ich habe den schönsten Job auf der Welt. Fast jeden Tag aufs Meer, was gibt es Genialeres.«

Liz lachte. »Klingt wirklich toll. Ich komme auch mal mit.«

»Sehr gern. Also bis bald! Und sag Cristian, wenn er dich nicht gut behandelt, kriegt er es mit mir zu tun.«

Josy zwinkerte Liz zu, bat die beiden Familien, ihr zu folgen, und gemeinsam gingen sie zu einem VW-Bus, stiegen ein und kurz darauf fuhr der Wagen los.

Liz dachte über Josys Satz über Cristian nach. Ganz offensichtlich behandelte Cristian seine Gäste nicht immer nett, oder war es nur ein Spruch gewesen? Sie nahm den ersten der beiden Schokokekse, bevor diese in der Sonne zerschmolzen, ließ den Bissen auf der Zunge zergehen. Wie köstlich es schmeckte, nach feiner Schoko, nach Mandeln, nach Wohlfühlen und Urlaub! Und plötzlich freute sie sich auf ihre kleine Auszeit hier auf Mallorca, die es schließlich auch sein sollte. Die Sorgen um ihren Laden hatten sie die letzten Wochen sehr belastet. Es wurde Zeit, dass sie kurz zu Atem kam, sich ein Konzept für ihren eigenen Laden überlegte und auch an sich dachte.

Nachdem sie in Ruhe ihren Kaffee und den Ausblick genossen hatte, ging sie in die anderen Läden, grüßte die Verkäuferinnen, die alle ungefähr in ihrem Alter waren, Kundschaft berieten und nett zurückgrüßten. Liz bewunderte blumige Strandtücher und Stoffe mit eingewebten, typisch mallorquinischen Mustern, im nächsten Laden handgefertigten mallorquinischen Schmuck und Majorica-Perlen, wie ihr ein Schild verriet, und sog im letzten Laden den Duft mallorquinischer Naturkosmetik auf. Orange, Mandel, Rose. Jeder

der Läden war ganz bezaubernd eingerichtet, in jedem gab es mallorquinische Besonderheiten. Was für ein tolles, stimmiges Konzept. Liz freute sich, der Aufenthalt hier würde sie inspirieren, dessen war sie sich jetzt sicher. Und sie würde sich Zeit für sich nehmen. Auf der Finca konnte man sicher gut entspannen, obwohl dieser Cristian irgendetwas in ihr auslöste und sie das Gefühl noch nicht einordnen konnte. Aber die Tiere, der Pool, das ganze Ambiente waren einfach wundervoll. Dann noch diese nette Ladenbesitzerin Josy und auch Isabelle, die auf der Finca ihren Urlaub verbrachte. Manchmal traf man Menschen im Leben, die einem innerhalb von Sekunden ein gutes Gefühl gaben. Und an besonderen magischen Orten gleich mehrere davon.

* * *

Cristian und Alexander traten an Isabelles Terrasse. Der weiße Vorhang an ihrer Terrassentür wehte leicht, durch die Nähe zum Meer gab es hier immer eine leichte Brise.

»Isabelle?«, rief Cristian. »Alexander ist mit mir hier und möchte dich begrüßen.«

Kurz darauf trat Isabelle heraus, lächelte angespannt, strich eine Locke zurück. »Alexander, hallo.«

»*Salut*, Isabelle. Du willst mich nur in seiner Anwesenheit sprechen?«

Cristian warf ihr einen entschuldigenden Blick zu. »Ich habe versucht, es taktisch klüger auszudrücken.« Er musste seinem alten Kumpel noch einiges beibringen. Denn auch wenn er selbst keine glückliche Beziehung hatte, so bildete er sich ein, viel über Paare und Fehler, die Paare machen konnten, zu wissen. Vielleicht, weil er sie alle selbst einmal begangen hatte, dachte er zerknirscht.

»Es ist mir lieber, ja. In welchem Appartement wohnst du denn?«, fragte Isabelle jetzt.

»In dem auf der anderen Seite des Hauptgebäudes, das hat Cristian extra so arrangiert«, erwiderte Alexander. Dabei blickte er sie sehnsüchtig an, wie Cristian registrierte. Es gab also noch eine Chance, Alexander wollte um seine kleine Familie aufrichtig kämpfen.

»Wie geht es dir, Isabelle?«, fragte Alexander.

»Wollen wir uns nicht kurz setzen?«, schlug Cristian vor. Sie taten es.

»Sehr gut geht es mir«, erwiderte Isabelle, aber man sah ihr an, dass ihre Worte nicht der Wahrheit entsprachen. »Es ist traumhaft hier.«

»Ja, ein kleines Paradies. Wo ist Anouk? Ihr gefällt es hier sicher.«

»Oh ja, sie ist bei den Tieren, das tut ihr gut. Du weißt ja, wie sehr sie Tiere liebt. Das Schöne hier ist, ich muss nicht jede Sekunde nach ihr sehen, hier ist sie sicher und ich denke, das spürt sie, das gibt ihr Selbstbewusstsein, einmal etwas ohne Mami machen zu können.«

Er nickte, sah auf seine Schuhspitzen. Cristian folgte unwillkürlich seinem Blick. Sein Freund trug angesagte Sneaker, dazu eine etwas hochgekrempelte beigefarbene Baumwollhose.

»Ich verstehe es immer noch nicht«, brach es aus Alexander heraus.

Cristian beschwichtigte seinen Kumpel rasch. »Nicht jetzt, Alexander, ihr habt hier alle Zeit der Welt.«

Das Paar sah sich aufgewühlt in die Augen.

»In Ordnung. Ich bin noch eine Woche da«, sagte er zu ihr.

»So lange wie wir?«, rutschte es Isabelle heraus.

»Ja, ist das ein Problem? Tut mir leid, aber ich habe dieses Jahr nicht viel Zeit, möchte die wenigen freien Tage, die ich habe, mit meiner Tochter verbringen.«

Cristian räusperte sich. »Und er wird dir aus dem Weg gehen, wenn du das möchtest, nicht wahr?«

Alexander zögerte, nickte etwas unwillig.

»Wie soll das hier funktionieren? Cristian kann ja nicht immer vermitteln, der Arme.« Sie atmete durch, dann hob sie die Hände. »Schon gut. Wir bekommen das hin, für Anouk.«

Alexander nickte. »Und Cristian ist im Notfall unser Coach.«

Sie sah Cristian fragend an.

Cristian erklärte, es gern zu versuchen.

»Komm, du hast schon ein paar Beziehungen gerettet«, sagte Alexander zu ihm.

»Wir müssen nicht gerettet werden«, widersprach Isabelle vehement.

»So habe ich das nicht gemeint«, erklärte Alexander.

Cristian stand auf. »Nehmt euch Zeit, die bekommt ihr hier. Alexander?« Er bedeutete ihm, es gleichzutun.

Alexander stand ebenso auf.

»Vielleicht inspiriert dich die Finca ja wieder zu neuen Gemälden?«, fügte Isabelle an und erklärte Cristian: »Seit unserer Trennung hat er kein Bild mehr gemalt, hab ich recht?«

Alexander bestätigte es nachdenklich. »Ja, aber es gibt eben Wichtigeres im Leben.«

Isabelle sah ihn ernst an. »Und deine Abgabetermine, deine Kunden?«

»Müssen warten.« Er spielte mit dem Ehering an seinem Finger. »Ich sehe jetzt mal nach Anouk.«

Wieder blickten sich die beiden in die Augen. »Komm«, sagte Cristian.

Kapitel 6

Gestärkt durch die Schokoplätzchen, den leckeren Kuchen und das Brot spazierte Liz den Weg vom Meer durch die Olivenbäume zurück. Die Sonne begann bereits orangefarben unterzugehen, tauchte die Landschaft in ein faszinierendes Licht.

Die Ladenbesitzerin Josy schien offen und nett zu sein, Liz wollte auf jeden Fall bald mit ihr über Cristian und die Feriengäste sprechen. Sie ging weiter den staubigen Pfad entlang. Zu Fuß hatte man viel mehr Muße und konnte die Olivenbäume im Detail betrachten. Sie sahen alt aus, sehr alt, ganz sicher hatten sie schon einiges erlebt. Nach wenigen Minuten kam Liz an der Finca an. Ein neuer Wagen stand auf dem Hof. Ein Audi, der aussah wie ein Mietwagen. Von einem neuen Gast oder jemandem, der vorher nur einen Ausflug gemacht hatte?

Liz betrat das Haupthaus der alten Finca und ging den Flur entlang zu Cristians Appartement. Wieder kam es ihr falsch vor, sich bei ihm eingenistet zu haben. Sie musste jetzt endlich aufhören mit diesem Gedanken. Um ihren Auftrag ausführen zu können, musste sie hier vor Ort sein, basta! Sie öffnete die Tür zu seinem Appartement und prallte gegen ihn. Die Berührung mit diesem Mann nahm ihr für einen Moment den Atem. Da stand er, war gerade im Begriff gewesen, nach draußen zu gehen. Ihre Brüste hatten seinen Oberkörper berührt und gleich darauf war er wie elektrisiert einen Schritt zurückgegangen.

»Entschuldigung«, brachte Liz hervor. »Ich klingele das nächste Mal.«

»Es gibt keine Klingel. Wenn mir jemand etwas sagen will, muss er nicht in meine Privaträume kommen.« Er sah sie an und dieser Blick verursachte erneut ein Kribbeln in ihr. War es die Berührung seines muskulösen Oberkörpers gewesen oder warum spielte ihr Körper in seiner Anwesenheit verrückt?

»Wo kann ein Gast Sie denn sonst erreichen, wenn er sich beschwe…, wenn er etwas … sagen möchte«, verbesserte sie sich.

»Draußen auf dem Tisch steht ein Schild.« Er ging vor, zeigte ihr auf der Veranda das Schild auf dem langen Tisch. Liz hatte es bisher nicht registriert. Da stand: »In dringenden Fällen.« Und eine Mobilfunknummer.

»Verstehe. Sehr schön.« Sie lächelte ihn an. Noch immer stand er vor ihr, sah sie merkwürdig an. Hatte der Körperkontakt auch in ihm etwas ausgelöst? Vermutlich das Berühren ihrer Brüste, dachte sie im nächsten Moment. Männer waren ja oft sehr durchschaubar. Nur Cristian, abgesehen davon, leider nicht.

»Darf ich?«, fragte Liz.

»Was? Natürlich.« Er machte den Weg frei, ging weiter.

»Ach ja«, sagte er noch.

Sie drehte sich um. »Ja?«

»Wenn Sie eine Flasche Wein als Sundowner wollen, bedienen Sie sich, auf dem Tischchen im Flur stehen Flaschen, schreiben Sie es auf. Und morgen Abend findet ein mallorquinisches Büfett auf der Veranda statt, ich koche. Wer mag, kann daran teilnehmen und sich in die andere Liste beim Wein eintragen. Hier findet es statt.« Er deutete nochmals auf den langen Holztisch.

Verblüfft betrachtete Liz den Tisch, die türkisfarbenen Stühle, die weinumrankte Veranda. Pittoresker konnte es nicht sein. Was war es nur, dass sich schon mehrere Gäste beschwert hatten? Er bekochte seine Gäste sogar.

»Können Sie schon sagen, ob Sie kommen?«, fügte er noch an. »Ich muss bald wissen, wie viel ich einkaufen soll.«

»Ja, ich komme gern. Danke.«

»Gut. Morgen Abend um 21 Uhr. Hier wird später gegessen als in Deutschland.«

»Ja, ich weiß. Mein Großvater war Mallorquiner, das hat er uns erzählt.« Das hätte sie nicht sagen sollen. Sofort war er wieder daran erinnert, dass sie im Auftrag ihres Großonkels Alfonso hier war. Seine Miene wurde ernster.

»Ach, und könnten Sie mir morgen bitte noch die alte Ölmühle zeigen?«, hakte sie nett nach. »Ich finde das sehr interessant und wusste davon nichts. Natürlich nicht. Ich wusste ja von all dem hier nichts.«

Zögerlich sah er sie an, schien sich einen Ruck zu geben. »Okay, kann ich einrichten.« Dann ging er weiter.

Liz betrat ihr Zimmer, nahm ihr Buch vom Nachttisch und ging damit wieder hinaus. Im Flur des Haupthauses entdeckte sie den Wein auf dem besagten Tischchen. Sie studierte die Etiketten. Es handelte sich um mallorquinische Weine, verschiedene Sorten Vino tinto, köstliche Rotweine, die sie noch nicht kannte. Liz wählte einen aus, trug sich in die Liste ein, auch in die fürs Abendessen am nächsten Tag, öffnete die Flasche mit einem daneben liegenden Korkenzieher, nahm sich ein Weinglas, das ebenfalls daneben stand. Dann klemmte sie sich ihr Buch unter den Arm und ging hinaus zu der lauschigen Sitzgruppe neben dem Brunnen. Was für ein toller Service, dachte sie. Bis jetzt hatte sie wirklich nichts gefunden, warum jemand einen Grund gehabt hätte, sich zu beschweren. Cristian schien privat vermutlich eher verschlossen zu sein, aber er wirkte im Grunde sympathisch und umgänglich. Und man musste sich ja nicht privat mit ihm abgeben.

Liz ging zu der kleinen Sitzgruppe, ließ sich hier nieder. Sie schenkte sich ein Glas Wein ein, nippte daran, sah in die Richtung, in der das Meer sein musste. Tatsächlich konnte man es von hier aus durch die Olivenbäume in der Ferne ein bisschen glitzern sehen, da die Finca auf einem Hügel lag. Deshalb hatte Cristian diese Sitzgruppe bestimmt genau hier errichtet. Was für ein Blick! Liz genoss den Moment, klappte dann ihr Buch auf und fing an, in ihrem Liebesroman zu lesen. Es wurde gerade spannend und so merkte sie erst spät, dass ein großer, attraktiver blonder Mann auf sie zukam.

»Oh, *hello*«, begann er auf Englisch, deutete auf ihre Weinflasche und fragte auf Englisch weiter, ob man hier eine Flasche Wein kaufen könne.

Liz antwortete auf Englisch und erklärte es ihm, aber als sie nach einem Wort suchte, erriet er, dass sie Deutsche war.

Liz bejahte. So gut sie Spanisch und Mallorquin sprach, so deutlich war ihr Akzent in Englisch zu hören.

»Dann können wir ja deutsch sprechen, ich bin Alexander«, sagte er nett.

Liz lächelte. »Liz, freut mich. Und der Wein ist übrigens hervorragend.«

Er nahm die Flasche zur Hand, betrachtete sie mit Kennerblick.

»Eine gute Wahl, dann hoffe ich, dass noch eine Flasche davon da ist.« Er zwinkerte ihr zu. »Kann ich sonst von Ihrem ein Glas abhaben?«

»Äh, natürlich.« Eigentlich wäre sie lieber alleine geblieben, aber wieder schaffte sie es nicht, zu sagen, was sie eigentlich wollte. Wie auch immer, vielleicht war es gut, mit den Leuten, die hier ihren Urlaub verbrachten, ins Gespräch zu kommen. Schließlich wollte sie mehr erfahren.

Ein paar Minuten später stand er mit einem leeren Weinglas lächelnd vor ihr. »Gilt das Angebot noch? Ich habe heute keine Lust auf Experimente. Sonst kann ich mich mit dem Weinglas gern verziehen, wenn Sie in Ruhe lesen möchten. Wirklich kein Problem.«

Liz musste lächeln. Er sagte das so unaufdringlich und nett, spätestens jetzt hätte sie sagen können, dass sie allein sein wollte. Aber sie wollte es nicht mehr. »Nein. Bitte, setzen Sie sich.«

»Wir können uns gern duzen«, sagte er locker.

»Sehr gern.«

Alexander schien erfrischend offen zu sein, bei einem Wein erzählte er ihr von seinen letzten Mallorca-Aufenthalten im Südosten der Insel. Dort sei es auch wunderschön. Dass er aber noch nicht im Nordosten der Insel gewesen sei. Liz hatte bald das Gefühl, sich vor ihm öffnen zu können. Sie erzählte ihm von ihren mallorquinischen Wurzeln, was Alexander faszinierte und verblüffte. »Und du bist nie hier auf dieser Finca gewesen, obwohl sie deiner Familie gehört?«

»Wenn ich davon gewusst hätte, hätte ich vermutlich jedes Jahr hier meinen Urlaub verbracht. Aber sowohl mein Großvater als auch mein Großonkel haben ein Geheimnis daraus gemacht.«

»Mysteriös.« Er nahm noch einen Schluck, behielt ihn einen Moment wie ein Weinkenner im Mund.

Sie unterhielten sich über Weine, über Liz' Laden und Alexander erzählte ganz bescheiden, Künstler zu sein. Es kam Liz vor, als hätten sie sich schon länger gekannt, so gut unterhielten sie sich. Aber irgendwann spürte sie, wie der Wein sie müde machte und ihre Zunge immer schwerer wurde. Es war ein langer und aufregender Tag gewesen. Die Sonne ging orangerot unter und Liz verabschiedete sich von Alexander, bevor sie

Unsinn redete. Was hatte er nur für schöne blaue Augen, dachte sie noch und fühlte sich wohlig leicht beschwipst, umarmte ihn zur Verabschiedung und sog seinen wundervollen Duft ein. Sie schwankte leicht, wie peinlich! Alexander hielt sie mit seinen Händen an der Hüfte fest, sah sie lächelnd an. Liz riss sich zusammen. »Geht schon, danke.«

»Schön. Bis morgen«, entgegnete er und ließ sie los.

»Bis morgen.« Sie hob ihre Hand, dabei rutschte ihr das Buch unter dem linken Arm heraus und zu Boden. Rasch hob er es auf, reichte es ihr amüsiert. »Soll ich dich zur Sicherheit zu deinem Zimmer begleiten?«

»Nein, nein, das schaffe ich. Danke.« Liz presste das Buch fest unter ihren Arm und ging möglichst würdevoll zur Finca.

Kapitel 7

Ein Sonnenstrahl kitzelte Liz im Gesicht. Sie lag im Bett, schlug die Augen auf. Sofort dachte sie an gestern Abend, wie beschwipst sie vor diesem attraktiven Alexander gewesen war. Wie unangenehm! Aber der Wein schien gut gewesen zu sein, sie hatte keine Kopfschmerzen. Cristian musste ein Weinkenner sein, da er diesen guten Wein anbot.

Liz horchte an der Wand. Ob er wohl sein Bett genau neben ihrem stehen hatte? Ab und zu hatte sie in der Nacht ein Knarzen gehört, als ob sich jemand im Bett umdrehte. Sie dachte an diesen Mann, der so überhaupt nicht wie der alte, kauzige Olivenbauer aussah, den sie sich anfangs vorgestellt hatte. Noch immer wusste sie nicht, was er zuvor in seinem Leben gearbeitet hatte, bevor er sich für das Leben auf der Finca entschieden hatte. Die Vorstellung, dass er hinter dieser Wand neben ihr lag, gefiel ihr. Die Wand schien nicht besonders dick und ganz sicher erst später hier eingezogen worden zu sein. Denn sonst wäre sie vermutlich aus Stein gewesen. Liz nahm ihr Handy zur Hand, sah darauf. Schon zehn Uhr, Cristian lag sicher nicht mehr neben ihr. Liz setzte sich auf, fuhr sich übers Gesicht. Lange hatte sie nicht so gut geschlafen.

Sie stand auf, duschte, cremte sich ein, zog sich ein Sommerkleid an und verließ ihr Zimmer. In Cristians

Wohnküche fand sie nach kurzem Suchen Kaffeebohnen in einer hübschen Dose und eine Kaffeemaschine. Er hatte ihr gestern angeboten, dass sie sich hier mit Kaffee bedienen konnte, da ihr Zimmer ja nicht wie die anderen Ferienwohnungen eine eigene kleine Küchenzeile besaß, um sich etwas zum Frühstück und Kaffee zu bereiten. Auf dem Holztisch lag eine Tüte frische Brötchen mit dem Aufdruck »Panadería Emilio« und, wie sie jetzt erst registrierte, lag ein Zettel dabei: »Für Liz«.

Wow, dachte sie, sehr fürsorglich der Mann. Ihre Ex-Freunde hatten ohne Ausnahme darauf bestanden, länger zu schlafen, und so hatte immer sie die Brötchen holen müssen. Und tatsächlich hatte sie sich nie durchgesetzt. Das sollte sich jetzt wirklich ändern. Wenn es schon ihrem Großonkel aufgefallen war und ihrer Mutter und ihrem Bruder auch, dass sie an diesem Punkt noch an sich arbeiten sollte. Irgendwie war Liz ihrer *family* inzwischen sogar dankbar. Erst hatte sie es als kleine Unverschämtheit von Alfonso aufgenommen, aber eigentlich war es ja nett, dass er sich solche Gedanken um sie machte. Und er hatte recht: Jede Frau sollte ihre Wünsche und Vorstellungen klar formulieren und durchsetzen können, wenn sie ihr wichtig waren. Manchmal fehlte einem ein bisschen Mut, aber den konnte man finden.

Liz trat zum Fenster der Wohnküche, sah hinaus in den Innenhof der Finca. Dort spielte wieder das kleine, süße Mädchen mit einer Puppe. Zu wem sie wohl gehörte?

Liz bereitete sich einen Café con leche zu, saß am Tisch in der gemütlichen Wohnküche und biss herzhaft in ihr Brötchen mit frischer Orangenmarmelade, die sie im Kühlschrank in einem Schüsselchen gefunden hatte. Sie hatte kurz überlegt, sich draußen hinzusetzen, aber das sollte jetzt nur ein kurzes Frühstück werden. Sie hatte schließlich viel vor, wollte Cristian suchen und sich die alte Ölmühle zeigen lassen. Vielleicht kam sie dann mit ihm ins Gespräch und erfuhr mehr über die Hintergründe der Stornierungen.

Als Liz ihren Teller und ihre Tasse in die Spülmaschine gestellt hatte, verließ sie das Appartement von Cristian und trat in den Innenhof. Dort stand Isabelle bei dem kleinen Mädchen und wollte ihm über den Rücken streicheln, aber das Kind zuckte zurück. Es war Isabelles Kind, natürlich, jetzt sah Liz auch die Ähnlichkeit.

»Hallo, Liz«, begrüßte Isabelle sie nett.

»Guten Morgen«, erwiderte Liz. »Das ist deine süße Tochter?«

Das Mädchen sah auf, blickte Liz ernst mit ihren großen Kulleraugen an, drehte sich dann weg und ging wieder in Richtung der Ställe.

»Ja«, sagte Isabelle stolz, aber auch traurig. Sie blickte der Kleinen hinterher.

Liz trat näher, registrierte die mütterliche Sorge. »Alles in Ordnung?«

Isabelle schüttelte vehement den Kopf, Tränen traten ihr in die Augen. »Nein, leider ganz und gar nicht.« Sie presste ihre Lippen zusammen.

»Oh, entschuldige, ich wollte nicht aufdringlich sein«, erwiderte Liz.

»Schon gut. Es ist nur … Mutter sein ist nicht immer einfach, weißt du.«

Betreten sah Liz sie an. »Ich habe keine Kinder, aber meine Cousinen je drei und sie sagen das auch.«

Isabelle lächelte tapfer. »Danke. Man denkt ja immer, nur bei einem selbst ist alles schwierig. Dass man als Mutter versagt«, fügte sie leise hinzu.

»Das darfst du nicht denken. Jede Mutter hat etwas, was sie umtreibt, das habe ich schon so oft gehört, auch von meinen Freundinnen, die Kinder haben. Und eben von meinen

Cousinen. Mal mehr, mal weniger, glaube mir. In meinem Leben läuft auch nicht alles toll.« Die Frauen lächelten sich an.

»Hast du vielleicht Lust auf eine Zitronenlimonade auf meiner Terrasse?«, schlug Isabelle vor. »Anouk scheint lieber bei den Tieren zu sein als bei mir.«

»Unsinn, das darfst du nicht denken. Aber der Esel hat eindeutig flauschigere Ohren«, versuchte Liz, sie aufzuheitern. Isabelle lächelte wieder und sie gingen los.

Die beiden Frauen hatten sich auf Isabelles Terrasse unter einem weißen Sonnenschirm niedergelassen. Isabelle hatte frische Zitronenlimonade mit Limettenscheiben darin auf den Tisch gestellt und zu erzählen begonnen.

»Anouk ist ein sehr sensibles Kind, das war sie schon immer. Da kommt sie vermutlich nach mir. Aber seit einem Jahr ist sie völlig verstört, redet kaum ein Wort.«

»Was? Das ist ja schrecklich. Was ist denn passiert?«

Isabelle atmete durch. »Sie hatte einen Lkw-Unfall. Ein rechtsabbiegender Betonmischer. Anouk war mit ihrer Lehrerin auf dem Fahrrad unterwegs. Die Lehrerin wohnte bei uns in der Nähe und hat Anouk manchmal nach Hause gebracht. Der Lkw erwischte Anouks Fahrrad, sie konnte gerade noch wegkrabbeln, aber ihre Lehrerin hatte weniger Glück.« Isabelle sah Liz vielsagend an, presste die Lippen zusammen.

Die schlug ihre Hand vor den Mund. »Nein!«

»Doch. Man kann sich gar nicht vorstellen, wie schrecklich das sein muss, so etwas mit anzusehen. Und Anouk stand genau daneben.«

»Wie furchtbar«, brachte Liz tonlos heraus. Schockiert und den Tränen nahe sah Liz Isabelle an, nahm ihre Hand in die ihre und drückte sie. »O Gott, das arme Kind! Kein Wunder, dass sie traumatisiert ist.«

Isabelle nickte traurig. »Und die Vorstellung, wenn meinem Baby das passiert wäre. Wenn sie vom Lkw …«

»Schrecklich. Daran darfst du nicht denken.«

»Ich denke es aber immer wieder. Und sie bestimmt auch. Ich war mit ihr natürlich schon bei Psychologen. Keiner fand einen Zugang zu ihr. Sie wollte da nicht mehr hin. Sie hat seitdem kaum mehr geredet. Was ja auch in der Schule wirklich ein Problem ist.«

»Oje, das kann ich mir vorstellen.« Liz schüttelte erschüttert den Kopf, nahm einen Schluck von der Limonade. »Ich verstehe einfach nicht, warum ein Abbiegeassistent für Lkws keine Pflicht wird. In Berlin sterben jedes Jahr so viele Radfahrer durch einen Lkw-Unfall, weil sie übersehen werden.«

»Ja, man versteht es nicht. Für allen Unsinn ist Geld da. Für die Automobilbranche, Fluggesellschaften, die Kohleindustrie …« Isabelle nahm ebenfalls einen Schluck Limonade, stellte ihr Glas hart ab. »Es war eine sehr schwere Zeit. Oder ist es immer noch. Mein Mann und ich haben uns so gestritten, was das Beste für Anouk ist. Er meinte, wir sollen sie einfach lassen, ihr unsere Liebe zeigen und sie nicht von einem Therapeuten zum nächsten ›schleifen‹, wie er mir vorgeworfen hat.«

»Ach, Isabelle, das tut mir so leid.«

Isabelle lächelte zerknirscht. »Ja, so etwas kann eine Beziehung zerstören.« Sie atmete durch. »Wir haben uns getrennt.«

»O nein!«, entfuhr es Liz.

»Ja, *ich* habe mich getrennt. Es musste Ruhe einkehren, für Anouk. Obwohl die Trennung natürlich auch für sie schrecklich war. Aber die meisten Eltern ihrer Freundinnen sind getrennt, sie kennt das als quasi normal und unsere Streitereien haben sie jedes Mal zum Weinen gebracht. Natürlich hatten wir uns bemüht, sie nicht vor ihr auszutragen. Was schwer ist, wenn man in einem Haushalt wohnt. Sie hat so sehr gelitten.«

»Das verstehe ich sehr gut, wirklich.«

»Danke. Deshalb bin ich jetzt mit ihr hier. Mein Mann kennt Cristian, hat mir den Tipp gegeben. Hier leben viele Tiere, vielleicht schaffen sie es, Anouk ins Leben zurückzuholen. Tiere sollen ja eine heilsame Wirkung haben.«

»Ja, davon habe ich auch gehört«, pflichtete Liz ihr bei.

»Und Cristian scheint sehr sensibel zu sein«, fügte Isabelle an. »So eigen er auf den ersten Blick wirkt, er scheint ein Händchen für Kinder zu haben. Jedenfalls hat er dem Sohn einer Freundin meines Mannes auch irgendwie geholfen. Oder eben diese Zeit hier, dieses beschützte Areal, die Ruhe, das Meer.«

Liz sah sie nachdenklich an. Ganz offensichtlich besaß Cristian viele Seiten. Natürlich, wie jeder Mensch.

»Wie schön, ich hoffe sehr, dass Anouk das alles hier hilft. Wenn ich irgendetwas für euch tun kann, sag bitte Bescheid.«

»Das ist lieb. Ich meine, wir kennen uns kaum und ich schütte dir hier mein Herz aus …«

»Das finde ich wundervoll und mir geht es auch so, dass es sich anfühlt, als würden wir uns schon länger kennen.«

Die Frauen lächelten sich an. In dem Moment trat Cristian an die Terrasse. Er trug heute Morgen ein weißes Leinenhemd und eine braune Leinenhose und sah blendend aus. »Hier sind Sie! Soll ich Ihnen jetzt kurz die alte Ölmühle zeigen? Es würde mir gerade gut passen.«

Liz sah Isabelle fragend an. Die nickte. »Mach das.« Dann wandte sich Isabelle an Cristian: »Und unsere Führung bleibt bei morgen?«

»Sicher.«

»Hast du vielleicht gleich auch etwas Zeit für Anouk? Heute ist kein guter Tag für sie, sie hat sehr schlecht geträumt und hat nach dir gefragt.«

»Natürlich. Sehr gern«, versicherte er.

Kapitel 8

Liz folgte Cristian in das alte Gebäude, in dem die Ölmühle stand. Sie betrachtete dabei seinen breiten Rücken.

Cristian drehte sich unvermittelt um, sah sie an. »Hier steht sie, die alte Ölmühle. Es gibt nur noch zwei oder drei auf Mallorca, die wirklich von Muskelkraft angetrieben werden.«

»Von Muskelkraft? Heißt das, du machst das selbst?« Liz merkte, dass sie ihn aus Versehen geduzt hatte. »Entschuldigung. Oder wollen wir uns nicht duzen?«

Er sah sie an. »Ist in Ordnung. Ich dachte, du willst beim Sie bleiben. Als Chefin.«

»Was? Nein, überhaupt nicht. Und ich bin nicht deine Chefin!« Für einen Moment sahen sie sich aufgewühlt in die Augen, dann wich Liz seinem Blick aus, sah zu Boden.

»Für die Mühle habe ich Picasso«, erklärte er mit seiner tiefen, ruhigen Stimme.

Sie sah auf. »Den Esel?«, hakte sie lächelnd nach.

»Den Esel. Schon immer haben Esel diese Ölmühle angetrieben. Die Geschichte dieser Ölmühle geht sehr lange zurück. Bis in die islamische Epoche Mallorcas, also in den Zeitraum 902 bis 1229.«

Skeptisch sah Liz ihn an. »Du nimmst mich auf den Arm.«

»Nein, das tue ich nicht.«

»Wir reden von der Finca meiner Familie.«

»Es gibt Aufzeichnungen, die das belegen. Ich habe sie hier in der Finca gefunden. Eine ganze Schublade voller alter Papiere.«

Liz horchte auf. Ihr Großonkel hätte das sicher nicht gut gefunden, dass sein Verwalter in den alten Papieren las. Cristian schien ihre Gedanken zu erahnen. »Die Schublade war nicht abgeschlossen und ist herausgefallen, als ich sie zu schwungvoll aufgezogen habe. Das oberste Dokument habe ich gelesen, weil es nicht privat aussah. Ich hoffe, es war in Ordnung, dass ich mich über die Geschichte der Finca informiert habe. Für die Touristen ist das ja auch sehr interessant. Alles andere habe ich nicht angerührt.«

Was sollte sie da noch entgegnen. Liz nickte, sah sich den alten Mahlstein an, dann ein Geschirr.

Cristian erklärte, dass der Esel in dieses hölzerne Geschirr gespannt werde. »Damit bewegt der Esel den trichterförmigen Läuferstein, der im Kreis über den Bodenstein walzt. So werden die Oliven dazwischen zu einer Paste zerquetscht, aus der später das Öl herausgepresst wird. Heutzutage funktionieren moderne Ölmühlen natürlich anders und effektiver. Da wird der zermahlene Olivenbrei nicht gepresst, sondern zentrifugiert. Aber ich wollte diese alte, geschichtsträchtige Ölmühle auf jeden Fall erhalten.«

»Oh, wow!«

»Ja, aber dein Großonkel will hier in der Ölmühle noch eine Ferienwohnung einrichten lassen, um mehr zu verdienen. Er will, dass ich, wie der Verwalter vor mir, die Oliven zu einer der großen Olivenpressen auf der Insel bringe und das Öl nicht selber presse, weil es von Hand natürlich längst nicht so effektiv ist und er so weniger einnimmt.«

»Verstehe. Das gab den Streit?«

»*Sí.* Er wollte auf die Insel kommen, dann kam ihm aber gesundheitlich etwas dazwischen. Ihm schwebte eine Ferienanlage für zahlungskräftigere Gäste vor. Dafür investieren wollte er nicht und ich habe es sowieso abgelehnt. Die Einnahmen durch die Feriengäste sollten die Investitionen abdecken. Ich habe mich aber dagegen verwehrt, die Ölmühle zu einer Ferienwohnung umzubauen, die Preise so drastisch zu erhöhen und hier nur noch Luxusgäste zu beherbergen.«

»Luxusgäste? Das wollte mein Großonkel?«, fragte Liz wenig begeistert.

»Wenn ich schon mit der Ölproduktion nicht reich werde, hat er erklärt, dann mit Luxusgästen. Es sei sein Lebenstraum, reich zu werden, hat er am Telefon gesagt. Und da er nicht mehr lange leben wird, da er ja schon über achtzig ist, wollte er wenigstens etwas mehr verdienen. Er scheint ein kleiner Onkel Dagobert zu sein, würde ich sagen.« Cristian lächelte kopfschüttelnd. »Dabei macht Geld nicht glücklich, das weiß doch jedes Kind.«

»Nein, macht es nicht«, wiederholte sie. »Da gebe ich dir recht. Und es macht einsam. Wobei man auch einsam sein kann, wenn man nicht viel Geld hat«, fügte sie mehr zu sich hinzu. Liz dachte nach. Wie immer ging es Alfonso nur ums Geld. Mit einer Ölmühle, die ein einziger Esel antrieb, konnte man natürlich nicht viel Olivenöl herstellen, und eine luxuriöse Ferienwohnung mehr, noch dazu eine in einer alten Ölmühle, wie romantisch, brachte mehr Gewinn.

Cristian fuhr fort: »Ich habe mich auch dagegen verwehrt, weil ich finde, die Geschichte eines Landes darf nicht vergessen werden. Auch die Sprache nicht. Das alles hat immer auch Einfluss auf die Geschichte der Menschen, die hier leben, oder auf die, die das Land besuchen. Das versuche ich, den Gästen zu vermitteln. Auch dass die Natur die Seele heilt. Tiere besitzen eine große Heilkraft. Und die Olivenernte.«

»Die Olivenernte?« Liz musste lächeln.

»Ja, wer einmal dabei war, der weiß, wie meditativ und entschleunigend das ist. Warst du einmal Oliven ernten?«

»Nein. Leider nicht. Wann ist denn die Olivenernte? Ich muss gestehen, so genau weiß ich es gar nicht.« Es klang nach einer interessanten Erfahrung.

»Bei den meisten Bauern auf der Insel geht es Ende Oktober los und dauert bis Weihnachten. Du hast Glück, bei mir – und bei einigen anderen auch – werden ein paar Olivenbäume schon Anfang Oktober abgeerntet und wir beginnen morgen. Ich lasse an zwei Tagen ernten, das bedeutet täglich sechs Stunden Arbeit. Den Rest ab Ende Oktober. Wenn man die Oliven früh erntet, ist der Geschmack fruchtig. Je reifer sie werden, desto nussiger.«

»Das klingt köstlich.«

»Die Erntehelfer erhalten freie Kost und Logis, falls sie nicht eh von hier sind, ein mallorquinisches Abendessen – und jede Menge neue Erfahrungen. Fünf bis sechs Leute brauche ich schon.« Erneut sah er sie so merkwürdig an. »Bist du dabei?«

»Gern«, erwiderte sie spontan.

»Ich gebe Isabelle und Anouk morgen eine Führung und erkläre ihnen, wie genau das Öl gepresst wird. Sie machen auch bei der Ernte mit, da habe ich aber keine Zeit, alles im Detail zu erklären. Du kannst gern morgen dazu kommen, damit ihr vorab wisst, wie es funktioniert.«

»Ja, vielen Dank.«

Sie wurde nicht schlau aus ihm. Mochte er sie oder lehnte er sie als Nichte des Besitzers ab? Er fuhr noch fort, zu erzählen, dass dieses Anwesen wohl nach der Eroberung Mallorcas durch Jaume den Ersten an den Templerorden vergeben worden und nach dessen Zerschlagung in den Besitz des Johanniterordens übergegangen war. »Der Name des ersten Eigentümers wurde

1362 vermerkt. Mehr habe ich wie gesagt nicht gelesen. Das heißt, dass diese Olivenbäume über tausend Jahre alt sind.«

»Die Bäume? Das ist ja toll«, entfuhr es Liz. Erneut betrachtete sie die alte Ölmühle. Wie alt sie wohl genau war? Alt auf jeden Fall und geschichtsträchtig. Und diese hatte Alfonso einfach durch eine moderne Ferienwohnung ersetzen wollen, um mehr Geld zu scheffeln. Dabei besaß diese Ölmühle wirklich Seltenheitswert. Aber den konnte er nicht zu Geld machen.

Sie blickte wieder auf, sah Cristian an. »Was hast du eigentlich vorher gearbeitet? Bevor du dich entschieden hast, hier auf der Finca als Olivenbauer zu leben.«

»Es ist ein ehrenwerter Beruf«, entgegnete er ausweichend.

»Auf jeden Fall. Ich finde es bewundernswert, wenn Menschen den Mut haben, ihr Leben noch einmal komplett umzukrempeln.« Sie lächelte ihn an, versuchte, ihn so aus der Reserve zu locken.

»Du gibst vermutlich eh nicht auf, bis ich es erzähle«, entgegnete er, hielt noch mal inne. Dann fuhr er fort: »Ich war Arzt, ich bin Arzt«, sagte er jetzt.

»Arzt?« Damit hätte sie nicht gerechnet.

»Ich habe als Notarzt gearbeitet. Im Schichtbetrieb. Das erklärt vermutlich genug.«

Sie schüttelte irritiert den Kopf, aber es war ersichtlich, dass er nicht mehr erzählen wollte. Ganz sicher hatte er als Notarzt schlimme Dinge erlebt. Alle Patienten konnte man da leider nicht retten. Was das mit einem Arzt machte, hatte sie schon oft gedacht. Sie selbst hätte es nicht ertragen können, so oft Menschen sterben zu sehen, ihnen nicht mehr helfen zu können.

Er drehte sich plötzlich um, ging über den Hof in Richtung Haupthaus, Liz folgte ihm. Dann stoppte er und erklärte, sich jetzt um Anouk kümmern zu wollen. »Warst du zufrieden mit der ersten Führung? Dann kannst du deinem Großonkel ja davon berichten.«

Verdutzt blickte sie ihn an. Er sah in ihr also doch nur den verlängerten Arm von Alfonso. Liz nickte. »Es war wirklich sehr interessant, vielen Dank. Und ich möchte auch nicht, dass diese alte Ölmühle abgeschafft wird. Ich bin mir sicher, dass die Olivenernte ein tolles Erlebnis für Gäste ist, ich meine, ich freue mich darauf.«

Er nickte knapp, wollte sich schon umdrehen, aber Liz fiel etwas ein: »Kann ich bitte den Inhalt der Schublade sehen?«, fragte sie nach. »Die Schublade mit den alten Papieren?«

Er fuhr sich durchs Haar. »Es sind private Dinge deines Großonkels. Ich bin mir nicht sicher, ob ich sie dir zeigen darf. Sprich das besser erst mit ihm ab.«

Liz überlegte, stemmte die Arme in die Hüfte. »Es sind Dokumente meiner Familie, ganz sicher nicht nur die meines Großonkels. Und sowieso, ich bin in seinem Auftrag hier. Ich möchte ihn deshalb ungern anrufen, weil es jedes Mal etwas anstrengend ist. Aber wenn er sich später aufregt, nehme ich es auf meine Kappe, einverstanden?«

»Also gut. Es ist die Schublade in der Kommode in deinem Zimmer.«

»In meinem Zimmer?«

»Im Gästezimmer meines Appartements, es war früher ein Arbeitszimmer.«

»Verstehe.«

Er nickte ihr kurz zur Verabschiedung zu und ging in Richtung Isabelles Ferienwohnung.

Liz sah ihm nach. Mit einem Mal verstand sie, dass er sich mit ihrem Onkel angelegt hatte. Dass der alte Mann diese geschichtsträchtige Ölmühle nicht bewahren wollte, machte sie richtig wütend. Diese Wut musste auch Cristian empfunden haben. War das wirklich der alleinige Grund für den Streit?

Aber warum hatten sich dann Touristen beschwert und ihre Buchungen storniert?

Liz fühlte sich wie eine Detektivin, der noch einige Spuren fehlten. Sie verspürte Lust auf einen Kaffee. Sie konnte jetzt in Josys Café am Meer gehen, vielleicht würde sie dort auch mehr über diesen Mann und die Finca erfahren. Aber zuvor wollte sie rasch einen Blick in die Schublade werfen.

Die alte Kommode hatte sie natürlich registriert, aber sie hatte sie selbstverständlich nicht geöffnet. Schließlich befand sie sich in seinen Privaträumen. Sie zog an der Schublade. Diese ließ sich erst schwer und dann plötzlich mit einem Ruck öffnen. Deshalb musste Cristian der Inhalt auch teils herausgefallen sein. Ein modriger Geruch schlug ihr entgegen. Liz sah neugierig in die Schublade. Einige alte Papiere lagen darin, ein paar sahen sehr vergilbt aus, es gab Fotografien, die unter den Papieren hervorlugten. Für diese Schublade musste sie sich richtig Zeit nehmen. Sie zog eine alt aussehende, schwarz-weiße Fotografie hervor, auf der ein junges Paar vor dem Haupthaus der Finca zu sehen war. An irgendjemanden erinnerte sie der junge Mann. Seine Augen blickten fröhlich, er hatte seinen Arm um die Frau gelegt, drückte sie herzlich an sich. Ein Hochzeitsfoto war es nicht. Und dennoch erkannte man die Liebe zwischen den beiden, denn die Frau sah ihn ein wenig von der Seite an. Sie himmelte ihn an, das konnte Liz sehen. Ein Lächeln huschte über ihr Gesicht. Handelte es sich bei dem Mann um Alfonso? Oder ihren Großvater? Die beiden Brüder hatten sich im hohen Alter recht ähnlich gesehen. Und wie sie als junge Männer ausgesehen hatten, wusste sie nicht. Sie nahm ihr Handy heraus, fotografierte das alte Foto und schickte es ihrer Mutter. »Kennst du die beiden?«, schrieb sie, dazu einen Smiley. Ihre Mutter antwortete nicht sofort, sie sah nicht ständig auf ihr Handy wie Liz'

Generation. Ihr Durst auf Kaffee wurde stärker. Sie schob die Schublade wieder zu und machte sich auf in Richtung Meer.

* * *

Es duftete wieder nach Kaffee und frisch gebackenem Kuchen. Josy trug ihre blonden Haare heute zu einem Pferdeschwanz zusammengebunden, redete mit einem gut aussehenden Gast am Tresen, als Liz den kleinen Laden betrat.

»Wenn du wirklich Delfine sehen willst, musst du früh aufstehen«, sagte sie kokett zu ihm.

Der Typ lachte. »Schaff ich, wenn du auf dem Trip dabei bist.«

»Ich dachte, du willst Delfine sehen?«, konterte sie und grüßte Liz gestisch. Der Mann lachte wieder. »Also gut. Ist morgen früh noch was bei einer Tour frei?«

Josy sah in ihrem Auftragsbuch nach. »Ja, ich hab noch Plätze.« Sie nannte ihm den Preis. Er zögerte kurz. Sagte dann aber zu.

Delfine! Liz fühlte sich sofort an ihren Kindheitstraum erinnert. Schon als kleines Mädchen hatte sie davon geträumt, mit Delfinen zu schwimmen. Sie wusste zwar inzwischen, dass man den Tieren nichts Gutes tat, wenn man mit ihnen schwamm, deshalb würde sie es auch nie tun, aber allein sie in ihrem natürlichen Umfeld aus der Nähe zu beobachten, wäre ein Traum. Und sollte man sich im Leben nicht möglichst alle Träume erfüllen, die man irgendwie realisieren konnte? Diese Tour war zwar nicht billig und Liz knapp bei Kasse, aber um diesen Traum zu verwirklichen, war ihr das Geld egal. Und vielleicht konnte sie es auf die Spesenliste setzen, denn ein paar Unkosten würde ihr Alfonso erstatten, hatten sie ausgemacht.

Als sie an der Reihe war und einen Café con leche und einen Schokoladenkeks bestellt hatte, fragte sie nach. »Könnte ich vielleicht auch einen Platz morgen früh auf der Tour buchen?«

Josy lächelte. »Sehr gern. Um 6.30 Uhr geht es los, dann fahren wir mit dem Auto nach Port de Pollença, ungefähr um 7.45 Uhr geht Anfang Oktober die Sonne auf. Von da geht es mit dem Boot aufs Meer und dort sieht man die Delfine ziemlich sicher. Zu 95 Prozent. Und den gigantischen Sonnenaufgang. Aber den meisten Touristen ist das zu früh. Dabei ist das wirklich ein Highlight auf Mallorca. Meinst du, du schaffst das?«

»Es klingt toll, auf jeden Fall.« Liz lächelte. »Ich bin zwar keine Frühaufsteherin, aber um Delfine zu sehen, krieg ich das hin.«

»Super.« Josy schrieb etwas in ihr Auftragsbuch. »Liz, Cristians Freundin, du bist eingetragen.«

Liz lachte auf. »Ich bin nicht Cristians Freundin.«

Josy sah auf. Sie lächelte. »Du bist genau sein Typ.« Neue Kunden betraten den Laden. Josy grüßte sie herzlich, bereitete den Kaffee. »Ich bringe ihn dir raus, Liz.«

»Danke.« Während sie noch über Josys Worte nachdachte, ging Liz hinaus und setzte sich an eines der freien Tischchen. Das Meer funkelte und glitzerte vor ihr und Liz genoss den Blick. Wie wundervoll musste es sein, hier zu leben und zu arbeiten! Josy hatte es wirklich richtig gemacht, auszuwandern.

Die servierte ihr kurz darauf den Kaffee und den Keks. Er sah anders aus als gestern. »Heute gibt es Macadamia-Cookie mit Schoko und Fleur de Sel von Mallorca«, erklärte Josy.

»Das klingt unglaublich.«

»Ist es auch. Einer meiner *favourites.*«

»Du hast es wirklich gut, habe ich gerade gedacht. Mit diesem Blick jeden Tag hier zu arbeiten, davon träumen die meisten Menschen.«

Josy nickte nachdenklich. »Ja, du hast recht. Das sage ich mir auch immer wieder, wenn ich mal schräg drauf bin.«

Liz sah auf. Sollte sie nachhaken?

Josy winkte aber schon ab, lächelte etwas bemüht und erklärte, die Kunden wegen einer Tour beraten zu müssen. »Du hast ja sonst keine Wünsche mehr, oder?«

Liz hakte nach: »Nur eine kurze Frage. Kennst du Cristian eigentlich gut?«

»Cristian? Gut wäre übertrieben. Er lässt ja keinen an sich ran. Aber genau das macht ihn vermutlich so faszinierend für viele Frauen. Für mich nicht. Ich brauche keinen Kerl, um glücklich zu sein.«

Josy zwinkerte ihr zu und ging in den Laden zu ihren Kunden.

Liz lächelte, zog ihr Handy heraus und schrieb Olaf, ob in ihrem Laden alles laufe?

»Logo, *chillig* hier«, antwortete er sofort. »Kennst mich doch. Keine *message* heißt keine Katastrophen. Brauchst nicht nachhaken. *Chacka*, Olaf. Lass dir die Sonne auf den Bauch scheinen.«

Liz musste lächeln, nippte an ihrem Kaffee.

Olaf brachte sie immer wieder zum Grinsen. Er war wirklich ein netter Kerl, inzwischen schon ein Freund. Sie konnte ihm nicht kündigen. Sie schrieb: »Machst du bitte diesen Schrieb fürs Finanzamt fertig? Du weißt schon.«

»Yepp«, kam als Antwort.

Konnte sie sich auf ihn verlassen? Liz besaß keine gute Menschenkenntnis, erst recht nicht, was Männer betraf. Bisher hatte sie sich offensichtlich immer für die Falschen entschieden. Sie dachte an den Abend gestern mit Alexander. Männer wie er, Künstler, charmant, bereiteten ihr ein Kribbeln im Bauch, aber taugten sie für eine Beziehung? Was dachte sie da überhaupt?

Der Wein gestern schien ihr offensichtlich zu Kopf gestiegen zu sein.

Liz genoss den Kaffee, checkte ihr Handy, aber ihre Mutter hatte die Nachricht noch nicht gesehen. Sie biss ein kleines Stück Cookie ab und ließ es genießerisch im Mund zergehen. Was für eine Geschmacksexplosion! Und dazu die bombastische Aussicht. Nach einer Weile ging sie hinein, um zu zahlen. Dabei fragte sie Josy nach der Finca, ob sie etwas gehört habe, dass es dort Probleme gebe.

»Probleme? Nein, inwiefern?«

»Es gab wohl Beschwerden von Touristen und Stornierungen.«

Josy runzelte die Stirn. »Bist du die Inselpolizei oder wieso fragst du?«

Liz schüttelte den Kopf. »Nein, aber die Finca gehört meinem Großonkel und wenn ihm auch nur ein Cent durch die Lappen geht, wird er nervös. Deshalb hat er mich geschickt, um nach dem Rechten zu sehen.«

»Verstehe. Ich dachte, die Finca gehört Cristian.«

»Ach ja? Wie kommst du darauf?«, fragte Liz nach.

»Vermutlich weil er dort einiges umgekrempelt hat, seit er dort ist. Das hat er mir mal erzählt. Der frühere Typ hat jedenfalls kein Olivenöl selbst hergestellt, mit einem Esel. Er hat die Oliven an einen Billig-Olivenölhersteller auf der Insel verkauft.«

Liz hakte nach. »Und Cristian hat das einfach anders gemacht?«

»Ja, das wird deinem Großonkel vermutlich nicht gepasst haben.«

Liz nickte nachdenklich. »Einer, der nicht nach seiner Pfeife tanzt.«

Josy grinste. »Cristian macht sein Ding, das mag ich ja an Menschen.«

»Ja.« Liz lächelte. »Den Mut hat nicht jeder.«

»Dann hast du ja einen undankbaren Job im Auftrag deines Onkels. Wieso machst du ihn?«, fragte Josy nach.

»Weil ich kurz davorstehe, meinen kleinen Laden in Berlin schließen zu müssen, wenn mir mein Großonkel keine Finanzspritze gibt. Und die gibt er mir nur …« Sie hielt inne, zuckte vielsagend die Schultern.

Josy vervollständigte den Satz: »Wenn du die Inselpolizei spielst.«

Die Frauen lachten.

»Was betreibst du für einen Laden?«, fragte Josy nach.

»Einen mit mediterranen Spezialitäten, weil mein Opa und eben sein Bruder von hier stammen. Dass meinem Großonkel die Finca gehört, haben sie jahrelang verschwiegen, warum auch immer.«

»Seltsam.«

»Ja. Leider läuft mein Laden wie gesagt nicht mehr gut und die Miete wird jetzt auch noch erhöht.«

Josy nickte, wurde ernst. »Liz, ich versteh dich gut, glaub mir. Aber um eins bitte ich dich: Mach das alles hier Cristian bitte nicht kaputt. Als er auf der Insel ankam, ging es ihm ziemlich mies, wie er mir erzählt hat. Er hat nie genau gesagt, was vorgefallen ist, aber als er noch nicht lange hier war, hab ich ihn einmal auf einem Felsen am Meer gesehen. Er hat geweint. Dieser große, stark wirkende Mann. Es muss etwas Schlimmes vorgefallen sein, das ihn immer noch belastet. Nicht nur, dass ihm jemand unter den Händen weggestorben ist, wie ich anfangs dachte.«

Mitleidig sah Liz sie an. »Oh weh! Ja, das Gefühl hatte ich auch schon. Ich will ihm nichts kaputtmachen, glaube mir.«

Josy lächelte. »Dann ist es ja gut. Wir Selbstständigen wissen ja alle, wie schwer es manchmal sein kann.«

»Ja, das stimmt.«

Josy gab ihr noch ein paar Tipps, was sie morgen früh auf die Delfintour mitnehmen sollte, und dann verabschiedete sich Liz, weil eine ältere Kundin mit weißen Haaren herankam. Offensichtlich eine Mallorquinerin, die Josy kannte und sie zur Begrüßung herzlich in die Arme schloss.

Liz machte sich auf den Weg zurück zur Finca. Ehrfürchtig wanderte sie zwischen den Olivenbäumen hindurch, die um die tausend Jahre alt sein sollten. Man konnte es fast nicht glauben. Was hatten sie auf dieser Insel schon alles gesehen?

Total verschwitzt kam sie auf der Finca an. Jetzt kurz ein erfrischendes Bad im Pool, dann würde sie sich der Schublade widmen. Liz trug ihren Bikini unter der Shorts und dem T-Shirt, zog die beiden Letzteren aus und ging zum Becken, als ihr Alexander in Badehose entgegenkam. »Hey, gleiche Idee, was?« Er hatte einen tollen Body und Liz, die wenig Sport trieb, kam sich so nackt vor. Sie setzte sich schnell an den Rand und ließ sich hineingleiten.

»Wie ist das Wasser?«, fragte er nach.

»Perfekt.«

»Klingt gut.« Er trat ans Becken, machte einen eleganten Köpfer. Das, was Jungs immer machten, was Liz nie gekonnt hatte, auch nicht als junges Mädchen. Sie schwamm ein paar Züge, er tauchte wieder auf, ihre Augen wanderten immer wieder zu diesem Mann. Wieso verbrachte er hier seinen Urlaub alleine? Oder wartete er auf eine Frau, die nachkam? Zu gern hätte sie ihn gefragt.

Alexander tauchte wieder und kam genau neben ihr an die Wasseroberfläche, schwamm neben ihr her. »Wahnsinn, so ein Pool hat echt was. Hast du von dem mallorquinischen Essen von Cristian heute Abend gehört?«

»Ja, bist du auch dabei?«, erwiderte sie und sah ihn an. Wasser perlte auf seinem Gesicht ab, er strich sich die nassen Haare zurück, schüttelte sich kurz wie ein Hund.

»Auf jeden Fall. Klingt wieder so köstlich, was Cristian da zaubern will. Er kocht superb.«

Er sah sie nachdenklich an. »Wieso ist eine Frau wie du eigentlich alleine hier?«, fragte er nach.

Liz musste lächeln. Das Gleiche hatte sie ihn fragen wollen. Sie hielten am Beckenrand an, sie erzählte es ihm, in der Hoffnung, ins Gespräch zu kommen, irgendetwas zu erfahren, was sie weiterbrachte. Aber Alexander war wie vermutet gestern erst angekommen und hatte keinen Grund zur Beschwerde über Cristians Arbeit hier.

»Im Gegenteil«, stellte er fest. »Cristian hat mir erst geschrieben, er sei ausgebucht, dann hab ich ihn angerufen und er konnte doch noch etwas für mich tun.«

Erstaunt sah Liz ihn an. Wieso hatte Alexander so dringend hierher gewollt? Aber ehe sie fragen konnte, tauchte er wieder unter und schwamm unter Wasser durch den ganzen Pool. Sie sah ihm nach. Ein faszinierender Mann. Sollte sie sich auf einen kleinen Urlaubsflirt mit ihm einlassen?

In ihrem Zimmer zog sie sich rasch um, ging zur Kommode und öffnete die Schublade. Ihre Mutter hatte ihr mittlerweile geschrieben.

> Der Mann auf dem Foto ist Opa, mein Vater. Die Frau kenne ich nicht. Meine Mutter ist es nicht.

Es hörte sich etwas verschnupft an. Opa hatte also vor ihrer Oma eine andere Liebe gehabt, dachte Liz. Nicht ungewöhnlich für einen so gut aussehenden jungen Mallorquiner. Sie nahm ein Kuvert aus der Schublade, auf dem handschriftlich der Name ihres Großvaters stand: »Benito«.

Liz zog den Brief aus dem geöffneten Kuvert, entfaltete ihn. Ihr Großvater war tot, insofern durfte sie ihn sowieso lesen.

Er war datiert auf den 3. Juli 1955. In alter, leicht verblasster Schrift stand dort auf Spanisch:

> *Mein liebster Benito,*
> *ich bin so glücklich. Unserer Hochzeit steht nichts mehr im Wege. Mein Vater hat sich mit deinem geeinigt und ich bin die stolzeste Frau auf der Welt. Unsere Kinder werden sich auf eurer Finca wohlfühlen, so wie ich. Lass uns morgen Mittag in unserer Bucht treffen und das Fest für nach der Olivenernte planen, wie Du es Dir gewünscht hast.*
> *In Liebe, Cecilia*

Liz ließ den Brief, oder eher die Nachricht, nachdenklich sinken. Opa hatte eine Cecilia heiraten und hier leben wollen. Von Alfonsos Erbanspruch war keine Rede. Denn dieser hatte die Finca als ältester Sohn geerbt, wie er behauptet hatte. Seltsam, irgendetwas musste anders gelaufen sein. Opa hatte seine mallorquinische Liebe nicht geheiratet, war stattdessen noch im Sommer 1955 nach Deutschland ausgewandert und hatte dort 1960 ihre Oma Else kennengelernt und eine Familie gegründet. So viel wusste sie, denn er hatte das Jahr als ihren Jahrestag öfter erwähnt. Hatte er Else so geliebt wie Cecilia? Oma Else, eine herzensgute Frau, hätte es verdient gehabt. Wenn Opa nicht nach Deutschland ausgewandert wäre, hätte es sie, Liz, nie gegeben, dachte sie weiter. Wie anders das Leben laufen konnte! Ihr Großvater war nach Süddeutschland gekommen, weil es in ihrem Ort eine Textilfirma gab, die Arbeiter suchte. Wie gern hätte sie ihn jetzt genauer danach gefragt. Leider war es zu spät, waren ihre Großeltern beide verstorben. Liz konnte nur hoffen, dass ihre Mutter die Hintergründe dieser früheren

Liebe kannte. Aber so wie sie zurückgeschrieben hatte, klang es nicht danach. Liz sah auf die Uhr. Sie spürte großen Hunger, wollte sich dem restlichen Inhalt der Schublade die nächsten Tage peu à peu widmen. Jetzt freute sie sich auf einen kulinarischen, entspannten Abend mit zwei attraktiven Männern und einer netten Frau. Isabelle würde sicher auch dabei sein, mit ihrer kleinen, niedlichen Tochter. Liz freute sich darauf, auch Alexander besser kennenzulernen. Heute Abend würde sie mit ihm flirten, nahm sie sich vor. Man lebte schließlich nur einmal.

Sie ging ins Bad. Cristians Sachen standen natürlich hier herum, außerdem eine Mandellotion, die er für sie bereitgestellt hatte. Eine sehr nette Geste. Sie nahm sein Aftershave, schnupperte daran. Es roch gut. Sie stieg unter die Dusche, wollte sich mit der Orangenduschlotion abduschen. Die dürfe sie gern benutzen, hatte er ihr gesagt. Nach dem Duschen nahm sie die Mandellotion, die herrlich nach Marzipan roch. Auch die Flasche sah sehr schön aus, Mandelblüten bestimmten das Etikett. Liz zog ein rotes Sommerkleid an, freute sich auf das mallorquinische Essen, auf den Abend mit Alexander und auch auf Cristian. Zwei wirklich interessante Männer, jeder auf seine Art. Ein leichter Schauer lief ihr über den Rücken.

Sie trat zum Spiegel, legte etwas roten Lippenstift auf, sah sich an und lächelte. Vielleicht brachte ihr diese Finca ja Glück in der Liebe. Immerhin hatte ihr Opa hier damals auch geliebt. Sie trat in den Flur, hörte Geräusche aus der Küche. Cristian schien fleißig zu sein. Liz beschloss, zu ihm zu gehen und ihm ihre Hilfe anzubieten.

* * *

»Auf keinen Fall, du bist mein Gast«, wehrte er ihr Angebot ab. Er duftete ebenfalls frisch geduscht, seine Haare waren noch feucht.

»Ich würde dir wirklich gern helfen«, wiederholte sie.

»Nein. Wenn ich etwas sage, meine ich es so, such dir draußen einen Platz aus. Das Ehepaar aus Bremen müsste schon da sein.« Er drehte sich wieder um, Liz beobachtete ihn, wie er einige Blättchen von Kräutern abriss, die da in Töpfchen standen. Ein Mann, der kochen konnte. Keiner ihrer Freunde hatte ein Talent dafür gehabt.

Sie ging hinaus und da saß ein älteres Ehepaar, Hand in Hand. Die beiden lächelten Liz an. Liz lächelte zurück, stellte sich vor, setzte sich zu ihnen. Cristian hatte den langen Holztisch mit rustikalem Tongeschirr für sieben Personen gedeckt, kleine Tontöpfe standen darauf, gefüllt mit allerlei Köstlichkeiten. Aioli, Knoblauchmayonnaise, Oliven, daneben ein Teller mit Pa amb oli, der mallorquinischen Brotspezialität. Das Ehepaar schien recht offenherzig zu sein, die Frau redete viel, der Mann nickte immer dazu. Liz erfuhr, dass sie sich hatten scheiden lassen wollen. Die Frau sich von dem Mann. Dass sie aber schon dreißig Jahre zusammen seien und eine Freundin ihnen geraten habe, zu Cristian auf die Finca zu fahren.

»Wieso das?«, hakte Liz neugierig nach.

»Weil er ein Eselflüsterer ist«, sagte die Frau und lachte, sah dabei ihren Mann an. Liz musste grinsen. Ein Eselflüsterer war er wirklich, aber dass das auch bei menschlichen Eseln klappte …

Frau Marquardt erklärte, sie seien beide Esel gewesen und das habe ihnen Cristian klar gemacht. Hier auf dieser Finca komme man ins Nachdenken, über den Wert des Lebens, den Wert einer langjährigen Beziehung. Cristian habe ein Händchen dafür, habe auch schon ihre Freundin Helga und ihren Ernst wieder zusammengebracht. Die hätten ihnen Cristian empfohlen.

Verblüfft hörte Liz ihr zu. Cristian, der selbst allein lebte, arbeitete hier als eine Art Beziehungscoach? Oder wie musste sie sich das vorstellen? Der Mann wurde immer facettenreicher. Unmöglich konnte sie ihm die Lebens- und Arbeitsgrundlage nehmen und einen neuen Verwalter hier einsetzen, der im Sinne ihres Großonkels rein auf Profit arbeitete.

Isabelle kam mit ihrer kleinen Tochter Anouk, beide hübsch zurechtgemacht, zum Tisch. »Liz, wie schön«, sagte sie und setzte sich mit Anouk zu Liz. Wir haben heute einen kleinen Ausflug ins Tramuntana-Gebirge unternommen, haben kleine Orte gesehen. Das war wundervoll. Nicht, Anouk?«

Die Kleine nickte nur, sah auf ihren Teller. Isabelle warf Liz einen Hilfe suchenden Blick zu.

»Sind die Berge sehr hoch da?«, wandte sich Liz an Anouk. Die reagierte nicht, hielt ihre kleinen Hände zu Fäusten verkrampft.

Liz und Isabelle warfen sich kurze Blicke zu.

Liz fuhr fort, an Anouk gewandt: »Ich hab Höhenangst. Aber ich schaffe es ganz manchmal, sie zu überwinden. Und das ist dann immer ein tolles Gefühl.« Anouk sah weiter nur stumm vor sich hin.

Liz wandte sich betreten an Isabelle, redete einfach weiter. »Habt ihr die Tour bei Josy gebucht? Ins Tramuntana-Gebirge würde ich ja auch gern mal.«

»Ja, genau, bei Josy. Sie bietet tolle Touren an. Wir sind mit einem Guide mit dem Jeep durch das Gebirge gefahren, man hat einen wundervollen Blick aufs Meer. Die Bucht von Sa Calobra ist wunderschön.«

»Klingt großartig.«

»Ja, und Josy ist wahnsinnig nett. Der Guide, der uns gefahren hat, auch.«

»Ja, sie ist sehr nett. Und das kleine Café am Meer ist ein Traum«, erwiderte Liz. »Vor allem ihre Schokoplätzchen.« Sie lächelte Anouk an. Sollte sie die Kleine noch mal ansprechen? Besser nicht. Liz hatte nicht viel Erfahrung mit Kindern, die von ihren Cousinen sah sie selten. Und mit traumatisierten Kindern erst recht nicht.

Da kam Cristian mit einem Tablett, auf dem sieben kleine Schüsseln standen. »Mallorquinische Gazpacho«, erklärte er. »Kalte Gemüsesuppe. Wo ist denn Alexander? Dann sind wir komplett.«

Isabelle sah sich um. »Vermutlich braucht er wieder länger im Bad«, konnte sie sich nicht verkneifen.

Liz wunderte sich. Offenbar kannte sie ihn. Aber sie fragte nicht nach.

»Da kalte Suppe nicht kalt werden kann, warten wir noch kurz«, entschied Cristian. Isabelle erzählte weiter von ihrem Ausflug in die Berge, von der bezaubernden Sicht, und dann kam Alexander, in weißes Leinen gekleidet. Es stand ihm ausgezeichnet. Die Abendsonne tauchte alles in ein orangefarbenes Licht und Liz lächelte Alexander aufgeregt entgegen. Und er ihr. Als sie wieder zu den anderen sah, erhaschte sie Isabelles angespannten Blick. War sie etwa eifersüchtig? Kannte sie diesen Mann tatsächlich? Alexander grüßte in die Runde, ging dann zu Anouk und drückte ihr einen Kuss auf die Stirn. Fassungslos sah Liz zu, fing einen Blick von Cristian auf. Der trat zu ihr, beugte sich wie zufällig zu ihr, um die Suppe hinzustellen, und flüsterte ihr ins Ohr. »Alexander ist Anouks Vater, wusstest du das nicht?«

Der Mann, von dem sich Isabelle getrennt hatte, durchfuhr es Liz. Natürlich. Auf keinen Fall durfte sie mit ihm flirten. Auch wenn sie Isabelle kaum kannte, hatte sie zu dieser sympathischen Frau gleich so ein freundschaftliches Verhältnis aufgebaut. Und ganz offensichtlich hatte Alexander diesen Aufenthalt hier so unbedingt gewollt, um wieder zu ihr zu finden. Deshalb hatte er Cristian sogar angerufen, ob er noch ein

Appartement haben könne. Deshalb hatte Cristian anderen Touristen abgesagt. Vielleicht machte er das öfter so, wenn sich Bekannte anmeldeten. Kein Wunder, dass es Beschwerden gab. Jetzt ergab alles Sinn. Liz kam sich dämlich vor. Immer wenn sie einen Mann gut fand, gab es ein Hindernis. Sie nahm einen großen Schluck von dem Vino, den ihr Cristian eingeschenkt hatte. Alexander saß ihr gegenüber, lächelte Anouk zu.

Nachdem sie die Gazpacho gegessen hatten, erklärte Alexander seiner Tochter, was in den Schüsselchen war, die Cristian nacheinander brachte. Die kalte Gemüsesuppe hatte köstlich geschmeckt, dachte Liz, aber die verschiedenen Tapas, die Cristian jetzt auftischte, übertrafen sich gegenseitig. *Pilotes,* Gehacktes vom Lamm, *Tumbet,* ein Gemüsegericht, *Pimientos de Padrón,* kleine scharfe Paprika, Tortilla mit Kartoffeln und Quark. Es war für jeden Geschmack etwas dabei, auch für Liz, die selten Fleisch aß. Dann erklärte Cristian ihnen, wie hier Pa amb oli gegessen wurde. Er nahm eine geröstete Brotscheibe, rieb sie mit einer Knoblauchzehe ein, nahm eine halbe Tomate, rieb die auch auf das Brot. Die raue Brotoberfläche nahm das saftige Fruchtfleisch der Tomate auf. Er träufelte sein gutes Olivenöl darauf und reichte das Brot Liz, empfahl den anderen, es ihm gleichzutun. Liz biss in die Brotscheibe und eine erneute Geschmacksexplosion entfaltete sich in ihrem Mund. Sie würde zwar morgen nach Knoblauch riechen, aber was machte das schon?

Die Erwachsenen tranken Wein und wurden immer ausgelassener. Auch das ältere Ehepaar taute immer mehr auf und Liz fühlte sich in dieser Runde so wohl wie lange nicht mehr. Cristian schien ein Händchen für Menschen zu haben. Sie beobachtete, wie sensibel er jetzt mit Anouk umging, sie sogar dazu brachte, einmal kurz zu lächeln. Wie er Herrn Marquardt aufforderte, seiner Frau ein Kompliment zu machen, falls er es an diesem Tag noch nicht getan habe.

Liz erzählte, heute nicht so spät schlafen gehen zu wollen, weil sie für morgen früh bei Josy eine Tour zu den Delfinen gebucht hatte. Anouks Augen wurden größer. Cristian registrierte das sofort, fragte sie nett, ob sie auch Lust habe, morgen mit dem Boot rauszufahren und Delfine zu beobachten.

Liz sah ihn beeindruckt an. Natürlich, das musste für Anouk wunderbar sein. Die Kleine nickte auch sofort.

»Prima.« Cristian wandte sich an Liz. »Weißt du zufällig, ob noch Plätze frei sind?«, fragte er Liz.

»Es klang nicht ausgebucht.« Würde er mitkommen?

Alexander dankte Cristian. »Eine wundervolle Idee, Kumpel. Du kommst auch mit?«

Cristian verneinte. »Ich hab hier genug zu tun.« Liz merkte, dass sie es schade fand. Im nächsten Moment wurde ihr bewusst, dass sie dann den Vormittag mit Alexander verbringen würde. Sie sah Isabelle entschuldigend an. Die nickte offen lächelnd und wandte sich an Alexander. »Macht das doch. Anouk liebt ja Tiere. Und Delfine haben eine ganz besondere Wirkung auf Menschen«, fügte sie hinzu.

Alexander bat Cristian um die Nummer und telefonierte kurz mit Josy. Es ging klar, sie machten alles für morgen früh aus.

Liz beobachtete ihn beim Telefonieren. Sie würde also wirklich den halben Tag mit ihm und seiner Tochter verbringen.

Nach dem Essen brachte Isabelle Anouk zu Bett. Alexanders Blicke ruhten immer wieder auf Liz, oder bildete sie sich das ein? Er hatte schöne, dunkle Augen, mit kleinen karamellfarbenen Sprenkeln, wie Liz feststellte, je öfter sie seinem Blick nicht ausweichen konnte.

Isabelle kehrte mit dem Babyfon zurück. Cristian schenkte ihr nach und kurz darauf war sie angeschickert, vertrug, wie sie sagte, keinen Alkohol, mochte aber diesen mallorquinischen Wein »seehr«. Sie flirtete mit Cristian, der, ganz Gentleman, ein wenig darauf einging, aber nicht zu sehr, vermutlich um Alexander nicht zu verärgern.

Die Grillen zirpten, die Luft fühlte sich mild an, die Kerzen auf dem Tisch flackerten in der Nacht, die Lampions schaukelten sanft im Wind. Was für eine prickelnde Vierer-Konstellation, dachte Liz angetrunken und weinselig. Cristian, Isabelle, Alexander, sie. Wie in einem dieser Filme, die sie als Teenager gesehen hatte. Zwei Paare in einem Ferienhaus. Die Grillen zirpten. War sie jetzt mitten in so einen heißen Sommerfilm geraten? Cristian, dem man den Alkoholgenuss ebenfalls anmerkte, bemühte sich um Liz, je mehr Alexander mit ihr redete. Liz genoss die Aufmerksamkeit der beiden Männer, hielt sich aber auch an Isabelle, die ihr immer noch sympathischer wurde. Sie hatte herzerfrischende Ansichten über das Leben.

»Wieso sollte man nur in einer Beziehung glücklich werden können«, sagte sie gerade provozierend. »Ich komme gut alleine zurecht, kann entscheiden, mit wem ich die Nacht verbringe.« Dabei sah sie Cristian herausfordernd an.

Liz beobachtete Alexander. Ihm gefiel ganz offensichtlich nicht, wie sich Isabelle gerade verhielt. Aber er sagte nichts dazu.

Frau Marquardt verabschiedete sich zu Bett, wünschte den anderen augenzwinkernd noch schöne Stunden. Man konnte ihrem Mann ansehen, dass er gern noch geblieben wäre, aber er stand auf, wünschte allen Gute Nacht und folgte ihr. Liz und Isabelle lächelten sich an.

»Jede Beziehung funktioniert anders«, stellte Cristian fest, als die beiden außer Hörweite waren. »Ich würde niemanden verurteilen für das, wie er sie führt. Die beiden sind harmonisch, so wie sie sind. Jetzt wieder.«

Liz hörte ihm fasziniert zu. »So hab ich das noch nie gesehen. Beziehungsratgeber trichtern einem ja immer ein, wie eine Beziehung zu laufen hat, aber es stimmt, jeder Mensch ist anders, hat andere Vorlieben, jedes Paar auch.« Sie merkte selbst, dass es etwas zweideutig klang.

Wieder sah Alexander sie an. Und wieder war sich Liz nicht sicher, ob er damit nicht nur Isabelle eifersüchtig machen wollte. Liz stand abrupt auf, schwankte leicht, hielt sich am Holztisch fest. »Ich glaube, ich muss jetzt ins Bett, bevor ich noch mehr Blödsinn rede.«

Isabelle tat es ihr gleich. »Geht mir genauso. Gute Nacht, Männer, ihr könnt ja noch einen auf uns trinken.«

Die beiden erklärten, das gern zu tun. Isabelle umarmte Liz herzlich, flüsterte ihr ins Ohr: »Alexander ist ein toller Liebhaber, mach dir keine Gedanken wegen mir.«

Verblüfft sah Liz sie an. Sie drückten sich noch mal herzlich, dann ging Liz ins Haupthaus, in Cristians Appartement, und Isabelle in Richtung ihrer Ferienwohnung.

Kapitel 9

Der Handywecker piepte, als hämmerte ein Specht gegen Liz' Kopf. Sie blinzelte. Wieso nur hatte sie so viel getrunken? Der Raum lag noch im Halbdunkel. Liz stellte verschlafen ihren Handywecker aus, fuhr sich mit den Händen übers Gesicht. Aber die Aussicht, bald Delfine zu sehen, verbesserte ihre Laune schlagartig. Schwungvoll stand sie auf, nur um sofort wieder einen Stich im Kopf zu spüren. Autsch! An der Qualität des Weins konnte es nicht liegen, die war hervorragend gewesen. Eher an der Menge. Wieso nur hatte Cristian immer wieder nachgeschenkt? Aber Liz musste zugeben, dass sie ihn auch immer wieder dazu aufgefordert hatte. Sie hatte mit Alexander noch ausgemacht, dass sie mit seinem Wagen zu Josy fahren würden. Liz bewegte sich jetzt langsamer, um nicht noch mehr Stiche im Kopf zu spüren. Sie knipste das Licht an, schlich sich in den dunklen Flur, ging weiter ins Bad. Cristian schlief natürlich noch. Sie zog ihr Schlaf-T-Shirt aus und stellte sich unter die Dusche. Der Duft nach Orangen umhüllte sie. Orangenblüten zierten das Etikett, das dem auf der Mandellotion ähnelte. Danach cremte sie sich mit der duftenden Mandellotion ein, legte Kajal und Wimperntusche auf. Mit einem Handtuch um ihren nackten Körper schlich sie zurück in ihr Zimmer, zog sich eine kurze Jeans und ein Sonnentop an. Sie schnappte sich ihr

Handy und ihre Handtasche und verließ leise das Appartement. Sie wollte Cristian auf keinen Fall wecken. Nett genug, dass er sie in seinem Reich schlafen ließ, da wollte sie ihn nicht auch noch mit Lärm nerven. So geräuschlos wie möglich trat sie aus dem Haus. Im Hof stand bereits Alexander, schon fix und fertig, als wäre er einem Modekatalog entsprungen. Hinter ihm kam die kleine Anouk schüchtern zum Vorschein. Sie sah verschlafen aus, ihre blonden Löckchen waren verknautscht. In der Hand hielt sie einen Plüschhasen, der schon einen Arm verloren hatte. Liz begrüßte die beiden flüsternd.

»Guten Morgen! Es ist eindeutig zu früh für eine Nachteule wie mich«, erklärte sie zerknirscht lächelnd.

»Frag mich mal«, erwiderte Alexander. »Ich bin Künstler, die schlafen normal den ganzen Tag«, scherzte er.

Gute Laune hat er am frühen Morgen, dachte Liz. Ihr letzter Freund hatte morgens immer so viel herumgemiesmuffelt, dass sie es vermieden hatte, mit ihm gemeinsam zu frühstücken. Eigentlich kannte sie nur Männer, die Morgenmuffel waren und das auch völlig in Ordnung fanden. Sie dachte an Cristian. Obwohl sie in einem Appartement Wand an Wand mit ihm lebte, wusste sie nicht, wie es bei ihm war. Noch nicht. Sie war ja noch nicht lange hier. Heute früh hatte er geschlafen, in der Wohnküche war nur das Nötigste aufgeräumt gewesen. Ein kleiner Chaot schien er zu sein. Aber das war ihr sympathisch, so tickte sie auch. Perfekte Menschen waren ihr unheimlich.

Sie gingen zu Alexanders Leihwagen, stiegen in den Audi ein, Anouk krabbelte auf den Rücksitz, und Alexander fuhr los. Das Gefühl, in dieser Limousine zu fahren, war ein komplett anderes als in dem kleinen Cinquecento, den Liz gemietet hatte. Alexander schien Wert auf Autos zu legen. Wieso sonst lieh man sich im Urlaub so einen großen Wagen? Sie unterhielten sich über Delfine, und Alexander gab zu, sich mit diesen Tieren noch nicht wirklich beschäftigt zu haben. »Ich bin noch nicht einmal in einem Delfinarium gewesen.«

»Das ist auch gut so, weil Gefangenschaft für Delfine eine Qual bedeutet. Sie in freier Wildbahn zu beobachten ist viel artgerechter.«

Alexander blickte sie von der Seite an. »Das klingt logisch. Also, Anouk-Maus, du wirst sie nicht anfassen können, verstehst du?«

Liz drehte sich zu ihr um, das Mädchen sah sie nur mit seinen großen Kulleraugen an und nickte. Liz drehte sich wieder nach vorne. Schon als Kind hatte sie alle Bücher über Delfine verschlungen, die sie in der Bibliothek ihrer Kleinstadt finden konnte, hatte von diesen faszinierenden Tieren geträumt. Wie schön wäre es gewesen, wenn die Delfine Anouk zum Reden gebracht hätten, denn dass Tiere eine heilsame Wirkung hatten, davon war sie wie Cristian überzeugt. Deshalb halte er Tiere auf der Finca, hatte er ihr beim Abendessen erklärt. Vor allem Picasso habe schon einigen Menschen geholfen, sich klar zu machen, was für ein Esel man doch manchmal sei.

Nach ein paar Minuten erreichten sie Josys Laden am Meer. Alexander stellte seinen Wagen ab, Josy kam ihnen lächelnd entgegen. Liz, Alexander und Anouk stiegen aus.

»Guten Morgen, schön, dass ihr so pünktlich seid«, erklärte Josy. »Das schaffen nicht viele Touristen«, fügte sie hinzu.

Dann beugte sie sich zu Anouk. »Und, freust du dich auf die Delfine?«

Anouk stand nur da, starrte auf ihren Hasen, versteckte sich ein wenig hinter Alexander, sagte nichts. Alexander und Liz warfen sich Blicke zu. Josy versuchte es erneut. »Magst du denn Delfine?«

Anouk reagierte wie zu erwarten wieder nicht. Alexander überspielte und antwortete für sie. »Sie mag alle Tiere. Zumindest in ihren Büchern muss immer ein Tier vorkommen.«

Josy richtete sich wieder auf. »Das ist doch schön. Dann wird dir der Tag bestimmt Spaß machen. Und ich bin mir sicher, die Delfine mögen dich auch.« Sie schien zu verstehen, dass Anouk anders als die meisten Mädchen in ihrem Alter war. »Na dann kommt, die Tour geht mit dem VW-Bus nach Port de Pollença.«

»Ich dachte, wir fahren in meinem Wagen«, erklärte Alexander.

Josy widersprach. »Ich fände es schöner, wenn ihr gleich von Anfang an bei der Gruppe seid, ich erkläre unterwegs auch ein paar Dinge.«

Er ließ sich überreden und so gingen sie zum Bus, in dem schon der Typ von gestern, der auf Josy stand, auf dem Beifahrersitz saß. Ein junges Pärchen hatte es sich hinten gemütlich gemacht. Liz, Alexander und Anouk stiegen grüßend ein und Liz wurde sich bewusst, dass nun alle dachten, sie sei die Frau von Alexander und die Mutter von Anouk. Was für ein seltsames Gefühl! Alexander saß neben ihr, roch perfekt, sah perfekt aus und kümmerte sich liebevoll um Anouk, die sich an ihn schmiegte. Liz fühlte sich wie das komplette Gegenteil. Er hatte Erfolg im Job, besaß einen durchtrainierten Körper, beherrschte Small Talk und war zu jedem charmant. Ihr Laden stand kurz vor der Pleite, ihr Bindegewebe war so weich wie Vanillepudding, sie hatte schon lange kein Sportstudio mehr von innen gesehen, hasste Small Talk und war überhaupt nicht gut darin. Ach ja, uncharmant konnte sie auch sehr gut sein. Oder war das nur ihr aktuelles Selbstbild, und weil das dank diverser Männer so schlecht war, klappte keine Beziehung auf Dauer?

Die Fahrt durch die Dämmerung, kurz vor Sonnenaufgang, fühlte sich unwirklich an. Josy erzählte etwas über die Insel, das Tramuntana-Gebirge, das dort hinten begann. Die mediterrane Landschaft flog an ihnen vorbei. Liz hörte kaum zu, sah aus dem Fenster, dachte nach. Warum hatte sich Isabelle von Alexander getrennt? Wo er doch sogar gut im Bett war. Wieso hatte Isabelle ihr das gesagt? Wollte sie sie auf die Probe stellen? Keine Frau wollte, dass ihr Ex etwas mit einer anderen Frau anfing. Selbst wenn man den Mann nicht mehr für sich beanspruchte.

Alexander redete mit Josy. Perfekter Small Talk. So konnte Liz weiter ihren Gedanken nachhängen. Sie musste ein Gähnen unterdrücken, ihr Kopf schmerzte immer noch leicht vom Alkohol gestern. Liz zählte zur Spezies der Langschläfer, musste aber zugeben, wenn man sich mal aus dem warmen, weichen Bett herausgequält hatte, sah die Welt wirklich schön aus um diese Uhrzeit. Die Sonne ging schon fast auf und Josy drückte aufs Gaspedal, damit sie den Sonnenaufgang auf dem Meer nicht verpassten, wie sie sagte. Der Typ neben ihr sah verschlafen aus, aber er mischte sich in das Geplänkel ein, schäkerte mit Josy, die kaum darauf einging und ihm nur ordentlich Kontra gab. Sie schien sich von Männern wirklich fernhalten zu wollen. Vermutlich wurde diese attraktive Frau oft von ihren Touri-Gästen angebaggert, durfte ihnen ja noch nicht einmal eine zu drastische Absage erteilen, um sie als ihre Kunden nicht zu verprellen.

In Port de Pollença angekommen, stiegen sie aus, liefen einen Bootssteg entlang zu einem Boot. Angetan betrachtete Liz das Boot mit seinem Segel. Auch Anouk stand da und sah es ehrfürchtig an. Noch nie war Liz auf einem Segelboot gefahren, Alexander dagegen mit Anouk schon, wie er erzählte. Offensichtlich führte diese Familie ein Leben in Luxus, seit er mit seinen Bildern Erfolg hatte. Liz gönnte es ihm, wie sie jedem alles gönnte.

Josy versprühte gute Laune und es klang echt bei ihr, sie schien sich wirklich auf diesen Ausflug zu freuen. Ihr Job machte ihr sichtlich Spaß. »Also los, alle Mann und Frauen an Bord, unser Skipper wartet schon.« Ein älterer Mallorquiner mit schütterem Haar und freundlichen Augen begrüßte die Tourgäste auf Englisch, stellte sich als Ruy vor, half ihnen an Bord und wies sie ein, wo sie am besten Platz nehmen sollten. Liz wurde neben Alexander und Anouk gesetzt, weil Ruy wohl dachte, sie gehörten zusammen. Es war schon ziemlich hell, die Sonne gerade am Aufgehen. Der Skipper machte das Segelboot startklar und los ging es. Je weiter sie aufs Meer hinausfuhren, umso stärker schaukelte das Boot. Liz' nackte Beine wurden immer wieder gegen die von Alexander gedrückt. Sie versuchte jedes Mal, etwas von ihm wegzurutschen, wollte sich nicht in diese komplizierte Beziehung von Isabelle und Alexander mischen, auf keinen Fall irgendwelche Signale senden. Liz dachte an Cristian. Wirklich schade, dass er nicht mitgekommen war auf diesen Ausflug. Sie spürte durch die Wellenbewegung wieder Alexanders Bein an ihrem nackten Knie. Sah einen Blick von Anouk. Dem Mädchen gefiel es vermutlich nicht, dass ihr Papa mit einer anderen Frau als Mama dasaß.

Liz stand auf, hielt sich an Seilen fest und ging vor zu Josy, sah aufs Meer. Es glitzerte wunderschön. »Hi, es ist fantastisch. Du hast einen tollen Job.«

Josy lächelte. »Ich weiß. Warte ab, es wird noch besser.«

Liz setzte sich zu ihr, sah gespannt auf die Wasseroberfläche. Dann rieb sie sich kurz die pochende Schläfe.

»Hast du Kopfweh?«, fragte Josy aufmerksam nach.

»Ja, leider. Aber an der frischen Seeluft lässt es zum Glück gerade nach.«

Josy lachte auf. »Zu viel von Cristians gutem Vino getrunken, was?«

»*Sí.*« Liz lächelte Josy an. »Ist es sicher, dass wir Delfine sehen werden?«

»Zu 95 Prozent, wie gesagt. Um diese Jahreszeit sind sie meist hier im Norden der Insel. Aber eben am ehesten zum

Sonnenaufgang, deshalb machen nicht so viele Touristen diese Tour«, erklärte sie. »Einmal war ich mit Cristian ganz allein«, fuhr sie fort. »Und mit meinem Skipper natürlich.« Liz sah auf.

»Habt ihr viel miteinander zu tun?«, fragte Liz vorsichtig nach.

Josy wiegte den Kopf. »Es geht. Privat ist er ja eher der Lonely Cowboy. Nur um seine Gäste kümmert er sich sehr gut. Um sich selbst dagegen leider weniger.«

»Was meinst du damit?« Liz hielt den Atem an.

Josy zögerte. »Er schleppt etwas mit sich herum, wie die meisten von uns. Er geht es nicht an. Dabei verlangt er von seinen Gästen und anderen, sich zu öffnen, an ihrer Beziehung zu arbeiten oder sich auf die Tiere einzulassen, um zu heilen.«

»Und bei ihm klappt das nicht?«, wunderte sich Liz.

»Es funktioniert nur, wenn man es selbst möchte«, erklärte Josy. »Und er ist wohl der Typ Mann, der meint, alles mit sich allein ausmachen zu können. Keine Ahnung, anders kann ich es mir nicht erklären. Picasso hat bisher jedem geholfen.« Sie lächelte. »Pass auf, gleich sind wir an der Stelle, an der sich die Delfine normalerweise aufhalten.«

Sofort sah Liz in die Richtung, in die Josy deutete. Auch die anderen blickten jetzt aufgeregt dorthin. Und als wäre es perfekt getimt, tauchte in dem Moment die Sonne wie ein heller Ball am Horizont über dem Meer auf. Was für ein Anblick! Liz' Puls raste, endlich würde ihr Kindheitstraum in Erfüllung gehen, sie würde diese faszinierenden Tiere sehen, und das in dieser wunderschönen natürlichen Kulisse bei Sonnenaufgang.

»Da, wie geil ist das denn?!«, rief der Verehrer von Josy, sprang auf und vollführte einen kleinen Freudentanz. Alle lachten.

Jetzt konnte auch Liz die glitzernden Körper, die an der Meeresoberfläche auftauchten, sehen. Es mussten mindestens vier oder fünf sein. Ihre Kopfschmerzen waren wie weggeblasen.

Ihr Adrenalin versetzte sie in eine Art Rauschzustand. Da schwammen sie, freuten sich ihres Lebens, schnatterten und näherten sich jetzt sogar dem Boot. Liz beobachtete die kleine Anouk, die die Tiere staunend ansah, sich auf den Schoß ihres Papas setzte. Alexander drückte sie fest. Er lächelte begeistert, sagte zu seiner Tochter: »Ist das nicht ein einzigartiges Bild?«

Anouk nickte, atmete schwer. Ihre kleinen Fäuste lockerten sich, die Faszination und Entspannung war dem Mädchen anzusehen.

Liz stand auf, hielt sich an einem Seil des Boots fest und beobachtete das lustige Treiben der Tiere. Der Skipper lächelte auch, genoss den Anblick, als würde er die Delfine das erste Mal sehen. Begeistert faltete Liz ihre Hände. Die Lebensfreude der Tiere sprang auf alle Anwesenden über. Alle hatten plötzlich ein Lächeln auf dem Gesicht, es wurde kaum gesprochen, nur gestaunt und beobachtet.

Nach einem fast magischen Moment erklärte Josy den Gästen: »Die häufigste Delfinart hier im Mittelmeer ist der Weißstreifendelfin. Er hat einen weißen Bauch, sonst einen dunkelgrauen Rücken. Dann gibt es noch einen doppelt so großen Verwandten, das ist der Rundkopfdelfin, der bis zu vier Meter lang werden kann.«

Die Gäste staunten.

Josy fuhr fort: »Ihm fehlt die schnabelartige Schnauze, die seine Artverwandten haben. Die dritte Delfinart vor der Küste Mallorcas ist der Große Tümmler. Seine sichelförmige Finne erinnert an einen Hai. Flipper, aus der bekannten Fernsehserie, war ein großer Tümmler.«

Anouk lächelte selig, wie Liz jetzt bemerkte. Alexander warf Liz einen glücklichen Blick zu. Seiner Kleinen tat der Ausflug so gut und das war es, was er wollte. Liz freute sich für ihn.

Plötzlich sprang ein Delfin direkt neben ihnen aus dem Wasser, schnatterte und glitt wieder hinein. Das Wasser spritzte auf die Passagiere und alle lachten und johlten. Dem Delfin schien das zu gefallen, er sprang noch einmal und schnatterte, als ob er lachte. Anouks Lächeln wurde immer breiter. Alexander drückte seine Kleine an sich, atmete durch.

Liz hätte den Tieren stundenlang zusehen können. Sie setzte sich wieder zu Alexander und Anouk und genoss den Moment, beobachtete die Tiere, die ihre Freiheit liebten, die immer aussahen, als ob sie lächelten. Genau das mochte sie so sehr an ihnen. Sie schienen immer fröhlich und positiv. Ein großes Vorbild für Liz, schon seit ihrer Kindheit. Doch irgendwann zogen die Delfine weiter und Josy verkündete, dass es jetzt Kaffee und ein kleines Frühstück auf dem Boot gebe. Herrlich, was für ein Tag! Die Sonne strahlte am blauen Himmel. Der Kaffee, den Josy aus einer Thermoskanne einschenkte, duftete himmlisch, die Ensaimadas rochen frisch gebacken.

»Hast du die etwa heute Nacht selbst gemacht?«, fragte Alexander nach und biss erneut von einem der köstlichen Teigteilchen ab. Josy lachte. »Ganz so verrückt bin ich nicht. Ich kenne da einen netten Bäcker im Dorf.«

»Mega«, urteilte ihr Verehrer kauend und plänkelte mit Josy weiter.

Alexander wandte sich an Liz. »Danke, dass du uns mitgenommen hast.«

»Bedanke dich bei Cristian.«

»Ich weiß. Werde ich.« Er sah kurz zu Anouk, die herzhaft in eine Ensaimada biss, dann wieder zu Liz. »Es hat ihr so gutgetan, das sehe ich ihr an. Du glaubst nicht, wie sehr mich das als ihr Papa freut.«

Liz wurde warm ums Herz. »Das glaube ich. Cristian scheint wirklich ein gutes Gespür für andere Menschen zu haben. … Nur nicht so für sich«, fügte sie noch hinzu. Aber Alexander, sein alter Kumpel, ging nicht darauf ein, hatte es vielleicht auch gar nicht gehört. Er sah wieder aufs Meer. Der Wind frischte gerade auf, blies in die Segel. Liz' Haar wehte im Wind und der Skipper steuerte das Boot zurück in Richtung Land.

Dieses Highlight mit den Delfinen würde sie niemals in ihrem Leben vergessen. Und wieder wurde ihr bewusst, wie besonders jeder Augenblick sein konnte, wie sehr man diese Momente im Leben genießen musste.

* * *

Josy hatte alle herzlich verabschiedet und Liz war mit Alexander und Anouk das kurze Stück zur Finca zurückgefahren.

Sie stiegen aus, Liz verabschiedete sich in ihr Zimmer.

»Schade, ich dachte, wir frühstücken noch ein zweites Mal zusammen«, sagte er.

»Ich muss mich kurz hinlegen, mach das doch mit Anouk.«

Sie wollte sich auch von Alexander zurückziehen.

»Ich will aber zu Mami«, hörte sie Anouk sagen. »Und du sollst mit.«

»In Ordnung, ich bring dich zu ihr«, entgegnete Alexander.

Als Liz Cristians Appartement betrat, kam ihr dieser just in dem Moment aus der Wohnküche entgegen. Er roch frisch geduscht, nach Zitrone und Orange, wirkte ernst, strich sich mit der Hand durchs noch feuchte Haar.

»Bon dia«, begrüßte er sie, seiner Miene nach schien er ebenfalls einen Kater zu haben. Oder welche Laus war ihm über die Leber gelaufen?

»Guten Morgen«, erwiderte Liz, hätte ihn am liebsten umarmt, so beschwingt fühlte sie sich nach diesem wundervollen Morgen. Sie sprudelte los, erzählte von dem unvergesslichen Erlebnis, die Delfine im Meer live vor sich gesehen zu haben. »Sie haben so ansteckend fröhlich gewirkt.«

Cristians Miene wurde weicher. Er lächelte. »Ja, sie wissen, was Freiheit bedeutet.«

Liz sah ihn an. Wollte er ihr damit etwas sagen? Dass er an keiner Beziehung interessiert war? Sie wurde fast wütend. Aber sie riss sich zusammen.

»Ja, frei zu sein finde ich auch sehr wichtig«, erwiderte sie nur.

Mit diesen Worten ließ sie ihn stehen, trat an ihm vorbei zu ihrem Zimmer, öffnete die Tür, ging hinein und lehnte sich dagegen. Dieser Mann machte sie wahnsinnig. Wieso nur?

Nach einem kleinen Nickerchen fühlte sie sich wie neu geboren. Die Mittagssonne schien in ihr Zimmer, Liz setzte sich auf und sah auf die Kommode. Jetzt wollte sie weiter in den alten Dokumenten lesen. Mehr erfahren über ihre Familie, über die beiden Brüder, ihren Großvater und ihren Großonkel, die das Glück gehabt hatten, hier auf Mallorca inmitten der Olivenbäume auf dieser Finca aufwachsen zu dürfen. So nah am Meer, bei den Delfinen. Der Geruch nach altem Papier schlug ihr entgegen. Neugierig nahm sie ein paar Seiten in die Hand, blätterte sie durch.

Kapitel 10

Cristian entdeckte seinen Freund im Wasser, ging zu ihm.

»Der Pool ist der Hammer, diese Abkühlung habe ich jetzt gebraucht«, rief Alexander und schwamm ein paar Züge zum Beckenrand. Cristian blieb stehen, betrachtete seinen Kumpel nachdenklich. Alexander stieg jetzt aus dem Wasser, sah immer noch sehr athletisch aus, fast besser in Form als er selbst. Dieses unwohle Gefühl, das Cristian schon den ganzen Morgen hatte, machte sich in seiner Kehle breit. Alexander hatte den halben Tag mit Liz verbracht und er selbst hatte die beiden zusammen losgeschickt. Hatte Alexander die Abkühlung nach dem Vormittag mit Liz so dringend gebraucht?

Cristian konnte sich nicht zurückhalten, es brach aus ihm heraus. »Bist du nicht hierhergekommen, weil du um Isabelle kämpfen willst? Und was ist das jetzt mit Liz? Ich hab das schon registriert, dass du sie gestern ständig angesehen hast. Wie war euer Ausflug?«

»Wowowow! Was hast du denn, Kumpel?« Alexander stand jetzt vor ihm, das Wasser auf seiner Haut perlte ab und glitzerte in der Sonne. Er sah Cristian forschend an. »Ah, verstehe, du bist scharf auf Liz?«

Cristian fühlte sich ertappt, schämte sich für seinen emotionalen, eifersüchtigen Ausbruch, überspielte ihn. »Unsinn, ich bin nur genervt, wenn du das mit Isabelle gegen die Wand fährst! Wegen dir hab ich extra Gästen abgesagt, die stinksauer waren.«

Alexander schnappte sich das Handtuch, das am Beckenrand lag, warf es sich über den Kopf, rubbelte darüber, tauchte wieder auf: »Ich habe nicht vor, das mit Isabelle gegen die Wand zu fahren«, erklärte er ernst. »Anouk braucht jetzt ihre Eltern. Uns beide, zusammen.«

»Geht es dir mehr um Anouk oder um eure Beziehung?« Cristian sah ihn herausfordernd an.

»Puh, du bist so direkt wie früher. Immer schön mit dem Finger in Wunden bohren.«

»Nur dann fließt der Eiter raus.«

Alexander lachte bitter auf.

»Ich habe dich nicht gebeten, zu kommen«, erklärte Cristian. Die beiden Männer sahen sich an wie zwei Hähne bei einem Kampf.

»Bevor wir uns jetzt duellieren, lass uns in Ruhe reden«, schlug Alexander vor.

Cristian nickte, atmete durch.

Alexander bat ihn, ihm zur Sitzecke zu folgen. Sie gingen schweigend dorthin, setzten sich, blickten aufs Meer in der Ferne.

Den ganzen Morgen hatte Cristian daran denken müssen, dass Alexander diesen fantastischen Ausflug zu den Delfinen mit Liz erleben würde. Und nicht er mit ihr. Und da war ihm klar geworden, dass ihn diese Frau faszinierte. Verdammt!

Er wusste, wie sehr einen dieses Erlebnis, die Delfine bei Sonnenaufgang zu sehen, verzaubern konnte. Damals, als er die Tour mit Josy unternommen hatte, lag auch plötzlich etwas Magisches in der Luft. Aber Cristian wollte keine Beziehung, war hierhergekommen, um seine Ruhe zu haben. Ruhe vor zu viel Gefühl. Auch jetzt wieder war seine Eifersucht hochgekocht, er wollte das nicht, es reichte. Anderen zu ihrem Glück zu verhelfen befriedigte ihn. Er selbst schien für Beziehungen nicht geschaffen zu sein und das Unglück richtiggehend anzuziehen.

Die Männer schwiegen. Irgendwann begann Alexander von sich zu erzählen, von dem Anfang seiner perfekten Beziehung. Von deren Ende. »Isabelle hat letztendlich den Schlussstrich gezogen, sie hat die endlosen Diskussionen, wie man der Kleinen helfen kann, die Streitereien, die wir wegen der Therapeuten hatten, die alle nichts getaugt haben, nicht mehr ertragen. Sie meinte, man könne mit ansehen, wie unsere Streitereien Anouk zusätzlich zusetzen. Sie war sich sicher, dass es ihr besser gehen würde, wenn wir uns trennten, aber natürlich tat es das nicht.«

Cristian sah ihn zweifelnd an. »Okay, Junge, das war die offizielle Version dafür. Erzähl mir jetzt den wahren Grund. Isabelle hätte sich niemals nur deshalb getrennt. Ist doch klar, dass eine Trennung der Eltern für ein Kind extrem belastend ist.«

Alexander schluckte, wirkte ertappt, fuhr sich durchs nasse Haar. »Verdammt, Alter, du durchschaust mich immer noch!«

»Einmal Arzt, immer Arzt, und ich habe immer gesehen, wenn meine Patienten gelogen haben«, entgegnete Cristian.

»Also gut. Ich … hab Mist gebaut.«

»Wusste ich es doch.«

Wie fragil das Glück sein konnte, dachte Cristian. Wenn nicht einmal eine solche Klassefrau wie Isabelle einen Mann wie Alexander dazu bringen konnte, treu zu sein.

»Die Kurzform: Es war eine einmalige Sache. Ohne Liebe, betrunken, nach einer Vernissage. Aber Isabelle kann es mir nicht verzeihen. Die kleine Studentin, die ein Porträt über mich geschrieben hat, die ist doch nicht ernst zu nehmen. Ich meine, ich weiß, dass es Riesenmist war, dass man das nicht macht. Wenn ich könnte, würde ich die Zeit zurückdrehen!«

»Hast du ihr das gesagt?«

»Hundertfach, tausendfach. Ich hasse diese abgeschmackten Sätze. Ich wollte sie nie sagen. Wirklich. Nie.«

»Ich hasse sie auch«, sagte Cristian leise. Sie erinnerten ihn an Valeria.

Wie schaffte man es, zu verzeihen? Er hatte es noch nie gekonnt, verlangte es aber von anderen.

Alexander fuhr bitter fort: »Isabelle hat mir mal erzählt, dass sie, als sie mich kennengelernt hat, in mir einen offenen, leidenschaftlichen Mann gesehen hat, der für seine Kunst lebte, der verrückt nach ihr war und sie bedingungslos liebte. Ihr Vater konnte das nie. Dass sie sofort wusste, dass es für immer sei. Dass sie es zuließ, dieses Gefühl, gegen das sich so viele sträuben, um nicht verletzt zu werden. Dass sie es vor mir lange nicht zugelassen hatte.«

Cristian verstand sie. Auch er wollte es nicht mehr zulassen, wie Isabelle nach der Enttäuschung mit Alexander vermutlich auch nie wieder. Dennoch, er würde alles versuchen, den beiden einen Weg zueinander zu ebnen. Wenn er selbst schon nicht über die Schatten seiner Vergangenheit treten konnte, so konnte er vielleicht anderen helfen.

Alexander räusperte sich. Die beiden Männer hatten wieder einen Moment nichts gesagt. Stillschweigen tat manchmal verdammt gut. Der Blick in Richtung Meer, an den Olivenbäumen entlang, erdete. Nach einer Weile stand Cristian auf. »Unternimm möglichst viel mit Anouk. Das sehe ich im Moment als den einzigen Weg auch zu Isabelle. Wenn es noch einen Weg geben sollte.«

»Danke dir.« Alexander ließ den Kopf hängen. Cristian schlug ihm freundschaftlich auf die Schulter und ging.

Es wunderte Cristian, dass sich Alexander nach seiner Heirat auf einen One-Night-Stand eingelassen hatte. Alexander, der seine Eltern früh verloren hatte. Der bei seiner Großmutter aufgewachsen war, sich immer eine heile Familie gewünscht hatte. Hatte er ernstlich geglaubt, ein Seitensprung werde nicht herauskommen? Isabelles Vertrauen nicht so sehr erschüttern, wie es jetzt geschehen war? Cristian ging zum Hauptgebäude, dachte an Liz.

Konnte er seinem Freund vertrauen oder hatte Alexander womöglich doch ein Auge auf Liz geworfen und gab es nicht zu? Gewundert hätte es ihn nicht. Liz war eine attraktive Frau, ein ganz anderer Typ als Isabelle, sportlicher, natürlicher. Weniger kompliziert als Isabelle vielleicht auch. Dafür kannte Cristian die beiden Frauen zu wenig, aber von der Ausstrahlung her kam es ihm so vor. Fand Alexander genau das anziehend an Liz?

Kapitel 11

Stirnrunzelnd saß Liz im Schneidersitz auf den kühlen Terrakotta-Fliesen ihres Zimmers, las einen Brief, den sie in der Schublade gefunden hatte. Ein lauer Sommerwind wehte zum Fenster herein, ließ den weißen Vorhang ein wenig aufbauschen. Adressiert war der auf Mallorquin geschriebene, kurze Brief wieder an ihren Großvater Benito, unterschrieben mit »Cecilia«. Im Grunde war es eher eine Nachricht.

Sie stammte vom 18. August 1955.

Mein liebster Benito,
ich sehe Eifersucht in Alfonsos Augen und hoffe, dass er nicht zu enttäuscht ist. Wir könnten ihm anbieten, mit uns auf der Finca zu leben, was meinst Du? Ich hoffe, es findet sich ein Weg. Ich möchte, dass wir unser Glück mit ihm teilen. Ich weiß ja, wie wichtig Dein Bruder Dir ist, und finde das sehr schön. Heute Abend kann ich kurz vor Sonnenuntergang zum Strand kommen.

In Liebe, Cecilia

Liz ließ das alte Papier in ihrer Hand sinken, sah nachdenklich vor sich hin. Großonkel Alfonso schien also eifersüchtig gewesen zu sein. Und es klang, als ob ihrem Großvater damals die Finca zugesprochen worden war. Liz kniete sich vor die Kommode, durchforstete weiter die Schublade, in der sich noch mehr alte Papiere befanden. Es roch nach Staub und Moder und Liz musste niesen. Einen weiteren handschriftlichen Brief an Benito konnte sie nicht entdecken. Sie zog ein anderes Papier heraus, es handelte sich aber nur um eine alte Rechnung für Olivenölflaschen. Alte Rechnungen befanden sich viele darin.

Sie wollte gerade weiter nach einer Spur suchen, als es an ihrer Zimmertür klopfte. Liz hielt inne, schob die Schublade zu, stand auf, sah zur Tür: »Ja? Bitte?«

Cristian streckte seinen Kopf zur Tür herein. »Störe ich?«

»Nein, was gibt es?«, fragte sie nach.

»Ich gebe Isabelle und Anouk ja wie gesagt heute die Führung, um ihnen zu erklären, wie Olivenöl hergestellt wird. Möchtest du teilnehmen oder bist du zu müde nach der Delfintour?«

»Nein, ich meine, ich habe kurz geschlafen, sehr gern.«

»Ich biete diese Führung den Gästen der Finca an«, fügte er hinzu. »Sie sind immer sehr zufrieden.«

»Verstehe«, entgegnete sie. Er wollte ihr zeigen, wie gut er zu seinen Gästen war. Bis jetzt agierte er als der perfekte Gastgeber. Oder tat er das nur vor ihr, weil sie als der verlängerte Arm seines Chefs hier war?

Sie folgte Cristian in den Hof. Dort warteten schon Isabelle und die kleine Anouk. »Hallo«, begrüßte Isabelle sie nett. »Anouk hat nach eurem frühen Ausflug gerade geschlafen wie ein Murmeltier, du auch, Liz?«

»Ja, tief und fest. Es war so wunderschön, die Delfine zu beobachten.«

Isabelle lächelte. »Ja, Anouk hat es, glaube ich, auch sehr gefallen, oder Schatz?«

Anouk nickte und ein kleines Lächeln zeichnete sich auf ihrem Gesicht ab.

Isabelle warf Liz einen glücklichen Blick zu. »Es war eine tolle Idee von dir.«

»Und von Cristian«, erklärte Liz und sah ihn an.

»Von Josy. Sie bietet diese Tour ja an«, sagte Cristian.

»Vielleicht schaffe ich es ja auch noch mal, solange wir hier sind«, erklärte Isabelle.

»Seid ihr so weit?«, fragte Cristian nach. Die Frauen nickten. Er ging vor zur Ölmühle, der Weg führte an rosafarben blühendem Oleander vorbei. Isabelle erklärte Liz, diese Führung durch die Ölmühle schon ausgemacht zu haben, bevor sie wusste, dass Anouk heute zu den Delfinen fahren würde. Eigentlich sei es heute ein bisschen viel für die Kleine. Isabelle hatte sie verschieben wollen, aber Anouk wollte unbedingt erfahren, wie der Esel Olivenöl presste.

Sie traten in den Raum, in dem die Ölmühle stand. Cristian stellte sich vor den dreien auf und zeigte ihnen, wo die geernteten Ölfrüchte gereinigt wurden. »Man trennt die Früchte von den Blättern und Zweigen ab. Dann wird in diesem großen Kessel ein Feuer entzündet, um Wasser zu erhitzen. Ein mehr als zwei Meter hohes Holzgewinde wird mit Schmierseife eingefettet, von zwei Leuten. Das Gewinde ist am Boden in einem tonnenschweren Stein verankert, hier.« Liz beobachtete Anouk, die ganz genau zuhörte. Und auch Isabelle hing an Cristians Lippen. Zumindest starrte sie auf seine Lippen, kaum zu sagen, an was sie dachte.

Liz zog ihr Handy heraus und schoss ein paar Fotos von der Ölmühle. Sie ließ ihr Smartphone sinken, betrachtete Cristian. Er würde sich auf Instagram gut machen. Sie hoffte, dass er seine Scheu vor den sozialen Medien ablegen und bald sein

Okay dafür geben würde, fotografiert zu werden. Er fuhr leidenschaftlich fort: »In der Höhe geht das Gewinde durch das Ende dieses dicken Holzbalkens. Beim Pressvorgang wird er mit dem Gewinde nach unten geschraubt.«

Liz sah Cristian an, wie sehr er in seinem Element war. Dieser Mann, der einmal als Arzt gearbeitet hatte, fand hier ganz offenbar seine Erfüllung. Nicht immer musste man in seinem ersten Beruf glücklich werden. Es gehörte Mut dazu, noch einmal anzufangen, die Weichen neu zu stellen, und er schien es geschafft zu haben. Auch wenn es einen Auslöser gab, über den er nicht reden wollte. Er hatte es geschafft, sich wieder aufzurappeln und nach vorne zu sehen. Bewirtschaftete das alles hier seit vier Jahren. Ganz offenbar war die Arbeit in dieser alten Ölmühle wirklich meditativ, erdete einen.

Cristian redete weiter, mit seiner dunklen, angenehmen Stimme, die Liz einen Schauer über den Rücken laufen ließ. Sie sprach mit ihm ab, mit dem Smartphone einen kleinen Film von der Ölmühle zu drehen, extra so, dass er nicht im Bild zu sehen war.

Cristian achtete ebenfalls darauf, nicht versehentlich ins Bild zu gelangen, während er seine Erklärung fortsetzte: »Wenn alles vorbereitet ist, das Holzgewinde da oben mit Schmierseife eingefettet ist, werden die von Blättern und Zweigen gereinigten Oliven durch diesen Holztrichter auf den unteren Mahlstein geschüttet. Und dann kommt Picasso ins Spiel. Der Esel wird ins Geschirr gespannt und dreht die Mühle, indem er immer im Kreis geht.«

Anouk hörte fasziniert zu.

»Und das ist keine zu harte Arbeit für den Esel, keine Sorge«, fuhr Cristian fort. »Sind dann alle Oliven zu Brei gemahlen, hat Picasso seine Arbeit getan und ich merke ihm immer an, wie stolz er ist.«

Cristian zwinkerte Anouk zu. Die lächelte leicht.

Dann fuhr er fort: »Anschließend streiche ich die Paste in sogenannte *Esportines*, Körbe aus Seegras. Die sehen so ähnlich aus wie Baskenmützen. Sie werden heute auf Mallorca eigentlich nicht mehr hergestellt, aber meine Großmutter flicht sie noch für mich.« Er hielt einen der Körbe hoch, redete weiter. »Im Hohlraum der Esportines wird die Paste gleichmäßig verstrichen, die Körbe werden dann gestapelt. Dabei wird jeder Korb mit erhitztem Wasser übergossen, damit man das Öl besser aus der Olivenpaste lösen kann. Damit es als ›erste Kaltpressung‹ gilt, darf das Wasser nicht wärmer als 27 Grad Celsius sein.«

»Ah, ich habe mich schon immer gefragt, warum das bei Olivenöl ›kaltgepresst‹ heißt«, warf Isabelle ein.

Cristian lächelte sie an. »Wenn die gestapelten Esportines bis an den Balken da reichen, setzen zwei Männer mit einem Drehkreuz das Gewinde in Bewegung, damit sich das nach oben geneigte Ende des Balkens herabsenkt. Das ist dann das Pressen. Ein, zwei Leute müssen mit Holzstäben den Korbstapel stützen, der sonst kippen würde. Und aus den Körben trieft dann eine Mischung aus Wasser, Öl und Rückständen.«

»Wohin fließt sie?«, fragte Liz nach.

»Es gibt eine unterirdische Rinne, die leitet die Flüssigkeit nach außen in ein gekacheltes Becken. Dort setzt sich das Öl an der Oberfläche ab und Wasser und Sedimente werden durch einen Wasserhahn abgeleitet.«

»Das ist ja ganz schön aufwendig«, stellte Isabelle fest. »Das hätte ich nicht gedacht.«

»Ja, deshalb wird es ja inzwischen maschinell gemacht. Aber ich finde, es geht nichts über Handarbeit und man muss die Traditionen wahren.«

Liz nickte, hörte ihm fasziniert zu.

»Bis es so weit ist und das Olivenöl oben schwimmt, dauert es noch. Nach dem Pressen sieht es aus wie eine braune, trübe Flüssigkeit. Am Anfang habe ich gedacht, alles falsch gemacht zu haben. Bis ich verstanden habe, dass alles Zeit braucht. Nicht umsonst gibt es die mallorquinische Redewendung *poc a poc.*«

»Was heißt das?«, erkundigte sich Isabelle.

»Immer schön langsam«, übersetzte Liz.

Wie recht er hatte. Die Schnelllebigkeit der modernen Zeit machte viele Menschen krank. Wie wohltuend musste es sein, Olivenöl hier selbst und von Hand herzustellen.

»Habt ihr noch Fragen?«, hakte Cristian nach. Anouk, die die ganze Zeit aufmerksam zugehört hatte, schüttelte ernst den Kopf. Isabelle ebenso. »Vielen Dank, Cristian«, sagte sie überschwänglich. »Das war sehr interessant. Ich freue mich auf die Olivenernte, du auch Anouk?«

Die nickte lächelnd.

»Schön. Und jetzt könnt ihr noch etwas von meinem selbst gemachten Olivenmus von der letzten Ernte probieren, wenn ihr wollt.«

»Oh ja«, bestätigte Liz. »Das klingt köstlich.«

Er führte sie zu einem Tisch, auf dem abgefüllte Olivenölflaschen mit einem Logo der Finca standen, außerdem kleine Gläser, gefüllt mit Olivenmus, die ebenfalls mit dem Logo versehen waren. Geschäftstüchtig schien er durchaus zu sein. An kompletter Misswirtschaft konnte es also auch nicht liegen, dass die Einnahmen der Finca zurückgegangen waren, dachte Liz.

Cristian griff nach einem Glas Olivenmus, öffnete es, nahm einen kleinen Löffel und tauchte ihn ein, dann hielt er ihn Liz hin, wie um sie das Mus kosten zu lassen. Sie zögerte kurz, überlegte, den Löffel selbst in die Hand zu nehmen, aber sein Blick ließ das nicht zu. Sie beugte sich vor, öffnete ihren Mund, umschloss für einen Moment den Löffel mit den Lippen und gab ihn dann wieder frei. Was für eine Geschmacksexplosion. Sie kannte sich in der mallorquinischen Feinkost ja aus, aber so ein delikates Olivenmus hatte sie noch nie gegessen. »Mmhm. Ein Gedicht.«

Ein Lächeln huschte über Cristians Gesicht. Er nahm einen neuen Löffel und fütterte so Isabelle. Die schleckte ihn ab, schloss dabei die Augen. »Fantastisch«, sagte sie, als sie probiert hatte. »Anouk, magst du probieren?« Aber die Kleine schüttelte den Kopf.

Isabelle erklärte, dass Anouk sehr wählerisch sei, was das Essen betraf. »Neues ist schwierig.« Sie erntete einen bösen Blick ihrer Tochter.

Cristian sprang ihr bei: »Ich habe als Kind auch nie etwas Neues probiert. Lass sie, man sollte Kinder beim Essen nie zwingen.«

Isabelle seufzte. Es schien ein leidiges Thema zu sein. Liz erinnerte sich an sich selbst, auch sie war als Kind mäkelig gewesen und hatte ihre Mutter oft zur Verzweiflung gebracht.

Liz bemerkte, wie Isabelle Cristian ansah. Sie ging schon einmal zur Tür, drehte sich dann noch mal um. »Vielen Dank, die Führung war wirklich interessant. Daraus können wir eine Story für Insta machen, was meinst du?«

»Eine was?«, entgegnete Cristian.

»Eine Story. Für deinen Instagram-Kanal, den ich dir aufbauen kann.«

Cristians Blick wurde finsterer. »Ich habe doch gesagt, ich möchte das nicht. Auf keinen Fall!«

Was hatte er plötzlich? So aufgebracht hatte sie ihn noch nicht erlebt. Auch Isabelle warf ihr einen verwunderten Blick zu.

Cristian schien sich gefangen zu haben, klang milder. »Ich dachte, du filmst nur für dich.«

»Habe ich ja auch.«

»Gut. Ich zeige das nur ausgewählten Gästen. Nicht der Öffentlichkeit. Punkt. Ich möchte das nicht. Okay?«

»Okay.«

Da klingelte Liz' Handy. Sie sah auf das Display. Alfonso. Das auch noch. Ein störrischer Mann reichte ihr gerade. Sie verabschiedete sich von den anderen, trat hinaus in die Sonne.

»Onkel Alfonso, was gibt es?«

»Lizzy, ich höre ja gar nichts von dir.« Seine Stimme klang fordernd. »Wie läuft es? Hast du diesem unverschämten Kerl die Meinung gegeigt?«

»Ja, natürlich. Also fast.« Sie biss sich auf die Lippe.

»Fast? Also nicht!«, schrie er beinahe. Liz hielt sich das Handy etwas vom Ohr. Hoffentlich hörte Cristian das da drinnen nicht. Sie ging rasch ein paar Schritte weiter. »Onkel Alfonso, ich bin gerade mal zwei Tage hier. Wie stellst du dir das vor? Soll ich ankommen und ihn an die Luft setzen? Und dann?«

Sie hörte ein Schnauben. »Ja, wieso nicht?«

»Weil es dann hier keinen Verwalter mehr gibt. Und so schlecht ist er nicht«, fügte sie noch hinzu. Sie dachte an seinen Körper, der wirklich nicht schlecht war. So durchtrainiert.

»Nicht schlecht? Er vergrault mir meine Gäste! Zwei Stornierungen gab es wieder für den Herbst! Mein Herz macht das nicht mehr lange mit.« Alfonso atmete tatsächlich schwer.

»Beruhige dich bitte. Ich bin ja jetzt hier und sehe nach dem Rechten. Wie du es dir gewünscht hast. Aktuell ist alles ausgebucht, ich muss sogar …« Sie hielt inne. Fast hätte sie gesagt, dass sie im Appartement des schrecklichen Verwalters schlief, aber das wäre zu viel gewesen für Onkel Alfonso und hätte auch nur Gerede in der Familie hervorgerufen.

»Was musst du? Zwingt er dich zu etwas? Mein Mädchen, pass nur auf dich auf.« Seine Stimme klang jetzt wirklich besorgt. Er konnte ja auch süß sein. »Sonst schick ich deinen Bruder.«

»Nein, nein. Ich muss mich jetzt weiter hier kümmern.«

»Ja, das mach mal. Kümmer dich. Auch gleich um einen neuen Verwalter. Gibt ja genug Arbeitslose heutzutage.«

»Ich werde erst mal sehen, was hier schiefläuft, okay? Ich glaube nicht, dass es einen neuen Verwalter braucht.«

Seine Stimme wurde strenger. »Setz dich durch, Lizzy. Sonst kommst du im Leben nicht weiter. Gerade Frauen müssen das lernen, glaube mir.«

Fast hätte Liz gelacht. Diese Worte aus dem Mund ihres erzkonservativen Großonkels.

Sie erinnerte sich an den alten Liebesbrief, den sie gefunden hatte, ging mit dem Handy am Ohr zu einer ruhigeren Ecke des Gartens. »Ach, Onkel Alfonso, ich wollte dich noch etwas fragen, es ist so wunderschön hier, und du bist ja hier aufgewachsen, mit Opa, ihr zwei Brüder. Und dann gab es noch eine Cecilia, mit der Opa wohl zusammen war …«

Alfonso wurde sofort grantig. »Woher weißt du das denn?«

»Ich habe einen alten Brief gefunden, der von Cecilia an Opa gerichtet war. Und weil Opa tot ist, dachte ich, darf ich ihn lesen.«

Ein unwirsches Grunzen war aus dem Handy zu vernehmen.

»Sie wollten wohl sogar heiraten, aber dann ist irgendetwas geschehen. Es geht ja schließlich um meinen Opa, deshalb interessiert es mich. Hast du eine Ahnung, was damals passiert ist?« Sie sagte extra nicht, dass er darin erwähnt wurde, um ihn nicht unnötig aufzubringen.

Aber er regte sich auf. »Das geht dich gar nichts an! Hör auf, in den alten Sachen zu schnüffeln, deshalb hab ich dich da nicht hingeschickt!«, wetterte er.

»Aber der Brief war an Opa, nicht an dich«, wandte sie ein. »Und da es wie gesagt meine Familiengeschichte betrifft, geht es mich schon etwas an.« Liz war über sich selbst überrascht. So hatte sie noch nie mit ihm gesprochen. Vermutlich auch deshalb erwiderte er erst einmal nichts. Sie hörte ihn atmen. Dann ein Schmatzen.

»Natürlich hatte Benito eine andere Frau vor Else, das ist doch nicht ungewöhnlich«, sagte er jetzt nur.

»Nein, ist es nicht, aber dass er Cecilia heiraten wollte und dann etwas dazwischenkam, das ist schon etwas ungewöhnlich. Wenn man jemanden heiraten möchte, ist es doch die ganz große Liebe, etwas sehr Besonderes.«

»Sie war ein anstrengendes Frauenzimmer«, presste er heraus. »Sie wohnte im Dorf, ist ständig bei uns angetanzt. Ihre Eltern hatten eine kleine Bäckerei. Sie hat uns ab und zu selbst gebackenen Mandelkuchen gebracht. Es war alles Berechnung, ihre Familie wollte unsere Finca, deshalb hat sie Benito schöne Augen gemacht. Nur deshalb! Dabei war ich der Erstgeborene!« Er hielt inne, atmete schwer.

Liz wurde klar, dass sie so nichts aus ihm herausbringen würde. Zu gern hätte sie gewusst, was damals geschehen war. Sie nahm sich vor, ihre Mutter beim nächsten Telefonat zu befragen, ob die etwas wusste. Ihr Blick schweifte über die wunderschöne Anlage. Liz verabschiedete sich von ihrem Großonkel, legte auf. Dann ging sie zum Gehege der Tiere, wollte wenigstens für ihren Laden in Berlin ein paar Bilder für eine Story schießen oder ein Filmchen von Picasso drehen.

Der Esel sah sie mit seinen großen Augen an. Liz fotografierte ihn, gab ihm Anweisungen, etwas zur Seite zu treten, da die Sonne blendete, aber natürlich tat er es nicht.

Plötzlich roch sie ein Aftershave, registrierte Alexander, der neben sie trat. »Na, will das Topmodel nicht so, wie du willst?«

Sie sah ihn amüsiert an. »Nicht wirklich, er ist doch tatsächlich stur.« Liz erklärte weiter: »Ich brauche Material für meine Homepage und ich soll ja auch den Internetauftritt der Finca auf Vordermann bringen. Auch wenn Cristian noch dazu überredet werden muss. Er ist, was das anbetrifft, so störrisch wie sein Esel.«

Alexander lachte. »Das kann ich mir lebhaft vorstellen, dass er sich sperrt. Männer sind oft kamerascheu. Wenn du willst, rede ich mal mit ihm darüber, wie wichtig das heutzutage ist. Ich als Künstler wäre längst nicht so bekannt ohne Instagram und meine Homepage.«

»Nein, danke, das muss ich selbst schaffen, ich meine, das mache ich selbst. Ich schieße ein paar Fotos von der Finca und den Tieren und hoffe, dass ich ihn bald überredet bekomme, sie posten zu dürfen.«

Alexander nickte: »Ich kann dich auch gern beraten, wie die Bilder ein wenig … künstlerischer werden.« Er lächelte nett.

»Ich hätte sie nicht *normal* fotografiert«, entgegnete Liz neckend. »Aber gern.« Seit dem Bootsausflug fühlte es sich an, als würde sie Alexander schon länger kennen, als wäre er ein Freund. Sie war sich zwar nicht sicher, wie sehr er sie mochte, ob er sich mehr vorstellen konnte mit ihr. Fest stand für sie jedoch, sie würde das Isabelle auf keinen Fall antun. Auch wenn diese so abgeklärt geklungen hatte. Isabelle war ganz sicher eine sensible Frau, die ihren Ex hier nicht mit einer anderen sehen wollte.

Sie alberten herum, Liz schoss Fotos, dann ging sie der Gans hinterher, filmte diese. »Die Gans bewegt sich wenigstens, bleibt nicht einfach stehen wie ein Esel.«

Alexander folgte ihr amüsiert. Dann blieb Liz abrupt stehen, da es die Gans auch tat, und Alexander prallte gegen sie. »Hoppla!« Sie kamen ins Schwanken, Alexander hielt sie gerade noch um die Hüfte herum fest, sie lachten.

Liz löste sich wieder von ihm, entdeckte in dem Moment Cristian hinter dem Stall, der sie beide mit ernster Miene wohl schon eine Zeit lang beobachtete.

* * *

Mist, sie hatte ihn gesehen. Aufgewühlt drehte sich Cristian schnell um, ging zum Pool, schnappte sich den Kescher, um dort die Blätter der Bäume herauszufischen. Übersprunghandlung.

Also doch. Alexander machte sich an Liz ran. Konnte der Kerl nicht wenigstens die Finger von seinen Gästen lassen? Es machte Cristian fuchsteufelswild. Alexander wollte doch Isabelle zurück, deshalb hatte er unbedingt dieses Zimmer gewollt.

Cristian hielt inne damit, Blätter aus dem Wasser zu fischen. Er spürte wieder dieses zermarternde Gefühl in seiner Brust. Das, das er damals bei Valeria so oft gespürt hatte. Eifersucht. Eifersucht, die ihn rasend machte, die alles zerstört hatte. Valeria hatte damals recht gehabt. Er war ein sehr eifersüchtiger Mensch, konnte aber nichts gegen dieses Gefühl tun. Zumindest bisher hatte er kein Ventil gefunden, um Dampf abzulassen. Eifersucht hatte sein Leben zerstört. Eifersucht war sein Thema, das ihn sein ganzes Leben begleitet hatte. Auch sein Vater war rasend eifersüchtig gewesen, hatte dadurch seine Mutter in die Arme seines besten Freundes getrieben. Es zerstörte jede Beziehung und genau deshalb hatte Cristian auch beschlossen, sich auf keine mehr einzulassen.

Er atmete aus, tauchte den Kescher erneut ins Wasser, fischte nach ein paar Blättern. Der weiß blühende Oleanderbusch stand eindeutig zu nah am Pool, seine Blätter und Blütenblätter fielen ins Wasser.

Cristian fischte das letzte Blatt heraus, ging zum Haupthaus, befahl sich insgeheim, sich in Liz' und Alexanders Liebesleben nicht einzumischen. Auch zwischen Alexander und Isabelle würde er ab jetzt nicht mehr vermitteln. Wenn sein Freund die Finger von anderen Frauen nicht lassen konnte …

Wobei er ihn verstand. Liz hatte diese natürliche Ausstrahlung, die auf Männer unglaublich anziehend wirkte.

Zumindest auf viele Männer vermutlich. Dabei war sie sich ihres Sex-Appeals, wie es schien, überhaupt nicht bewusst.

Cristian öffnete die Tür zur Finca, trat in sein Appartement, dann in die Wohnküche, nahm eine Flasche kaltes Wasser aus dem Kühlschrank und trank gierig mehrere Schlucke. Wieder kamen ihm die Bilder von gerade eben, von Alexander und Liz, Arm in Arm, in den Sinn.

Kapitel 12

Am nächsten Morgen kitzelte ein Sonnenstrahl Liz im Gesicht. Wohlig räkelte sie sich, öffnete die Augen, ließ ihren Blick durch das Gästezimmer schweifen. Ob Cristian schon wach war? Bestimmt. Gestern war er ihr aus dem Weg gegangen.

Sie hatte noch ein wenig in den alten Rechnungen und Papieren gestöbert, aber nichts von Bedeutung entdeckt. Gleich war sie mit Isabelle zum Frühstück auf deren Terrasse verabredet, das hatten sie gestern ausgemacht.

Liz setzte sich auf, fuhr sich durchs Gesicht. Dann checkte sie ihr Handy, wie sie es immer tat. Keine besonderen Nachrichten, aber sie sah sich die Bilder vom Fotoshooting mit Esel und Gans lächelnd noch einmal an. Mit Alexander konnte man wirklich Spaß haben, die Bilder waren gut geworden. Liz fühlte sich geschmeichelt, dass dieser international anerkannte Künstler Zeit mit ihr verbracht hatte. Vermutlich genoss er gerade das. Normale Menschen, normale Ferientage verbringen zu können, ohne irgendwelche überdrehten Fans. Für Liz waren Promis nicht anders als andere Menschen. Sie war noch nie Fan von irgendjemandem gewesen.

Liz stand auf, ging zur Tür, horchte, ob Cristian zu hören war, huschte ins Bad und duschte ausgiebig.

Kurz darauf saß sie bei Isabelle vor einer herrlichen Schale mit frischem Obst, einem Teller mallorquinischen Käse, Orangenmarmelade und frischen Brötchen von Cristians Brötchenservice. Isabelle schenkte ihr Kaffee ein. Wie er duftete. Dann deutete sie auf die länglichen, hellen Brötchen. »Das sind *Llonguets*, so heißen sie auf Mallorca, hat mir Cristian erzählt. Ein traditionelles Gebäck aus Palma. Es gibt sie in der Bäckerei im Dorf.«

Liz nahm eines, schnitt es auf und roch daran. Herrlich. »Außen hart und kross, innen weich und fluffig.«

Isabelle lachte. »Harte Schale, weicher Kern – wie Cristian.«

Liz musste auch lachen. Sie unterhielten sich über seine faszinierende Führung in der Ölmühle, genossen das frische Obst, den Kaffee und die Llonguets mit gesalzener Butter und Orangenmarmelade oder Käse. Der *Manchego mallorquín*, ein kräftiger Käse, schmeckte Liz besonders gut.

Wie schon das letzte Mal kamen die beiden Frauen nach kurzem Small Talk ungewöhnlich rasch in ein intensives Gespräch.

Nicht nur Isabelle öffnete sich Liz gegenüber, sondern auch Liz hatte das Gefühl, von dieser Frau verstanden zu werden. Vielleicht lag es daran, dass sie sich kaum kannten, keine gemeinsamen Freunde hatten, die nachher noch einmal über alles reden wollten. Jedenfalls tat es gut, offen und ehrlich sein zu können. Sie sprachen über ihr Leben in Deutschland, Isabelles Gefühl der Einsamkeit. Denn seit sie getrennt lebte, fehlte ihr oft eine erwachsene Person, um über die Erlebnisse im Alltag reden zu können. Jemand, um sich anzulehnen, wenn es ein anstrengender Tag gewesen war. Liz verstand sie zu gut. Als Single ging es ihr oft so. Und sie wurde wieder schmerzlich an ihre negativen Erfahrungen mit den Männern erinnert, die sie zuletzt über die Online-Portale gedatet hatte.

Isabelle erzählte auch von dem Spagat als Mutter. »Es ist manchmal schwer«, sagte Isabelle. »Ich will doch nur, dass es meinem Baby gut geht. Wenn Anouk leidet, leide ich so sehr mit. Kürzlich wurde sie von ihrer eigentlich besten Freundin nicht zum Geburtstag eingeladen. Die Mutter hatte mich nicht gewarnt, obwohl wir befreundet sind. Zumindest dachte ich das. Anouk hat tagelang geweint, wollte nicht mehr in die Schule gehen, wollte sich nur noch irgendwo verkriechen.«

»Herrjeh, die Arme! Das auch noch.«

»Ja, manche Kinder sind nicht sehr einfühlsam. Merken nicht, wenn es ihren Freunden nicht gut geht, und lassen sie dann sogar fallen. Und die Mütter sind meist nicht anders. Seitdem war ich bei dieser Mutter nicht mehr zum Kaffee eingeladen. Von nichts kommt nichts, hat meine Großmutter immer gesagt. Kinder kommen nicht auf fremde Leute.«

Liz verstand das gut, konnte es sich vorstellen, wie sehr man als Mutter in solchen Fällen mitlitt. Aber sie hatte es selbst nicht erfahren. Ein seltsames Gefühl machte sich in ihr breit. Auch wenn es ganz sicher nicht einfach war, Mutter zu sein, sie spürte, wie sie sich tief in sich ein eigenes Kind wünschte, irgendwann.

Lange hatte sie es sich offenbar selbst nicht eingestanden, aber diese Insel und die kleine, verletzliche Anouk hatte ihren Kinderwunsch wohl ein bisschen ans Tageslicht gezaubert. Oder waren es die Männer, Alexander und Cristian? Einer ein wunderbarer Vater, der andere würde ganz bestimmt auch einen großartigen Vater abgeben.

Alexander ging so liebevoll mit seiner Kleinen um, hätte alles dafür getan, dass es ihr gut ging. Und Isabelle bestätigte das lächelnd.

Liz hoffte insgeheim erneut sehr, dass er keine Gefühle für sie entwickelt hatte.

Die beiden Frauen unterhielten sich immer intensiver. Wie schön es war, dass Isabelle hier ihren Urlaub verbrachte, die beiden waren wirklich auf einer Wellenlänge. Und Liz hoffte so sehr für sie, dass sich Anouk hier in der Sonne Mallorcas auf dieser Finca in der Natur und mit den Tieren öffnen würde. Wie Isabelle meinte, hatte der Ausflug zu den Delfinen schon ein klein wenig bewirkt, Anouk hatte in der Nacht danach keinen Albtraum gehabt. Das erste Mal seit Langem. Immerhin.

Nach diesem netten Frühstück ging Liz gut gelaunt über den Hof, um aus ihrem Zimmer ihr Handy zu holen, das sie dort vergessen hatte. Isabelle wollte mit Anouk einen Ausflug unternehmen und Liz plante, ins nächste Dorf zu gehen, zu der kleinen Bäckerei, von der Alfonso gesprochen hatte. Vielleicht war es ja die, in der es die mallorquinischen Brötchen gab. Die alte Liebesgeschichte hatte sie gerührt und Liz wollte mehr über die erste große Liebe ihres Großvaters erfahren.

Sie holte rasch ihr Handy aus ihrem Zimmer, machte sich noch mal kurz frisch. Und gerade als sie aus Cristians Appartement trat, kam ein roter Sportwagen auf den Hof gefahren. Ein neuer Gast? Soviel Liz wusste, war immer noch alles ausgebucht, das Ehepaar Marquardt würde noch ein paar Tage bleiben.

Eine attraktive Frau mit dunklen, langen Locken stieg aus. Sie besaß eine sehr schlanke, zarte Figur, trug einen körperbetonten Hosenanzug, modern und elegant. Sie erinnerte an Penelope Cruz, trug einen mondänen schwarzen Bast-Sonnenhut, auffallend rote Lippen, sah sich suchend um. Als sie Liz aus dem Haupthaus treten sah, kniff sie ihre Augen etwas zusammen, kam auf sie zu.

»*Hola.*« Sie redete auf Englisch weiter, da sie in Liz eine Touristin vermutete. Aber ihrem Akzent und Aussehen nach schien sie eine Spanierin zu sein. »Wohnt hier Cristian Perez?«

Liz zögerte, bestätigte es dann aber auf Englisch. »Ja.«

»Ja? Gut! Wo genau? In welchem Appartement?«, entgegnete die Lady kühl.

Liz deutete überrumpelt auf die Tür, aus der sie gerade getreten war.

Die Dame runzelte augenblicklich ihre Stirn. »Sie kommen aus Cristians Appartement?« Ihre Stimme klang angespannt.

»Äh, ja, ich wohne da«, erwiderte Liz irritiert. Die Frau sah von Nahem noch besser aus. Makellose, gebräunte Haut, ein feiner Teint. Perfekt gezogener Lippenstift.

Ihre Mimik verfinsterte sich noch mehr. »Ach ja? Ist er da?«

»Cristian?«, fragte Liz, um Zeit zu gewinnen. Diese Frau schien nichts Gutes im Sinn zu haben, sagte ihr Bauchgefühl. »Ich bin mir nicht sicher.«

Die Frau sah sich suchend um. Sein Wagen stand da, wie beide registrierten. Ganz offensichtlich kannte die Frau seinen Wagen, sonst hätte sie Liz nicht so einen Blick zugeworfen.

»Hier hat er sich also versteckt«, sagte sie mehr zu sich selbst auf Spanisch und fügte abfällig auf Englisch hinzu: »Auf einer Olivenplantage in der Einöde wohnt er.«

»Was ist denn an einer Olivenplantage so schlecht?«, hakte Liz wütend nach. Wollte diese Frau etwa die Olivenfarm ihrer Familie in den Schmutz ziehen?

»Ach«, die Frau winkte ab, ging los, auf den Eingang zu, dabei rempelte sie fast gegen Liz. Was für eine unmögliche Person! Im Gehen zog die Frau einen Brief aus ihrer Handtasche. »Den werde ich ihm geben, ein amtliches Schreiben, und Sie sind Zeugin, dass er es bekommt!«

»Ich? Nein!« Liz stemmte die Arme in die Hüften.

»Wie bitte?« Die Frau stoppte. »Sie sehen doch, dass ich ihm diesen Brief gebe, also sind Sie Zeugin.«

»Nein, ich sehe einen Brief, aber ich sehe nicht Cristian.«

Die Frau rollte mit den Augen. Sie hielt den Brief Liz kurz unter die Nase, deutete auf seinen Namen. Da stand es. Cristian

Perez. Und ein amtlicher Stempel. Die Dame zog den Brief wieder weg. »Und Sie sehen, dass ich zu ihm gehe. Sie können ja warten und zuschauen, wie er ihn in die Hand nimmt«, fügte sie ärgerlich hinzu.

»Nein, ich warte nicht«, erwiderte Liz spontan. »Ich habe zu tun«, fügte sie an.

Die Dame blickte angriffslustig, überlegte es sich dann aber anders und schien ihre Taktik zu ändern. Ihre Stimme wurde milder, fast weinerlich.

»Bitte, helfen Sie mir. Es ist wichtig.«

»Um was geht es denn genau?«, fragte Liz vorsichtig.

Sofort wurde die Dame wieder abweisender. »Das geht Sie nichts an. Vergessen Sie es. Weit kann Cristian ja nicht sein, wenn sein Wagen da ist.« Sie ging ein paar Schritte, öffnete, ohne zu klopfen, die Tür zum Hauptgebäude, ging hinein.

Liz sah ihr hin- und hergerissen nach. Hätte sie die Dame stoppen müssen? Handelte es sich um seine Ex? Die nicht wusste, wo er seit vier Jahren arbeitete und lebte? Und wieso sollte seine Ex ihm ein amtliches Schreiben persönlich überbringen? Natürlich, die Scheidungspapiere. Ein Kloß bildete sich augenblicklich in ihrem Hals. Er war verheiratet. Noch zumindest.

Neugierig folgte sie ihr zum Haus, blieb neben der blühenden Bougainvillea, die am Haus hochrankte, stehen und lauschte. Sie hörte eine Tür, vermutlich die zu Cristians Appartement und dann die Stimmen der beiden.

Liz fiel ein, dass sie ja jetzt einfach in ihr Gästezimmer gehen konnte, mit der Ausrede, etwas vergessen zu haben. Sie trat ins Haus, vom Flur aus hörte man die beiden in seinem Zimmer reden.

Sie stritten. Liz ging weiter in ihr Zimmer, horchte, ließ sich auf ihr Bett sinken. Es ging hoch her nebenan, aber leider verstand Liz immer nur ein paar Wortfetzen auf Spanisch, nie mehr. »Staatsanwalt«, »Gericht«, »kommst ins Gefängnis«, hörte sie aus den aufgewühlten Sätzen dieser Frau heraus. Es handelte sich also nicht um die Scheidungspapiere. Liz musste schlucken.

Was hatte Cristian angestellt, dass ein Staatsanwalt gegen ihn ermittelte? Hatte er sich deshalb seit vier Jahren auf der Finca versteckt, und die Dame war ihm auf die Spur gekommen? Ein Schauer überlief sie. Liz fühlte sich wie in einem Krimi. Hatte es etwas damit zu tun, dass die Touristen storniert hatten? War sie womöglich in Gefahr? Liz kaute auf ihrer Unterlippe.

So emotional wie Cristians Stimme klang, schien es für ihn um viel zu gehen.

Dann Türenknallen, Schritte, kurz darauf schlug die Haustür zu. Durch ihr Fenster, das zum Hof ging, sah Liz die Dame zu ihrem Wagen gehen, sich hineinsetzen und losbrausen.

Stille. Aus seinem Zimmer war nichts mehr zu hören.

* * *

Wie gelähmt saß Cristian auf seinem Bett, den Kopf in die Hände gestützt. Ein geöffneter Brief lag neben ihm. Wie hatte sie ihn gefunden? Seine Tarnung als Olivenbauer war doch perfekt gewesen die letzten Jahre. Welchen Fehler hatte er begangen? Er dachte nach. Sah hoch, sein Blick blieb auf der Wand hängen, hinter der sich sein Gästezimmer befand. Hatte Liz doch schon ein paar Fotos mit ihm auf der Finca gepostet? Er konnte es sich nicht vorstellen. Das hätte sie ohne sein Einverständnis nicht getan. Liz schien nicht der Typ Frau zu sein, der bösartig werden konnte. So wie Valeria. Oder täuschte er sich in dieser Deutschen? Wie er sich damals in Valeria getäuscht hatte? Ihre Schönheit, ihr Sex-Appeal hatten seinen Verstand aussetzen lassen. Das durfte nicht erneut passieren. Aber genau diese

Anziehungskraft besaß Liz auf ihn, dass sein Körper reagierte, als wäre er ein Teenager.

Cristian stand auf, ging im Raum auf und ab. Er musste Liz loswerden, schnellstmöglich.

Kapitel 13

Aufgewühlt stand Liz vor Isabelles Terrasse. Sie musste mit jemandem reden. Aber die Terrassentür war geschlossen, der Vorhang innen zugezogen. Isabelle schien bereits mit Anouk zu ihrem Ausflug aufgebrochen zu sein. Aber mit irgendjemandem musste sie über die gehörten Wortfetzen reden, sonst platzte sie. Nur mit wem? Wem konnte man das anvertrauen? Josy? Alexander auf keinen Fall. Er war ein Freund von Cristian. Sonst kannte sie hier ja keinen.

Liz ging den kleinen Fußweg zwischen den Olivenbäumen entlang. Die warme Luft umhüllte sie, die Sonne schien und ließ die Blätter der Olivenbäume wieder fast silbrig wirken. Aber je näher sie Josys Laden am Meer kam, um so unsicherer wurde sie, ob es so eine gute Idee war, Josy das alles zu erzählen. Nicht, dass das Getratsche im »Dorf« losging. So gut kannte sie Josy und vor allem deren Verhältnis zu Cristian nicht.

Liz beschloss, es ganz vorsichtig zu versuchen.

Vor dem Laden saß ein Pärchen, genoss bei einem Cappuccino die fantastische Aussicht. Liz ging daran vorbei, betrat den Laden.

Josy begrüßte Liz lächelnd. »*Hola,* Liz. Einen Café con leche?«

»Ja, gern.«

Josy nickte, schäumte gleich eine Tasse Milch auf, eine ältere Kundin stand da und nestelte an ihrem Geldbeutel. Josy fragte sie nett auf Spanisch, ob sie ihr helfen solle, aber sie verneinte dankend. Liz konnte jetzt unmöglich vor ihr mit dem vorhin Gehörten anfangen. Noch dazu, wo sie ja nur Wortfetzen, die nicht wirklich Sinn ergaben, verstanden hatte.

Als die alte Dame endlich fertig war, sich verabschiedete und den Laden verließ, kamen drei Frauen, die sich angeregt auf Spanisch unterhielten, herein. *»Hola!«*, schnatterten sie. Josy bereitete Liz' Kaffee weiter zu, begrüßte sie alle fröhlich auf Deutsch und ab da redeten die Frauen auf Deutsch weiter, eine mit spanischem Akzent. Josy freute sich hörbar, die drei zu sehen. Sie stellte die Tasse ab, kam hinter dem Tresen hervor und alle begrüßten sich mit einer kurzen Umarmung. Liz sah ihnen zu. Was für herzliche, fröhliche Frauen Josy kannte! Die drei verbrachten öfter eine kleine Kaffeepause bei Josy, wie diese erklärte. »Drei *Café solo,* wie immer?« Alle nickten lächelnd.

Josy trat zur Kaffeemaschine, reichte erst einmal Liz ihren Café con leche, stellte sie den anderen vor. »Mädels, das ist übrigens Liz, ich hab euch ja schon von ihr erzählt.«

»Hast du?«, fragte Liz überrascht nach.

»Oh ja, hat sie, die Neue bei Cristian.« Die hübsche, zierliche Frau, vermutlich Spanierin, fuhr mit Akzent fort: »Ich bin Matilda, mir gehört der Schmuckladen. Mallorquinischer Schmuck.«

»Wie schön«, erwiderte Liz. »Ich liebe Schmuck und war auch schon kurz in euren Läden, sie sind toll. Ich muss noch mal in Ruhe kommen. Aber ich bin nicht Cristians Neue.«

Matilda lächelte. »So war das nicht gemeint. Die Frau, die diesen Mann knackt, die muss noch geboren werden.« Die anderen lachten.

Eine Sportlichere, Blonde stellte sich vor. »Hi, stimmt, du warst kurz da, aber ich hatte Kundschaft. Ich bin Amelie, aus Hamburg, wie man vielleicht hört.«

»Welcher Laden war noch mal deiner?«, fragte Liz nach.

»Der Laden ›Mandelduft & Meer‹ ist meiner. Handgefertigte ökologische Kosmetik aus Naturprodukten von der Insel, Seife oder was für die Haare oder das Gesicht. Die Orangenblütenlotion ist gerade im Angebot. Es gibt aber auch viel mit Lavendel, Rosmarin oder Rose und Mandel. Cristian nimmt immer die mit Mandelblüten.«

Alle lachten. Josy erklärte, dass sie lachten, weil Amelie die Geschäftstüchtigste von ihnen sei und das gerade mal wieder bewiesen habe. »Dank ihr haben wir sogar so etwas wie ein Marketingkonzept für alle Läden. Und unsere Läden seitdem die blumigen, schönen Namen.«

»Die weißen Markisen sind auch sehr ansprechend und fallen ins Auge.« Liz lächelte in die Runde. »Ob ›Schokoladenglück & Meer‹ oder ›Perlenzauber & Meer‹, alle Namen sind verlockend, wer will da nicht sofort reingehen. Tolle Idee.«

Amelie freute sich. »Danke. Wir haben lange diskutiert und ich konnte dann alle überzeugen, den Läden einheitliche deutsche Namen zu geben, weil wir bis auf Matilda alle deutsche Auswanderinnen sind. Im Schaufenster sieht man sonst ja auch sofort, um was für einen Laden es sich handelt, wenn man kein Deutsch versteht.«

Liz nickte angetan. Dann stellte Josy ihr eine Frau vor, die ihre attraktiven weiblichen Rundungen mit einem eng anliegenden Kleid selbstbewusst betonte. »Und das ist Teresa, sie hat ihren Laden von Bayern nach Mallorca verlegt. Wegen eines Mannes! Aber nicht etwa, weil es die große Liebe war, im Gegenteil«, fügte Josy hinzu.

»Trotzdem gibt es die, davon muss ich Josy nur noch überzeugen«, erklärte Teresa lächelnd. »Ich fertige alles Mögliche aus mallorquinischen Stoffen, die in der Ikat-Technik hergestellt werden.«

»Oh, diese Technik kenne ich gar nicht«, sagte Liz.

»Die stammt ursprünglich aus dem alten Orient. Die mallorquinischen Ikat-Stoffe sind sehr beständig, bestehen nur aus Naturfasern: siebzig Prozent Baumwolle und dreißig Prozent Leinen.«

»Toll«, erwiderte Liz beeindruckt.

»Ich mache auch Stofftaschen daraus. Und ich liebe Blütenmuster. Für meine Strandtücher und Strandkleider. Deshalb heißt mein Laden auch ›Blütentraum & Meer‹. Und ein paar Blumen gibt es auch. Deko ist mein Ding.«

Liz hatte fasziniert zugehört.

Teresa lächelte Liz an und erklärte. »Man muss schon etwas Besonderes bieten. Wie in der Liebe. Ich koche sehr gern, das kommt bei Männern auch gut an.«

Josy schmunzelte. »Sie kocht wirklich super. Bayrisch und mallorquinisch. Und den Glauben an die große Liebe kann ich ihr einfach nicht ausreden.«

»Warum auch«, entgegnete Liz. »Ich denke, viele Menschen finden sie, nur leider nicht alle.«

Amelie bestätigte. »Nicht alle, so ist das. Aber solange wir uns als Freundinnen haben, ist ja alles gut.«

Die Frauen lächelten sich an.

Liz spürte dieses Band, das die Frauen geknüpft hatten, keine Konkurrenz, sondern gegenseitige Unterstützung. Ganz anders als sie es mit Kollegen in Berlin erlebt hatte.

»Das ist wirklich das Beste«, fuhr Josy fort. »Wir sind inzwischen alle Freundinnen. Jede hat auch schon einiges mitgemacht, vermutlich schweißt das zusammen.«

»Oh ja«, bestätigte Amelie. »Vor allem wir Auswanderinnen hatten es am Anfang nicht so leicht auf der Insel, nicht wahr, Josy?« Die nickte.

Liz sah sie fragend an. Aber Josy ging nicht darauf ein, erklärte, dass Liz gern mal zu ihrem Sundowner am Beach kommen könne, oder? Sofort stimmten die Frauen zu. »Dort treffen wir uns öfter nach Ladenschluss. Na ja, öfter ist übertrieben, manchmal immerhin.«

»Supergern.« Liz wusste wieder, was ihr in Berlin gefehlt hatte. Freundinnen, nette Kolleginnen, Frauen, die fröhlich waren, sich gegenseitig unterstützten, ohne Neid und Missgunst. Sie hatte zwar eine ganze Reihe Freundinnen, die sie über die Jahre in Berlin kennengelernt hatte, nur wohnten die engsten jetzt ja nicht mehr in ihrer Nähe. Zusammenbringen hatte sie ihre Freundinnen in Berlin nie gekonnt. Steffi mochte Uta nicht, Uta mochte Conny nicht und so ging es weiter. Deshalb traf sich Liz meist einzeln mit einer Freundin, was natürlich auch schön war, aber so ein bunter Haufen lustiger Frauen jeden Tag um einen herum hätte sicher gutgetan.

»Wann ist denn euer nächstes Sundowner-Treffen am Strand?«, fragte sie nach.

Teresa sah die anderen fragend an. »Am Samstag nach der Olivenernte? Die ist ja schon übermorgen. Vorher schaff ich es nicht, was Leckeres zu kochen.«

Josy nickte.

»Klar«, erwiderte Matilda. »Bin dabei.«

»Ich natürlich auch«, erklärte Amelie. »Abends am Meer, wenn die meisten Badegäste weg sind, ist es am Beach so wunderschön.«

Liz freute sich darauf.

Die Frauen schienen etwas wegen der gemeinsamen Stromrechnung besprechen zu müssen und so bezahlte Liz ihren Café con leche, ging hinaus und trank ihn draußen mit Blick aufs Meer. Das Wasser glitzerte in der Sonne, am Strand lagen Menschen und genossen das Licht und die Wärme. Und das Anfang Oktober. In Deutschland regnete es heute, wie sie vorher gegoogelt hatte. Liz genoss den wundervollen Blick aufs Meer, dachte über Cristian nach. Im Grunde traute sie ihm nichts Schlimmes zu. Aber ihre Menschenkenntnis, oder besser ihre Männerkenntnis, hielt sich in Grenzen. Sie trank ihren Café con leche aus, brachte die Tasse kurz hinein, verabschiedete sich von den Frauen und schlenderte am Meer entlang weiter in Richtung Dorf. Liz hatte auf Google Maps gesehen, dass dieser kleine Wanderweg zum nächsten Dorf führte. Genau das Richtige, um sich die Meeresluft um die Nase wehen zu lassen, sich abzulenken und etwas Sonne zu tanken. Sie beschloss, in diesem Dorf nach der kleinen Bäckerei, von der Onkel Alfonso geredet hatte, zu suchen. Vielleicht gab es sie ja noch. Cecilias Eltern hatten sie damals betrieben, womöglich erinnerte sich dort ja jemand an Cecilia, wenn es sie selbst nicht mehr gab. In einem Dorf kannte ja immer jeder jeden. Vielleicht hatte Liz großes Glück und Cecilia lebte noch und jemand dort wusste, wo sie derzeit wohnte. Auf jeden Fall war es eine kleine Spur und ein netter Spaziergang an der Küste entlang. Liz wollte, solange sie hier auf dieser Insel war, auf jeden Fall herausfinden, warum ihr Großvater und Alfonso ihrer Mutter verschwiegen hatten, dass es diese kleine, traumhafte Finca, die ihrer Familie offenbar schon lange gehörte, auf dieser Insel gab.

Liz wollte auch unbedingt wissen, warum die Hochzeit damals nicht stattgefunden hatte. Ob Alfonso irgendwie daran beteiligt gewesen war? Sie dachte an das Telefonat mit ihrem Onkel, bei dem er alles abgestritten hatte. Dann an seine Forderung, Cristian zu kündigen.

Cristian! Sofort dachte sie wieder daran, dass er offenbar aus irgendeinem Grund gesucht wurde, dass es vielleicht besser war, wenn er die Finca verließ. Im nächsten Moment konnte sie es sich einfach nicht vorstellen. Nein, er hatte ganz sicher nichts Schlimmes getan, wer konnte schon wissen, was ihm diese madamige Frau Penelope vorwarf? Ihre Gedanken rasten.

Liz ging schneller, erinnerte sich an seinen seltsamen Blick, als er sie mit Alexander beobachtet hatte. War der bedrohlich gewesen oder eifersüchtig? Sie hielt inne. Was, wenn sie es doch mit einem Kriminellen zu tun hatte und sich in Gefahr befand? Ihr Kopfkino ging mit ihr durch. Liz atmete die frische, salzige Meeresluft ein, versuchte, ruhig zu bleiben.

Sie sah wieder auf das glitzernde Wasser und beschloss, sich gefühlsmäßig sicherheitshalber nicht weiter auf Cristian einzulassen.

Gedankenverloren stolperte sie über einen Stein, fing sich, stemmte die Hände in die Hüften. Ein verrückter Gedanke schoss ihr durch den Kopf. Was, wenn Cristian wirklich gesucht wurde und sich auf der Finca vor der Polizei versteckt hielt?

* * *

Ein abzweigender Weg führte Liz ins Landesinnere, dort sollte sich laut Google Maps das Dorf befinden. Es war das einzige in der näheren Umgebung der Finca, insofern musste es das von Alfonso beschriebene sein. Liz erblickte eine Ansammlung von ein paar typisch mallorquinischen Steinhäusern. Das schien das Dorf zu sein. Diese wenigen Häuser standen bestimmt nicht als touristisches Ausflugsziel in den einschlägigen Reiseführern. Alles wirkte verschlafen, nur ein alter Mann mit Stock war auf der schmalen Straße unterwegs, die zwischen zwei Häusern hindurchführte, eine schwarze Katze kreuzte Liz' Weg, huschte schnell davon.

Neugierig ging auch Liz zwischen den Häusern im typisch mallorquinischen Stil hindurch. Davor standen Blumenkübel mit blühenden Geranien, die grünen Fensterläden gaben den Häusern ein pittoreskes Aussehen. Liz entdeckte eine Bar – und eine kleine Bäckerei! Mehr gab es hier nicht an Läden. Zu der Bar, vor der zwei Tischchen standen, war der Alte gegangen.

Ein paar andere ältere Männer saßen schon an einem der beiden Tischchen, spielten Karten und unterhielten sich. Wie schön sie es hier hatten! Im Vergleich zu Deutschland, wo die meisten Senioren eher allein in ihren Wohnungen oder in Seniorenheimen lebten.

Der Duft von Frischgebackenem schlug Liz aus der Bäckerei entgegen. Ob es die Bäckerei von damals war? Liz zögerte. Sollte sie hineingehen und nach Cecilia, einer älteren Dame fragen? Fremde Menschen anzusprechen, war überhaupt nicht ihr Ding.

Aber jetzt wieder zurückzugehen und nichts erreicht zu haben, schien keine Option. Die Katze kam ihr entgegen, streifte um ihre Beine. Sie hatte weich aussehendes Fell. »Na, du Hübsche, willst du mir etwas sagen?«

Manchmal kam es Liz wirklich so vor, als »redeten« Tiere zu einem. Als wollten sie helfen, so auch jetzt. »Du willst mir Mut machen, ich soll mich trauen, einfach reinzugehen? Stimmt, die Krallen ausfahren muss ich ja nicht gleich.«

Die Katze sah sie an, streifte weiter.

Liz lächelte, ging auf die Bäckerei zu. Das verschnörkelte Schild »Panadería Emilio«, was auf Deutsch »Emilios Bäckerei« hieß, wirkte alt. In der liebevoll gestalteten Auslage sah sie Ensaimadas und mallorquinischen Kuchen, außerdem eine Coca mit Aprikosen. Da Liz nicht ewig vor dem Schaufenster herumstehen wollte und ihr auch schon das Wasser im Mund zusammenlief, drückte sie die Tür auf und ging hinein. Eine Türglocke klingelte, herrlicher Gebäckduft strömte ihr entgegen. Sie musste unbedingt Coca kaufen, beschloss sie. Die *Coca de Albaricoques* kannte und liebte sie, ihre Mutter backte sie manchmal. Ein typischer mallorquinischer Hefekuchen mit Aprikosen. Hinterm Tresen stand eine Frau Ende fünfzig, klein, etwas korpulent, kurze schwarze Haare, ein sympathisches, herzliches Gesicht. Sie lächelte Liz freundlich entgegen. Sonst gab es keine Kundschaft, die Verkäuferin rieb sich ihre Hände an ihrer Schürze ab und fragte Liz auf Spanisch nett, wie sie ihr helfen könne. Vermutlich sprach sie kein Englisch, aber das machte ja nichts, da Liz Spanisch konnte. »*Hola*, ich habe ein etwas seltsames Anliegen. Ich bin auf der Suche nach einer Frau, die mein Großvater vor vielen Jahren … gut gekannt hat. Eine Cecilia, ihre Eltern haben hier im Ort eine Bäckerei geführt.«

Die Frau sah sie überrascht und jetzt ein wenig skeptisch an. »Und was wollen Sie von dieser Cecilia?«

Liz schöpfte Hoffnung. »Ich möchte einfach gern mehr über das Leben meines Großvaters damals hier auf dieser Insel erfahren, würde Cecilia gern kennenlernen, wenn sie noch lebt. Es scheint eine wundervolle Liebesgeschichte mit meinem Großvater Benito gewesen zu sein, die irgendwie jäh endete. Mein Großvater ist dann nach Deutschland ausgewandert und hat irgendwann meine Großmutter Else kennengelernt.«

Die Verkäuferin zögerte. Hatte Liz zu viel erzählt?

Plötzlich hörte man ein klirrendes Geräusch aus dem hinteren Raum. Die Verkäuferin sah sich kurz um, es wirkte, als stände dort jemand. Sie wandte sich wieder Liz zu, wirkte etwas ernster. »Hier ist keine Cecilia.«

Liz verstand und ihr Herz schlug schnell. Befand sich Cecilia im Hinterraum und hatte mitgehört, wollte nichts mit Benitos Enkelin zu tun haben? Falls dem wirklich so war, warum? War sie so verletzt? Bis ins hohe Alter? Liz war selbst schon von Männern enttäuscht worden, die sie geliebt hatte. Aber mit den Jahren hatte sie es verschmerzt. Wenn Cecilia immer noch verletzt war, musste es wirklich eine sehr große Liebe gewesen sein. Oder hatte das Geräusch eben nur die Katze oder jemand anderes verursacht?

Liz bestellte mehrere Stücke Coca de Albaricoques, bezahlte und verabschiedete sich.

Sie trat mit der Papiertüte aus der Bäckerei, die Sonne blendete sie. Was war damals geschehen? Wieso war ihr Großvater Benito nie wieder in seine Heimat zurückgekehrt? Sie hatte ihre Mutter gestern noch angerufen und danach gefragt, aber die wusste es leider auch nicht. Er hatte nie über frühere Zeiten reden wollen.

Liz verließ den kleinen Ort wieder in Richtung Meer, ging den Weg im Schatten der Kiefern entlang, packte im Gehen das duftende Gebäck aus der Papiertüte, nahm ein Stück Coca heraus und biss in das süße Teilchen hinein. Mmmhm, der Hefeteig schmeckte fluffig leicht, die Aprikosen einfach nur köstlich. Ihr Blick fiel auf die Papiertüte, der Aufdruck kam ihr irgendwie bekannt vor. Ach ja, die frischen Brötchen, die Cristian für sie besorgt hatte und auch die Brötchentüte bei Isabelle. Natürlich, vermutlich war es die einzige oder beste Bäckerei in der Nähe der Finca, hier holte Cristian alles für seinen Brötchenservice. Viel zu schnell hatte Liz das leckere Coca verputzt, wischte sich die Krümel vom Mund und roch bereits das Meer. Ein paar Schritte noch und sie stand oben auf der Klippe, sah aufs tiefblaue Wasser und wieder wurde ihr die besondere Magie dieser Insel bewusst. Hier gab es so schöne Buchten, ein oft türkisblau scheinendes Meer, das einen fast schon an die Karibik erinnerte. Sie beobachtete eine Möwe, die sich gleiten ließ. Wieso nur war ihr Großvater nie wieder hierher zurückgekommen? Wieso hatte er ihnen seine Heimat nie gezeigt? Aber jetzt wollte sie noch mal bei Josy vorbeisehen, hoffte, mit ihr über Cristian reden zu können.

Kapitel 14

»Toll zum Schnorcheln ist auch die Cala Sant Vicenç«, erklärte Josy einem Paar Anfang fünfzig. »Dort überwuchern Seemoos und bunte Anemonen die Felsen in der Nähe des Ufers und man kann Schwärme von Mönchsfischen sehen.« Josy lächelte ihre Kundschaft an. Liz war eingetreten, grüßte gestisch, Josy ebenso.

Die Frau strahlte. »Das klingt wundervoll, was meinst du, Tobi?«

»Ja, klasse, lass uns das buchen. Ich hab aber noch ein paar Fragen zu der Gegend.«

Liz merkte, dass es länger dauern würde. Die nächsten Touristen standen auch schon vor der Fensterscheibe und sahen sich die Tour-Angebote von Josy an. Josy würde also wieder keine Zeit haben, in Ruhe über Cristian zu reden. Und vielleicht war das ein Zeichen, dass sie es auch besser nicht tun sollte. Liz glaubte an Zeichen. Sie erklärte Josy kurz, dass sie nur Hallo hatte sagen wollen und bald mal wieder käme.

Sie verließ den Laden, machte sich auf den Rückweg zur Finca, an den Olivenbäumen entlang. Vielleicht war ja Isabelle mittlerweile zurück.

* * *

Am Gatter der Finca angekommen, erkannte Liz schon von Weitem, dass etwas geschehen sein musste. Isabelle stand aufgelöst neben Alexander und Cristian vor dem Hauptgebäude, fuhr sich verzweifelt durchs Haar. Die Männer machten ernste Gesichter und unterhielten sich.

Liz öffnete rasch das Tor, ging hinein, schloss es wieder und trat schnellen Schrittes auf sie zu. »Ist etwas geschehen?«, rief sie ihnen entgegen.

Die drei hatten sie noch nicht registriert, Isabelle sah jetzt auf, kam auf sie zu, stürzte sich in Liz Arme und weinte.

Liz strich ihr überfordert über den Rücken, warf Cristian und Alexander einen fragenden Blick zu. Cristian erklärte ernst: »Anouk ist weg. Sie hat nach dem Ausflug einen Mittagsschlaf gemacht und als Isabelle nach ihr gesehen hat, war sie verschwunden.«

Alexander schaltete sich aufgewühlt ein. »Wir haben das Gelände schon durchsucht.«

Isabelle hatte sich von Liz gelöst. »Sie ist wie vom Erdboden verschluckt.«

»Herrjeh. Vielleicht hat sie sich ja nur versteckt und es ist für sie eine Art Spiel?«, mutmaßte Liz, versuchte, Ruhe zu bewahren.

»Ein Spiel?« Isabelle wischte sich eine blonde Locke aus dem Gesicht, in dem sich kurz Hoffnung zeigte. Doch dann schüttelte sie den Kopf. »Das würde sie mir nicht antun, sich so lange zu verstecken. Sie weiß doch, wie viele Sorgen ich mir immer um sie mache.«

»Zu viele«, rutschte Alexander aufgewühlt heraus. »Entschuldige. Aber ich habe dir schon immer gesagt, dass das nicht gut ist für ein Kind.«

Isabelle sah Liz an. »Er meint, ich übertreibe mit meiner Sorge. Würdest du dir da keine Gedanken machen, wenn deine kleine Tochter verschwunden wäre? Bestimmt schon über eine Stunde.«

»Das ist jetzt natürlich etwas anderes, Isabelle«, fügte Alexander beschwichtigend hinzu. »Ich mache mir jetzt auch Sorgen.«

Liz nickte.

Cristian wandte ein: »Aber wir sollten trotzdem versuchen, Ruhe zu bewahren. Anouk hat sich hier so wohl gefühlt mit den Tieren, wieso sollte sie weglaufen?«

»Vielleicht ist sie ja im Stall, schläft im Stroh und ihr habt sie übersehen?«, schlug Liz vor.

Alexander schüttelte den Kopf. »Ich habe bereits im Stall nachgesehen. Auch in den möglichen Verstecken.«

Cristian sah Liz an, hatte offenbar einen Gedanken, fragte Alexander: »War Picasso im Stall oder irgendwo anders dort?«

»Der Esel?«, fragte Alexander irritiert. Er wusste es nicht. »Darauf habe ich jetzt wirklich nicht geachtet. Die Gans ist mir entgegengekommen. Und die Ziege.«

Cristian ging eiligen Schrittes zu den Ställen, Liz überlegte mit den anderen derweil, wo Anouk sein, wo man sie sonst noch suchen konnte.

Kurz darauf kam Cristian kopfschüttelnd zurück. »Picasso ist weg. Das heißt, die Kleine hat sich vielleicht endlich überwunden, auf ihm zu reiten, wie ich es mit ihr besprochen hatte. Das wäre die gute Nachricht: Sie hat ihre Angst überwunden und ist aufgestiegen. Aber dann ist er vielleicht mit ihr losgetrabt, er mag Kinder und geht gern mit ihnen spazieren.«

Isabelle und Alexander sahen sich alarmiert an. »Anouk auf dem Esel? Sie kann nicht reiten«, sagte Isabelle besorgt.

»Auf einem Esel wie Picasso muss man nicht reiten können«, beschwichtigte Cristian. »Er würde auf seine kleine Reiterin außerdem aufpassen, er hat ein sehr sanftes Gemüt, er mag Kinder.«

Isabelle atmete hörbar aus.

Liz wandte sich an Cristian: »Wo kann Picasso denn hingelaufen sein?«

Er überlegte. »Hier haben wir ja schon alles abgesucht. Da er nicht in der näheren Umgebung ist, fällt mir nur noch Richtung Tramuntana-Gebirge ein.«

»Das Gebirge?«, entfuhr es Isabelle alarmiert. »Die Berge dort sind richtig hoch! Wir haben doch dorthin eine Tour unternommen.«

»Das Tramuntana-Gebirge fängt hier erst an, da sind die Berge nicht so hoch«, beschwichtigte Cristian erneut.

»Schnell ist ein Esel ja nicht, weit könnten sie also nicht sein«, fügte Alexander an.

»Täusch dich da mal nicht«, wandte Cristian ein. »Wenn sie schon eine Stunde unterwegs sein sollten, schafft das schon Strecke. Es ist wie mit Schildkröten, denen traut auch keiner zu, auszubüchsen, dabei geht das recht schnell.«

Isabelle und Alexander sahen sich besorgt an.

»Kennt sich Picasso im Tramuntana-Gebirge aus?«, fragte Liz nach.

Cristian nickte. »Ja, ich bin manchmal mit ihm dort spazieren gegangen.«

»Spazieren? Mit einem Esel?«, hakte Liz verblüfft nach.

Er warf ihr nur einen Blick zu.

»Worauf warten wir, lasst uns die beiden suchen«, sagte Liz. »Am besten bilden wir zwei Teams.« Sie wunderte sich über sich selbst, die Sache so in die Hand zu nehmen. Noch vor ein paar Tagen hätte sie das niemals getan. Diese Insel, die Finca mit ihren Tieren, all das hatte offenbar auch in ihr etwas angestoßen, nicht nur in der kleinen Anouk.

Cristian sah sie voller Respekt an und sagte jetzt: »Liz und ich bilden ein Team und Isabelle und Alexander das andere. Wir bleiben über die Handys in Kontakt. Frau Marquardt kann uns anrufen, wenn Picasso mit Anouk hier auftauchen sollte.« Dann wandte er sich bemüht beruhigend an Isabelle, aber man hörte auch ihm die Sorge an: »Bei Picasso ist Anouk in guten Händen, dieser ›Ausflug‹ kann ihr durchaus sehr guttun.«

»Ja, das hoffe ich. Sehr«, erwiderte Isabelle unsicher.

Cristian fügte an: »Wie gesagt, er mag Kinder und ist sehr vorsichtig mit ihnen.«

»Komm«, sagte Alexander zu ihr. »Ich verständige vom Auto aus sicherheitshalber schon mal die Polizei, auch wenn die vermutlich noch nicht in Aktion treten, da Anouk erst eine Stunde verschwunden ist. Trotzdem.«

Isabelle folgte ihm nervös zu seinem Audi.

Cristian wandte sich an Liz. »Ich sage noch schnell Frau Marquardt Bescheid, dann kann es losgehen.«

Liz nickte, sah ihm nach. Sie beide würden ein Team sein. Sie wischte den Gedanken beiseite. Hoffentlich fanden sie Anouk schnell, sie konnte die mütterliche Sorge von Isabelle so gut nachvollziehen. Dann fiel Liz noch etwas ein. Josy bot doch Touren ins Tramuntana-Gebirge an. Sie rief sie rasch mit dem Handy an, erläuterte ihr den Notfall. »Falls einer deiner Tourguides heute dort ist, kann er bitte seine Augen offen halten?«

»Auf jeden Fall. Sag ich ihm, ich bin heute beim Boot in Port de Pollença und kann auch nach der Tour mit dem Wagen herumfahren.«

»Das würdest du tun?«, entfuhr es Liz überwältigt. So gut kannte sie Josy schließlich nicht.

»Natürlich. Hey, wir halten hier auf der Insel zusammen. Ich sag auch den anderen Mädels Bescheid.«

»Ganz herzlichen Dank.«

»Das ist bei uns eine Selbstverständlichkeit, Liz.«

Liz bedankte sich gerührt, gab ihr noch eine genaue Personenbeschreibung von der kleinen Anouk. »Sie hat was

Heftiges durchgemacht«, fügte sie noch an. »Spricht so gut wie gar nicht, wie du ja bei der Tour gemerkt hast. Wir müssen sie ganz rasch finden, ich kann mir nicht vorstellen, dass sie Fremde ansprechen und um Hilfe bitten würde, wenn sie diese benötigen sollte.«

* * *

Sie nahmen Cristians Jeep, weil der geländegängig war. Liz saß neben Cristian, spürte seine Anspannung, betrachtete seine Hände am Lenkrad. Sie sagten beide lange nichts, Cristian fuhr schnell.

Bald kamen sie zu einer kleinen Schotterstraße ins beginnende Tramuntana-Gebirge. Eine karge Landschaft, aber immer wieder standen weiß und rosé blühende Oleanderbüsche am Wegesrand, immer wieder sah man in der Ferne das Meer.

Nach einer kurzen Stille brach es aus Cristian heraus: »Was, wenn Anouk etwas passiert ist, dann bin ich schuld.«

»Was? Wieso denn du?«, erwiderte Liz irritiert.

»Ich habe die Kleine dazu motiviert, auf Picasso zu reiten, und als Verwalter der Finca bin ich verantwortlich für das Wohl meiner Gäste. Jetzt hast du den Beweis, dass ich nichts tauge, und kannst mich feuern.«

»Unsinn«, entgegnete Liz aufgebracht. »Du bist doch nicht für das Verschwinden von Anouk verantwortlich. Im Gegenteil. Du wolltest ihr helfen, ihre Ängste zu überwinden. Vermutlich hast du das wirklich geschafft. Picasso und du.«

»Ich bringe nur Unglück«, erwiderte er ernst.

Sie sah ihn von der Seite an. Was meinte er damit? Sie dachte an diese Penelope-Cruz-Lady und das mysteriöse amtliche Schreiben. Ein Schauer durchlief sie, aber sie beschloss, das Thema jetzt sein zu lassen. Es gab definitiv Wichtigeres im Moment. Hoffentlich ging es Anouk gut.

»Und ich habe zu ihr gesagt, deine Eltern machen sich Sorgen um dich, das schweißt zusammen«, fügte er bitter hinzu.

»Du meinst, sie hat es getan, um ihre Eltern wieder zusammenzubringen?«

Er zuckte die Schultern, fuhr noch schneller.

Nach einer Weile erzählte er von Picasso, dass dieser sehr dünn gewesen war, als er ihn gekauft hatte, ein Außenseiter, dass ihn keiner haben wollte. Aber Cristian hatte ihm in die Augen geschaut und sofort eine Verbindung zu diesem Tier gefühlt. »Picasso ist etwas Besonderes. Er hat schon mehreren Gästen weitergeholfen. Und genau das schätzen die Touristen bei mir auf der Finca. Das und die Olivenölherstellung von Hand und mit Picasso.« Er warf ihr einen Blick zu. »Bitte mach mir das alles nicht kaputt.«

Berührt musste Liz schlucken. »Das will ich nicht. Glaube mir.« Wieder dachte sie an die Tatsache, dass er sich hier vor irgendetwas zu verstecken schien. Sie hoffte so sehr, dass er nichts Schlimmes getan hatte, denn sonst würde sie ihr Versprechen womöglich nicht halten können.

Cristian setzte hinzu: »Aber lassen wir das. Jetzt geht es nur um Anouk.«

»Ja, das tut es.« Sie sahen sich beim Fahren die ganze Zeit fieberhaft um, in dieser kargen Landschaft konnte man weit blicken und einen Esel ja zum Glück schwer übersehen. Selbst wenn Anouk von ihm hinuntergefallen sein sollte, wäre das Tier ziemlich sicher stehen geblieben und wäre ihnen ins Auge gefallen. Aber weit und breit kein Picasso, weder mit einem Kind auf dem Rücken noch ohne. Liz checkte immer wieder ihr Handy, ob sich Isabelle, Josy oder Frau Marquardt gemeldet hatten, aber es kam keine erlösende Nachricht.

Cristian fuhr weiter und nach kurzer Zeit kamen sie an einer Finca vorbei. Sie lag inmitten dieser hügeligen Natur.

Cristian lenkte den Wagen dorthin. »Vielleicht hat der Bauer die beiden gesehen.«

Auf einer Koppel standen mehrere Esel, das Hauptgebäude sah schlicht und typisch mallorquinisch aus, ein Gebäude aus sandfarbenen Steinen. Cristian hielt den Wagen abrupt an und beide stiegen aus. Ein alter Mann hatte sie schon bemerkt, kam humpelnd auf sie zu und begrüßte Cristian, den er offenbar kannte, freundlich auf Spanisch. Cristian stellte Liz kurz vor, erklärte ihr Anliegen und der alte Mann reagierte bestürzt. Er versprach sofort, mitzuhelfen, die Gegend zu durchkämmen, nur mit seinem Bein würde er nicht so weit kommen, auch nicht auf einem seiner Esel. Cristian legte ihm die Hand auf die Schulter, bedankte sich. »Miguel, bleib du hier, schone dein Bein. Wir schaffen das, nicht wahr, Liz?«

»Ja, natürlich. Ich meine, hoffentlich.«

Ein großer Esel, der frei herumlief, war zu ihnen gekommen, stupste Cristians Hand an. Er streichelt ihn einen Moment und Liz sah wieder diese Wärme in seinen Augen. Diese Tierliebe. Dieser Mann konnte unmöglich etwas Unrechtes getan haben, dachte sie. Hoffentlich nicht.

Sie verabschiedeten sich, stiegen wieder ins Auto und fuhren weiter die Gegend ab.

»Was kennt Picasso? Wo könnte er hingegangen sein?«, fragte Liz angespannt.

Cristian schien fieberhaft zu überlegen. Dann hatte er offenbar eine Idee, lenkte bei der nächsten Weggabelung den Jeep nach rechts, in Richtung Meer.

* * *

An einer Klippe stoppte Cristian den Wagen, stieg aus. Er sah zu Liz, die tat es ihm gleich. Cristian hielt seine Hand über die Augen, um besser sehen zu können. Aber auch hier kein Esel mit einem blond gelockten kleinen Mädchen auf seinem Rücken weit und breit. Verdammt, dachte er. »Hierher zum Meer bin ich mit Picasso schon ein paar Mal gewandert«, erklärte er ihr. »Am Anfang, als ich die Finca übernommen hatte, als Picasso noch ganz neu bei mir war, da habe ich mit dem Esel öfter weite Spaziergänge unternommen.«

»Wie mit einem Hund?«

»Ja, wie mit einem Hund. Picasso hat so jämmerlich ausgesehen, genau wie ich mich damals gefühlt habe, aber er strahlte trotzdem so eine Zufriedenheit aus, faszinierend.«

Liz hörte ihm berührt zu.

»Es hat uns beiden gutgetan. Die Bewegung, die Zweisamkeit, nicht reden zu müssen, das Meer. Wieder zufrieden werden wie dieser Esel, das wollte ich.«

Er sprach nicht weiter, sah auf das Meer und schwieg. Zum Glück redete auch Liz nicht und so konnte er seinen Gedanken freien Lauf lassen. Die Sache mit Valeria und seinem besten Freund hatte ihm damals den Boden unter den Füßen weggezogen. Ihn fallen lassen, so tief wie diese Klippe hoch war. Er blickte in die Tiefe, bückte sich, hob ein Steinchen auf und warf es hinunter.

Er dachte an all die zerstörerischen Gefühle. Es hatte lange gebraucht, bis er von Picasso gelernt hatte, stoischer zu werden. Auch die Arbeit auf der Finca, das monotone Ernten der Oliven, die viele Handarbeit im Garten, die Herstellung des Olivenöls, die Beschäftigung mit den Tieren in der Natur den ganzen Tag, das alles hatte ihm geholfen, ins Leben zurückzufinden, Schritt für Schritt. Genauso langsam, wie sich der Mahlstein der Ölmühle drehte, wenn Picasso seine Runden ging, dachte er.

Eine leichte Brise wehte ihm eine Haarsträhne ins Gesicht, erinnerte ihn daran, dass er hier stand, im Hier und Jetzt, mit Liz. Dass er dieses Mädchen, die kleine Anouk finden musste.

Liz stand neben ihm, blickte suchend entlang der Klippe nach unten, ihr Duft wehte zu ihm. Er hätte nicht gedacht, dass sie so ein gutes Team abgeben würden. Sie wurde nicht hysterisch, redete, wenn es sein musste, schwieg, wenn es passte. Und immer wieder dieser Duft. Und dieser Körper.

Um noch besser nach rechts unten sehen zu können, trat Liz einen weiteren Schritt vor, schien nicht registriert zu haben, dass das Gestein hier an der Klippenkante locker wurde. Ehe Cristian sie warnen konnte, löste sich ein Stein, sie rutschte ab, verschwand in Sekundenschnelle aus seinem Blickfeld.

»Nein!!«, schrien sie und er gleichzeitig.

Ihr Schrei hallte in seinen Ohren. Mit einem Hechtsprung warf er sich bäuchlings auf den Boden, um nicht hinterherzufallen, robbte vor zur Unglücksstelle. Sein Herz raste. Seine Kehle fühlte sich an, als drückte sie jemand zu. Das Gestein war hier extrem brüchig, er hätte sie warnen müssen! Cristian robbte vorsichtig an den Abgrund, auf den schlimmsten Anblick gefasst. Er sah sie, auf einem Felsvorsprung, liegend, wie tot, das Gesicht nach unten. Ihr Haar weit aufgefächert um sie herum. Sein Herzschlag setzte aus. Nein, es durfte nicht sein, nein!

»Liz?«

Sie rührte sich nicht. Doch dann, nach ein paar Sekunden, schien Bewegung in sie zu kommen. Vorsichtig und mit Mühe rappelte sie sich auf dem Felsvorsprung auf, blickte geschockt nach unten, dann schnell zu ihm.

»Gott sei Dank! Hast du dir wehgetan?«, rief er besorgt. Sein Herz hämmerte.

»Nein, ich glaube nicht«, rief sie nach oben. »Aber ich fürchte, es sah nicht besonders elegant aus, wie ich hier auf den Felsen geplumpst bin.«

Er musste lächeln. Sie hatte ihren Humor nicht verloren. Er streckte seine Hand aus. »Versuche, meine Hand zu nehmen.«

Sie stand auf, presste sich gegen die Felswand, bemühte sich, nicht nach unten zu schauen, angelte mit ihren Fingerspitzen nach ihm. Aber sie konnten sich partout nicht berühren, mehrere Zentimeter fehlten. »Warte, so wird das nichts, sonst rutsche ich auch noch ab, auf dich drauf. Aber keine Sorge, ich hol dich hier rauf.« Er zog seine Hand zurück, blickte aufs Meer hinunter, dort gab es mehrere spitz aus dem Wasser herausragende Felsen. Wenn sie weiter fiel, einen Sturz bis dorthin würde sie nicht überleben. Und er auch nicht. Fieberhaft dachte er nach. Sollte er sich zu ihr hinunter rutschen lassen? Es hätte nichts gebracht. Dann hätten sie beide festgesessen.

»Ich habs, ich hole ein Seil aus dem Wagen.«

Er stand auf, lief rasch zum Jeep und holte aus dem Kofferraum ein Abschleppseil, das er zum Glück immer dabeihatte. Sein Puls raste. Wenn ihr mehr passiert wäre! Er hätte sie nicht auch noch verlieren können. Wie so vieles in seinem Leben. Mit einem Mal wurde Cristian klar, dass er etwas für diese Frau empfand. Diese Frau, die ihm von Anfang an auch körperlich gefallen hatte.

Er atmete durch, besah sich die Lage. Der Jeep musste näher am Abgrund stehen, dann konnte er das Seil am Wagen befestigen. Cristian parkte um, hängte das Seil an den dafür vorgesehenen Haken, robbte wieder zur Kante und ließ das andere Ende vorsichtig zu Liz hinunter. Die saß mittlerweile angespannt an die Wand gedrückt auf dem Felsvorsprung, ihre Knie mit den Armen umschlungen. Er sah ihr an, dass sie Angst hatte, aber sie verhielt sich tapfer. Ihr rechtes Bein blutete, von hier oben konnte er nicht abschätzen, wie schlimm die Wunde war.

»Du bist ja doch verletzt.«

»Ja, das habe ich erst gar nicht bemerkt.«

»Tut es sehr weh? Ist es eine tiefe Wunde?«, rief er.

Sie zuckte die Schultern, biss sich auf die Lippe. Er sah es nicht richtig, beugte sich etwas zu weit vor, rutschte jetzt selbst, versuchte, sich zu halten, seine Finger griffen aber nur in Erde und konnten ihn nicht stoppen.

»O nein!«, hörte er Liz schreien, spürte die Felsen an seinem Körper entlangschrammen und dann nur noch, dass er fiel.

Hart und dumpf kam er neben Liz auf, die sich noch mehr gegen die Felswand gedrückt hatte, um ihm Platz zu machen. Sie hielt ihn zitternd am Arm. Der Felsvorsprung war im Grunde zu klein für zwei Menschen, aber es ging, wenn sie sich eng aneinanderdrückten. »Verdammt!«, brach es wütend aus ihm heraus. Sein Blick fiel auf das Seil, das wenigstens bis zu ihnen herabhing.

Kurz besah er sich erst ihr Bein. Es erschien ihm das Beste, rasch aufzusteigen und sie oben zu versorgen. Im Kofferraum hatte er auch seinen Notfallkoffer. »Meinst du, du schaffst es, an diesem Seil hochzuklettern?«, fragte er sie und sofort schüttelte sie den Kopf.

»Auf keinen Fall. Ich habe in der Schule schon immer wie ein nasser Sack an Seilen gehangen.«

»Okay, dann versuche ich hochzuklettern und ziehe dich dann mit dem Jeep nach oben wie eigentlich geplant.« Er sah ihr in die Augen. »Ich werde deine Wunde oben versorgen.«

»Gut.« Sie biss sich auf die Lippe. Er konnte seinen Blick fast nicht abwenden, riss sich zusammen, packte das Seil mit der Hand, sah kurz nach unten, wo das Meer gegen die spitzen Felsbrocken schwappte, die sich genau unter ihnen befanden.

»Nicht nach hinten oder unten gucken, sagt meine Großmutter immer«, sagte er zu ihr.

»Super Tipp«, erwiderte sie.

Er lächelte sie kurz aufmunternd an, nahm all seine Kraft zusammen und hangelte sich Stück für Stück hoch. Zumindest versuchte er es, aber es sah in Filmen immer leichter aus, als es in echt war. Fast hatte er es geschafft, jetzt noch ein halber Meter … aber plötzlich gab das Seil nach, hatte sich offenbar oben vom Haken gelöst, kam ihm entgegen und er plumpste aus einem Meter Höhe erneut neben Liz, die ihn wieder erschrocken hielt. »So ein Mist.« In der Hektik hatte er das Seil offenbar nicht richtig befestigt.

Ohne Hilfe würden sie es jetzt unmöglich schaffen, die Klippe hochzuklettern, der Versuch wäre viel zu gefährlich gewesen. Cristian zog sein T-Shirt aus, reichte es ihr. Sie starrte auf seinen nackten, muskulösen Oberkörper. »Was machst du denn da?«, fragte Liz überrascht.

»Drücke das Shirt auf die Wunde. Ich habe es vorhin erst frisch angezogen.«

Liz nickte, drückte es darauf.

»Du bist wirklich sehr tapfer«, sagte er und sah sie anerkennend an. Andere Frauen wären hysterisch geworden, aber Liz blieb erstaunlich cool.

»Das liegt, glaube ich, an dir«, flüsterte sie.

»An mir?« Sie saßen jetzt dicht aneinandergedrängt auf dem Felsvorsprung, unter sich das Meer.

»Ja, du gibst einem das Gefühl, dass alles gut wird. Du bist ein toller Arzt.«

Er sah sie nachdenklich an, dann aufs Meer. »Bin ich das?«

»Ich glaube schon.« Sie lächelte ihn an. Dieses natürliche, frische Lächeln. Diese Frau war umwerfend. Und jetzt saß er hier mit ihr auf engstem Raum. Wenn die Sonne nicht so stark geschienen und sie kein Desinfektionsmittel gebraucht hätte, dann hätte er es so länger mit ihr aushalten können.

»Hast du dein Handy eingesteckt? Meines liegt im Auto.«

Sie zog ihr Handy erleichtert aus der Hosentasche. »Zum Glück kann ich nicht ohne. Soll ich die Rettungsstelle rufen? Wie ist die Nummer?«

»Das würde hierher lange dauern, vielleicht besser Josy, die ist schneller da. Isabelle und Alexander sollen weiter nach Anouk suchen.«

»Ja, okay, hoffentlich finden sie die Kleine.« Sie suchte mit zittrigen Händen Josys Nummer heraus.

»Hoffentlich hast du Empfang, ich hätte hier bestimmt eh keinen.«

Sie sah auf ihr Handy und stellte seufzend fest, dass es ihr ebenso erging. Kein Balken. Ein wenig flackerte er jetzt jedoch auf. Sie versuchte rasch, anzurufen, aber es ging wieder nicht. »Mist! Aber ich schreibe ihr eine SMS, vielleicht findet die ja den Weg, irgendwie. Wo sind wir genau?« Cristian erklärte es ihr angespannt. Liz tippte, dann gab auch noch ihr Akku auf. »Das ist doch wie verhext, ich vergesse immer, es aufzuladen. Immer, wenn man es braucht«, seufzte sie, steckte das Smartphone wieder ein.

»Josy bekommt die Nachricht bestimmt«, sagte er bemüht zuversichtlich und blickte auf ihr verletztes Bein.

»Ja, bestimmt. Wir denken positiv.« Es klang verzweifelt.

»Wir sollten nach Hilfe rufen«, schlug sie vor.

Etwas anderes fiel ihm im Moment auch nicht ein. Sie versuchten es, riefen um Hilfe, auf Spanisch und Englisch, aber im Grunde wussten sie, es war weit und breit keine Menschenseele in der Nähe, das hatten sie vorher ja selbst gesehen.

»Okay, sobald wir Stimmen hören, rufen wir noch mal laut«, schlug er vor.

»Ja, es kommt bestimmt bald jemand hier ganz zufällig entlang.«

»Oder ein Boot. Vielleicht kommt ein Boot vorbei.«

»Ja, dann winken wir.«

Sie wussten beide, dass ihre Chancen schlecht standen. Ihre Nähe, ihr Geruch, machten ihn noch nervöser, als er es eh schon war. Er spürte ihren Körper, der sich aufgrund der Enge an seinen presste.

Eine Weile sagten beide nichts. Er kontrollierte immer wieder ihren Puls, besah die Wunde an ihrem Bein. Mehr konnte er auf dieser einsamen »Eisscholle«, denn so kam er sich vor, nicht tun und das Gefühl der Hilflosigkeit machte ihn wahnsinnig.

Liz sah ihn von der Seite an. Er wandte den Kopf, sah ihr direkt in die Augen, kannte diesen Blick, ahnte, was jetzt kommen würde – und auch kam.

»Was ist eigentlich damals geschehen, als du Arzt warst? Wieso hast du dich entschieden, deinen Beruf aufzugeben, auf der Finca zu leben, auszusteigen, Olivenbauer zu werden? Versteh mich nicht falsch, ich bewundere es sehr, den Mut zu haben, sein Leben noch mal neu zu starten.«

Sie sah ihn erwartungsvoll an. Eine Möwe kreiste über ihnen. Frei wie ein Vogel zu sein, das hatte sich Cristian damals so oft gewünscht. Erst in diesem Hamsterrad in der Klinik, dann in seinem Gefühlschaos, das ihn zerriss. Seit dieser Sache fühlte er sich wie in einem Gefängnis, immer auf der Hut, entdeckt zu werden. Und Valeria hatte ihn jetzt dank dieses idiotischen Postings einer Touristin, der er die Ölmühle gezeigt hatte, aufgespürt. Das hatte sie ihm per SMS verraten. Nach so vielen Jahren. Er hasste die sozialen Medien. Sie waren nicht sozial, sondern asozial, sonst nichts. Jetzt saß er hier auf diesem Felsen, spürte diese wundervolle Frau neben sich. Sie war so ehrlich, herzensgut. Zumindest, wie er sie bisher kennengelernt hatte. Und deshalb beschloss er, auch ehrlich zu ihr zu sein.

Er wischte sich den Schweiß von der Stirn. Dann räusperte er sich und begann: »Ich habe meine Arbeit als Arzt geliebt. Menschen zu helfen, Leben zu retten, auch dabei zu sein, wenn ein Mensch stirbt, ihn zu begleiten, ohne Schmerz, zu versuchen, ihm die Angst zu nehmen. Das alles hat mir viel gegeben und ich konnte viel geben. Das war mir wichtig. Tja, und dann … Ich habe eine Frau geliebt, die in mir in erster Linie den Arzt gesehen hat, wie ich zu spät bemerkt habe. Den Arzt, der ihr ein gutes Leben ermöglichen konnte. Sie stammt vom spanischen Festland, liebte unser Leben in Palma, mein Ansehen, mein Geld. Aber im Nachhinein weiß ich: nicht mich. Anders kann ich mir das nicht erklären. Das, was dann passiert ist.«

Er hielt inne, betrachtete Liz, die ihm aufmerksam zuhörte. Die *ihn* wahrnahm, ihn als Menschen.

Aufgewühlt fuhr er fort. »Irgendwann wurde ihr das Leben mit mir zu langweilig. Ich musste zu viel arbeiten, war selten zu Hause, war zu erschöpft, um ständig mit ihr auszugehen. Jedenfalls hatte sie sich in einen anderen Mann verliebt, davon war ich überzeugt. Ich muss zugeben, ich bin ein sehr eifersüchtiger Mensch, schon immer gewesen. Aber diese Frau hat die Eifersucht in mir zum Brennen gebracht, wie ein Feuer, das man nicht mehr löschen kann. Ich habe selbst gemerkt, dass es mich zerfleischte, unsere Beziehung noch kaputter machte, und habe versucht, innerlich die Notbremse zu ziehen.«

Wieder warf er Liz einen Blick zu. Was würde sie jetzt von ihm denken? Würde sie ihn verachten?

»Ich weiß, wie es ist, eifersüchtig zu sein«, flüsterte sie. »Es ist wirklich wie ein Feuer. Es tut so weh, du fühlst dich machtlos, kannst nicht mehr klar denken.«

Verblüfft sah er sie an und spürte wieder diese Seelenverwandtschaft, die ihm von Anfang an aufgefallen war.

»Valeria konnte es nicht verstehen. Valeria, so heißt sie. Sie hat mir vorgeworfen, mit meiner Eifersucht alles kaputtgemacht zu haben. Vielleicht hatte sie recht. Ich habe jeden ihrer Schritte hinterfragt, bin ihr sogar einmal nachgegangen, ob sie wirklich beim Yoga war. Ich war ein Idiot.«

»Es stimmt, Eifersucht kann eine Beziehung kaputtmachen. Aber es gibt eben auch Menschen, die nicht treu sein können«, sagte sie ernst.

Er sah, wie sie eine Möwe betrachtete, die über ihnen flog. Was hatte sie erlebt? War sie betrogen worden?

»Ja, auch das stimmt«, erwiderte er. »Valeria ist so ein Mensch, der nicht treu sein kann. Denke ich zumindest. Aber musste es unbedingt mit meinem besten Freund Fabio sein? Weil er mehr Geld hatte, das war es. Wir kennen uns aus dem Segelklub. Eines Tages waren wir zu dritt auf seinem Segelboot auf dem Meer. Fabio hat Valeria Komplimente gemacht und wie er sie angesehen hat und sie ihn! Auf so einem kleinen Boot merkt man schnell, was sich gefühlsmäßig bei anderen tut. Ich gebe zu, dass ich sehr schnell sehr eifersüchtig gewesen bin. War mir sicher, dass da etwas lief, vermutlich schon länger. Sie ist dann schwimmen gegangen, zu einem Felsen. War außer Sichtweite. Vielleicht habe ich überreagiert, habe ihm den Kopf gewaschen, ihm gesagt, was er für ein mieser Freund sei. Tja, was soll ich sagen. Fabio hat sich tierisch aufgeregt, hat daraufhin einen Herzinfarkt erlitten. Wegen mir.«

Erschrocken sah Liz ihn an. »Oje, aber das war doch nicht deine Schuld. Dann war er vorher schon herzkrank.«

»Ich weiß. Aber ich habe ihn sehr aufgeregt. Jedenfalls habe ich natürlich sofort versucht, ihn zu reanimieren. Valeria war immer noch im Wasser und hat uns nicht gesehen. Es hat minutenlang gedauert, bis er wieder bei Bewusstsein war. Aber er lebte. Valeria kam zum Boot geschwommen, hat mitbekommen, was geschehen ist, hat mich angeschrien, was ich mit ihm gemacht habe. Aber ich hatte ihm geholfen, ich habe ihn ins Leben zurückgeholt, wie ich jedem geholfen hätte.« Er atmete durch.

Liz sah ihn mitfühlend und erwartungsvoll an.

Er fuhr aufgewühlt fort: »Fabio hat leider Folgeschäden erlitten. Was in so einem Fall manchmal vorkommt, das hatte nichts mit meiner Reanimation zu tun. Dadurch konnte er nicht mehr arbeiten, hat seinen gut bezahlten Job verloren.

Hatte sicher Angst, Valeria zu verlieren. Vielleicht kam er deshalb auf die absurde Idee, eine Geschichte zu erfinden, dass ich ihm aus Eifersucht nicht sofort Erste Hilfe geleistet hätte. Unterlassene Hilfeleistung warfen sie mir vor. Valeria auch. Sie hat *ihm* geglaubt, nicht mir.«

Entsetzt sah Liz ihn an. »Was? Unterlassene Hilfeleistung, obwohl du ihm das Leben gerettet hast? Das ist ja unglaublich.«

Er nickte. »Damals konnte ich es auch nicht fassen, aber als sie mir dann kurz danach gesagt hat, dass Fabio mich anzeigen wird, war mir klar, dass die beiden aufs Ganze gehen würden, dass ich meine Zulassung verlieren würde. Dann hat auch noch kurz darauf ein Staatsanwalt die Sache in die Hand genommen. Vermutlich ein Kumpel von Fabio, ich weiß es nicht. Jedenfalls hatte ich keine Zeugen. Ich wusste, es stand Aussage gegen Aussage. Und wenn es zu einem Verfahren kommen würde, würde Valeria von meiner Eifersucht erzählen. Ich habe damals auch erfahren, dass Fabio Geld brauchte, weil er mit Aktien Geld verloren hatte. Ich habe beschlossen, dem Verfahren aus dem Weg zu gehen, auch wenn so ein Verfahren jahrelang nicht ad acta gelegt wird. Nach vier Jahren ist da nichts verjährt.« Er hielt kurz inne, fuhr dann fort: »Meine Großmutter und meine Mutter waren damals die einzigen Personen, die zu mir gehalten haben. Mein Vater lebt nicht mehr. All meine damaligen sogenannten Freunde aus Palma stellten sich auf Fabios und Valerias Seite, die behaupteten, ich hätte aus Eifersucht nicht geholfen und seinen Tod in Kauf genommen. Klar, meine Freunde kannten mich, wussten, dass ich sehr eifersüchtig werden kann. Aber doch nicht so sehr, dass ich ein Menschenleben riskieren würde. Dass sie mir das zugetraut haben damals, hat mich sehr verletzt. Meine Großmutter hat kurz darauf gehört, dass auf eurer Finca ein Verwalter gesucht wurde. Sie hat mir in den Ohren gelegen, die Verwaltung dieser Finca zu übernehmen, hier abzutauchen, bis die Wogen geglättet seien. Sie meinte, dass es mir guttun würde, Oliven zu ernten, Olivenöl selbst herzustellen und im Einklang mit der Natur und den Tieren zu leben. Sie kennt mich einfach, ihr hat es nicht gefallen, wie viel ich im Krankenhaus gearbeitet habe. Ich stand kurz vorm Burn-out. Die Arbeit als Arzt hat mir hier zwar anfangs gefehlt. Aber bald schon habe ich erkannt, dass man Menschen auch ohne die klassische Medizin heilen kann. Durch die Kraft der Natur.«

Beeindruckt hatte Liz ihm gelauscht. Und ihrem Gesichtsausdruck nach verurteilte sie ihn nicht. Oder täuschte er sich?

»Ich glaube auch an die Kraft der Natur«, sagte sie jetzt, blickte aufs Meer. Aber sie sah ernst aus.

»Ja, du wirst sehen, wie meditativ es ist, von Hand Oliven zu ernten. Wie gut es der Seele tut.«

Liz sah ihn wieder an. Aber er konnte ihren Blick nicht richtig deuten. Glaubte sie ihm? Oder sah sie in ihm jetzt auch den Kerl, der seinen Kontrahenten auf dem Boot damals fast verrecken lassen hatte? Würde sie ihn an den Staatsanwalt ausliefern? Falls sie hier von diesem Felsvorsprung jemals heil herunterkamen …

* * *

Liz schoss so vieles durch den Kopf, ihre Gefühle fuhren Achterbahn. Angst, Schmerz, Mitleid. Wie gemein konnten Menschen sein. Er hatte seinem Rivalen das Leben gerettet und dieser dankte es ihm mit einer Anzeige. Wie konnte seine Ex-Freundin, vermutlich diese Madame Penelope, nur so berechnend sein. Oder hatte er doch einen Fehler begangen, damals auf diesem Boot, war die Eifersucht mit ihm durchgegangen?

»Glaubst du mir?«, flüsterte er jetzt. Sie spürte seinen Atem auf ihrer Haut.

Ehe Liz antworten konnte, hörten sie ein Schnauben von oben. Sie sahen beide hoch und erblickten Picassos Nüstern, seinen Kopf über ihnen. Der Esel! Er schnaubte erneut, als wolle er sagen: »Hey, was macht ihr denn da unten? Gemütlich dort?«

»Picasso?«, entfuhr es Cristian erleichtert. Erfreut wiederholte er den Namen des Esels. »Ich hatte recht. Er ist hierhergekommen, an unseren geheimen Ort.«

Liz strahlte ihn an. Dann rief sie: »Anouk? Bist du auch da oben? Geht es dir gut? Bleib weg von der Klippe, wir sind abgerutscht. Kannst du Hilfe holen?«

Sie lauschten, hörten nichts. Liz warf Cristian einen besorgten Blick zu. Wenn der Esel alleine unterwegs war, was war Anouk geschehen? War sie auch eine Klippe hinuntergefallen und hatte weniger Glück gehabt? Sofort sah Liz erneut zum Fuße der Klippe hinab. Bitte, lieber Gott, lass da kein kleines Mädchen liegen. Sie konnte nichts erkennen. Was, wenn das Meer sie bereits mitgenommen hatte? Es fröstelte sie unwillkürlich. »Und jetzt? Dein Esel kann uns auch nicht hochziehen«, sagte sie zerknirscht.

Cristian presste seine Lippen zusammen. »Doch, vielleicht schon. Hoffentlich ist der Kleinen nichts passiert.«

Er nahm ihre Hand. Liz spürte seine Wärme, sein Halt tat gut.

Dann hörten sie ein Motorengeräusch, kurz darauf hielt offenbar ein Auto an, eine Tür schlug zu und sie hörten Josys Stimme. »Liz, Cristian? Picasso, Vorsicht, zurück!«

Sie klang besorgt.

»Hier!!«, riefen beide gleichzeitig und so laut als möglich. »Hier! Pass auf, die Steine brechen ab!« Das Meer schluckte ihre Rufe, stellte Liz verzweifelt fest und sie rief erneut, so laut sie konnte.

Offenbar hatte Josy sie gehört. Ihr Kopf erschien an der Stelle, an der gerade noch Picassos Kopf zu sehen gewesen war.

Als sie sah, dass beide lebten, lächelte sie erleichtert. »Mensch, was macht ihr für Sachen! Euch kann man nicht alleine lassen!«

»Josy, dich schickt der Himmel«, sagte Cristian.

»Nein, nur eine SMS von Liz«, erwiderte sie trocken.

»Liz ist verletzt. Kannst du uns hochziehen? Josy, lass ein Seil zu uns herunter, mach das Seil an deinem Auto an der Abschleppöse fest.«

»Ich habe nur ein ganz dickes Seil, das da nicht durchpasst. Das andere habe ich kürzlich fürs Boot aus dem Wagen genommen«, erwiderte sie zerknirscht.

Liz sah Cristian an. »Aber du kannst versuchen, dieses Seil hochzuwerfen.« Sie rief es gleich auch zu Josy.

»Oh, wie ein Cowboy das Lasso? Hoffentlich geht das nicht schief und es landet unten im Meer.«

Liz und Cristian wechselten Blicke.

»Wie geht es deinem Bein?«, fragte er. »Pocht es?«

»Es wird nicht besser, wenn du ständig fragst. Obwohl, ein bisschen schon.« Sie lächelte ihn an, aber er sah ihr an, dass sie Schmerzen hatte.

Cristian rief: »Okay, Josy. Ich werfe das Seil hoch. Wenn das klappt, dann binde es an deinem Wagen fest.«

»In Ordnung, Cowboy, lass es uns versuchen. Schifferknoten kann ich ja.«

Cristian nickte, nahm das Seil, das bei ihnen auf dem Felsvorsprung lag, bat Liz, ihn zu halten, sodass er nicht das Gleichgewicht verlor. Sie presste sich gegen seinen Körper, um ihn gegen den Fels zu drücken, dabei spürte sie sein Herz schlagen, spürte seine nackte Haut. Er konzentrierte sich, nahm das Seil, blickte sie an, dann nach oben und warf es in die Höhe. Josy hatte sich bäuchlings auf den Boden gelegt, versuchte, danach zu greifen, aber es misslang.

Cristian versuchte es erneut, aber auch das klappte nicht. So ging es noch mehrere Male.

»Geht nicht. Ich rufe Profis. Die sollen einen Hubschrauber schicken, Doc, was meinst du?«

»Ja, gleich. Lass es uns noch einmal versuchen«, rief Cristian. Liz bewunderte seinen Ehrgeiz. Sie spürte seine Muskeln, als er das Seil erneut warf. Es klappte wieder nicht.

»Josy, dann binde dein dickes Seil an Picassos Geschirr und lass es zu uns runter.«

»Oookaay, der Esel soll euch hochziehen? Ähm, ich ruf besser den Rettungswagen, vielleicht kommt er ja doch schneller als erwartet.«

»Das dauert. Picasso kann das, wir versuchen es. Wenn es nicht gleich klappt, ruf die Notrettung.«

»Und du bist sicher, der arme Esel kann einen Menschen hochziehen? Nicht, dass er auch noch runterfällt«, vergewisserte sich Josy.

»Er ist stark. Er kann auch die Ölmühle drehen«, rief Cristian nach oben. »Er steht gut auf seinen Hufen.«

»Aye, aye, Sir.«

Endlich ging es los. Josy warf ein dickes Seil herunter, das sie oben an Picasso befestigt hatte. Cristian half Liz in die Schlaufe, die er ans Ende des Seils geknotet hatte, und Picasso schaffte es tatsächlich, sie langsam, sehr langsam, nach oben zu ziehen, während Liz wie ein Kletterer an der steilen Wand »hochging«. Ihr Herz raste, sie schwitzte und konzentrierte sich, nicht nach unten zu sehen. Panik drohte, in ihr aufzusteigen, aber bevor sie von ihr übermannt werden konnte, kam Liz oben an und spürte Josys Hände, die sie packten und weiter mit hochzogen. Beide krochen bäuchlings vom Rand der Klippe weg, Liz fiel Josy in die Arme.

»Autsch!«

»Oje, pass auf!«

Dann erblickte Liz Anouk, die in Josys Wagen saß und alles mit großen Augen beobachtete. »Anouk! Cristian, Anouk ist hier! In Josys Wagen!«, rief Liz zutiefst erleichtert und lächelte die Kleine an. »Was für ein Glück!«

»Sie kam mir entgegen, kurz bevor ich den Esel gesehen habe«, erklärte Josy. »Ihr geht es so weit gut, glaube ich, zumindest hat sie keine äußere Verletzung. Ich hab den anderen Mädels schon Bescheid gegeben, dass sie in ihre Läden zurückkönnen. Und ihre Mutter angerufen, gut, dass du mir ihre Nummer gegeben hast.«

»Danke, Josy, das hast du super gemacht. Deine Freundinnen haben alle bei der Suche geholfen und ihre Läden geschlossen?«, fragte Liz ungläubig nach.

»Ja, so läuft das hier.« Josy lächelte. »Wir sind füreinander da. Lass uns jetzt Cristian hochziehen, dann kann er deine Wunde ärztlich versorgen. Das sieht schmerzhaft aus.«

Sie warfen das dicke Seil zu Cristian hinunter.

Picasso gab alles, die Frauen halfen und so schafften sie es, vor allem dank dem Esel, Cristian nach oben zu ziehen. Cristian rappelte sich auf, begrüßte erleichtert Anouk, die aus dem Wagen herausgekommen war. Er ging kurz zu ihr in die Hocke und strahlte sie an. Auch sie lächelte kurz. Dann erklärte er ihr, dass er Liz verarzten müsse, ging zu Picasso, streichelte ihm kurz über den Kopf, holte seinen Notfallkoffer aus dem Wagen. Zu Liz sagte er, sie solle sich auf einen Stein setzen. Er kniete sich vor sie hin, das Bein legte er auf seinen Oberschenkel. Nun desinfizierte er die Wunde, die zum Glück nicht so tief war wie befürchtet. Er legte einen Verband mit sterilen Kompressen an. Seine Hand blieb anschließend wie zufällig auf ihrem Bein liegen. Wieder spürte sie diese Wärme, die dieser Mann ausströmte. Er konnte es unmöglich getan haben, unterlassene Hilfeleistung und das als Arzt, ein Arzt aus Leidenschaft. Niemals. Niemals er.

Kapitel 15

Die warme Luft strömte in den Jeep. Cristian lenkte den Wagen an den Olivenbäumen vorbei, auf den kleinen Weg vom Meer zur Finca. Neben ihm auf dem Beifahrersitz saß Anouk und redete. Sie redete! Von ihrem Ausflug mit Picasso, dass sie ihm gesagt hatte, er solle zu den Delfinen reiten. Cristian wurde warm ums Herz. Sie redete. Sie hatte ihre Angst überwunden, auf den Esel zu steigen, sie hatte sogar den Mut bewiesen, zu den Delfinen zu wollen. Auf dem Rücksitz saß Liz und warf Cristian über den Rückspiegel einen dankbaren Blick zu. Sie hatte ihr Bein hochgelegt, ihre Blicke trafen sich immer wieder. Liebevoll sah sie ihn an, oder täuschte er sich?

Liz hatte Isabelle sofort verständigt, dass sie Anouk jetzt brachten und dass es ihr sehr gut gehe. Cristian freute sich auf den Moment, wenn Isabelle und Alexander ihre Tochter reden hörten.

Die beiden standen nebeneinander vor dem Hauptgebäude, blickten dem Jeep freudig entgegen. Isabelle schlug berührt ihre Hand vor den Mund, als sie ihre Tochter von Weitem sah.

Cristian bremste vor dem Tor, wies Anouk an, das Gatter zu öffnen, nach ihnen zu schließen und dann wieder einzusteigen. Sie tat es, winkte ihren Eltern, bevor sie zurück in den Wagen kletterte. Sie redete weiter, als hätten sich all die nicht gesprochenen Worte in ihr angestaut, und würden nun, endlich befreit, nie wieder aufhören, aus ihr herauszufließen. »Und wann holen wir Picasso an der Klippe ab?«, fragte sie gerade besorgt. »Er ist mein Freund, er darf nicht so lange am Meer alleine sein.«

»Keine Sorge, es gefällt ihm da«, entgegnete Cristian lächelnd.

Und Liz erklärte vom Rücksitz: »Trinkwasser haben wir ihm ja noch gegeben, gut, dass Josy etwas dabeihatte. Ihm geht es gut da. Er mag es, frei zu sein und am Meer, hat Cristian gesagt.«

Sie warf ihm wieder einen Blick zu, lächelte.

»Ja, und wenn ich Liz' Bein noch mal genauer angesehen und einen neuen Verband gemacht habe, fahre ich und hole ihn, einverstanden?«

Anouk nickte zufrieden. Er parkte den Wagen.

Isabelle kam auf sie zugerannt, öffnete die Wagentür und schloss ihre Tochter in ihre Arme. Alexander war ebenso zu ihnen gekommen, betrachtete seine kleine Familie glücklich. Derweil kletterte Liz vom Rücksitz und Cristian eilte zu ihr, um ihr zu helfen. Packte ihre Hand und ihren Arm, spürte ihre Nähe.

»Es geht schon, danke.«

Anouk löste sich von ihrer Mama und sagte: »Ich wollte zu den Delfinen.«

Liz und Cristian warfen sich gerührte Blicke zu.

»O Gott, Baby«, entfuhr es Alexander und er kniete sich zu ihr, zog seine Tochter jetzt zu sich in seine Arme. »Ich hätte es versprechen müssen, ich bin ein Idiot.« Schuldbewusst sah er Isabelle an, die runzelte die Stirn.

»Sie hat dich gefragt und du hast nein gesagt?«, hakte sie nach.

Er schüttelte den Kopf. »Ich habe nicht Nein gesagt. Aber auch nicht Ja. ›Morgen‹, hab ich gesagt. ›Vielleicht.‹«

Cristian mischte sich ein, klopfte seinem Kumpel auf die Schulter. »Manchmal muss man Ja sagen, um nicht Nein zu sagen. Nicht immer nur vielleicht.«

Die Erwachsenen lachten.

»Wie wahr«, befand Isabelle. Sie und Alexander bedankten sich überschwänglich bei Cristian und Liz und gingen mit ihrer Tochter zu Isabelles Ferienwohnung.

Cristian sah den dreien zufrieden nach. Dann wandte er sich an Liz, die zum Haus humpeln wollte. »O nein, du sollst dein Bein schonen!«

Er packte sie, hob sie hoch. »Du übertreibst völlig. Und ich bin doch viel zu schwer«, protestierte sie.

»Für mich nicht«, erwiderte er nur, spürte ihren Körper in seinen Armen und ging los. Sie fühlte sich so gut an. Ihre rechte Brust berührte seinen Oberkörper. Fast blieb ihm der Atem weg und Liz fragte amüsiert nach, ob sie nicht doch zu schwer sei, aber Cristian schüttelte den Kopf und ging weiter. Er hätte sie gern noch viel weiter getragen, nur um sie spüren zu können, aber leider kam er jetzt am Hauptgebäude der Finca an. Vorsichtig, als wäre sie aus Porzellan, ließ er sie auf ihre Füße gleiten. »Setz dich auf einen Stuhl auf der Veranda, ich hole meinen großen Arztkoffer von drinnen. Ich will mir die Wunde noch mal richtig ansehen, der Verband ist schon blutdurchtränkt.« Seine Stimme klang belegt, wie er selbst merkte. Er räusperte sich, ging hinein. Die Kühle des Raumes tat gut. Ihm war heiß geworden, sehr heiß sogar.

Nachdem er sich ein frisches T-Shirt angezogen und Liz mit einem neuen, großen Pflaster versorgt hatte, brauchte er ein paar Minuten für sich. Und sie brauchte auch Ruhe. Er schnappte sie sich wieder, hob sie unter nur noch leichtem Protest hoch, trug sie ins Gästezimmer, setzte sie sanft auf ihr Bett, zog die Vorhänge zu und bat sie, sich auszuruhen.

»Danke, Cristian«, sagte sie. »Vermutlich hast du mir das Leben gerettet. Ohne dich wäre ich nicht so schnell von dieser Klippe heruntergekommen. Und wenn ich auf eine Notrettung hätte warten müssen, wäre ich vor Angst gestorben.«

Er lachte, verließ ihr Zimmer, schloss die Tür und blieb dort ein paar Sekunden stehen. *Sie* rettete *ihm* das Leben, wurde ihm gerade schlagartig klar. Diese gefühlvolle, herzliche Frau holte ihn ins Leben zurück. Mehr noch als es diese Finca, die Arbeit als Olivenbauer, je geschafft hatten. Er konnte endlich wieder etwas spüren. Dumm nur, dass Liz bald nach Deutschland abreisen und ihn mit seinem Gefühlschaos zurücklassen würde.

Aufgewühlt ging er hinaus, weiter zu den Ställen, wollte zu den Tieren. Sie hatten ihm schon so oft geholfen, runterzukommen, ruhiger zu werden. Die Ziege sah ihn zufrieden an. Die Gans watschelte vor dem Stall umher. Es ging ihnen gut, sie hatten genug zu essen und zu trinken, wie er beim Nachsehen feststellte. Gleich würde er zu Picasso fahren, ihn mit einem anderen Seil hinten an den Jeep binden und in Eselsgeschwindigkeit zurück auf die Finca führen. Cristian ging zu einem Sack Futter, füllte mehrere Handvoll von Picassos Lieblingsfutter in einen Beutel, das würde ihn freuen.

Da trat Alexander zu ihm, die Hände in den Hosentaschen. »Hey, Kumpel, du hast was gut bei mir. Schätze, für den Rest deines Lebens. Wenn Anouk etwas zugestoßen wäre, das … das hätte ich nicht überlebt.«

»Ich auch nicht.« Cristian sah ihn erleichtert an. »Schließlich habe ich versucht, ihr Mut zu machen, auf Picasso zu steigen.«

»Das hast du gut gemacht. Sehr gut sogar.« Alexander nickte ihm dankbar zu. »Das sieht Isabelle auch so. Ich bin stolz auf meine Tochter, mutige Frauen sind was Tolles.«

Cristian nickte, sah in die Ferne, in Richtung Meer. Auch wenn man es von hier nicht sehen konnte. »Endlich mal wieder was, was ich gut gemacht habe«, sagte er leise.

Alexander hakte nach. »Alles klar bei dir?«

Cristian machte eine abwehrende Handbewegung, wollte jetzt nicht darüber reden. Er sah Alexander forschend an. »Wie lief es in eurem Such-Team?«

Alexander brauchte einen Moment, bis er verstand. »Ah.« Er überlegte. »Isabelle wirkt immer so zerbrechlich. Aber wenn es drauf ankommt, ist sie stark. Sehr sogar.«

Cristian nickte. So hatte er sie eingeschätzt. Oft täuschte das Äußere von Menschen. Wieder sah er seinen Freund fragend an.

Alexander zog seine Hände aus den Hosentaschen, fuhr sich übers Gesicht. »Verdammt, ich will sie. Ich will sie zurück. Ich war so ein verdammter Idiot!«

»Kein Widerspruch«, entgegnete Cristian. »Meinst du, sie gibt dir noch einmal eine Chance? Seid ihr euch bei der Suchaktion nähergekommen? Also nicht so, sondern innerlich?«

Alexander dachte nach. »Ja, also ich denke, schon. Aber versteh einer die Frauen. Nach Josys Anruf, dass es Anouk gut ging, ist so eine Riesenlast von uns beiden abgefallen. Wir haben glaube ich gemerkt, dass wir für Anouk da sein müssen, zusammen, und das wollen. Abgesehen davon, dass wir auch *uns* wollen, als Paar. Also wie gesagt, ich zumindest. Aber ich glaube, ich habe es in Isabelles Blick gesehen, dass sie auch noch etwas für mich empfindet.«

Cristian lächelte seinem Freund aufmunternd zu. »Wenn du dich nicht ganz dämlich anstellst, würde ich schätzen, dass euch der Aufenthalt hier einander wieder näher bringt oder schon gebracht hat.«

»Ja, danke, Kumpel. Bis auf eine Sache«, wandte Alexander ein.

»Und die wäre?«

»Liz.« Alexander sah Cristian vielsagend an.

Sofort horchte der auf. »Was ist mit Liz?« Er spürte, wie sich sein Puls beschleunigte.

»Isabelle sagt, ich steh auf sie.«

Cristian schluckte. »Ach ja? Und?«

Alexander zögerte. Nahm ihm erneut ein Freund eine Frau weg, durchfuhr es Cristian. Er konnte Alexander verstehen. Liz hatte diese sexy Ausstrahlung, gerade weil sie ihr nicht bewusst war, wirkte es so charmant. Wieder spürte er dieses quälende Gefühl der Eifersucht in sich aufsteigen.

»Keine Panik«, sagte Alexander jetzt. »Ich finde sie zwar klasse, aber Isabelle ist die Frau, die ich will. Isabelle ist meine verwandte Seele. Meine Muse.«

Cristian spürte, wie die Anspannung von ihm wich. Hatte Alexander etwas von seinem kleinen Eifersuchtsanfall bemerkt? Cristian wurde bewusst, dass es besser geworden war. Noch vor ein paar Jahren wäre er in dieser Situation auf hundertachtzig gewesen.

Alexander fuhr fort: »Ich werde um Isabelle kämpfen, auch für Anouk, aber vor allem für uns als Paar. Selbst wenn es ewig dauern sollte. Isabelle ist ziemlich verletzt, immer noch. Und ich verstehe es auch.«

»Vielleicht hat Anouks kleiner Ausflug ja etwas in Isabelle angestoßen?« Cristian sah Alexander vielsagend an.

Der verstand. »Du meinst, die Kleine ist absichtlich ausgebüxt? Sie wollte gar nicht zu den Delfinen, sondern ihre Eltern wieder zusammenbringen?«

Cristian lächelte nur.

Alexander lächelte jetzt auch. »Nicht nur ein mutiges, sondern auch ein schlaues Mädchen. Wie auch immer. Die Zeit hier auf der Finca, in der Natur, bei den Tieren, hat einiges angestoßen. Auch bei mir altem Esel hat es das. Mir ist noch mehr bewusst geworden, wie wichtig mir meine kleine Familie ist. Auch durch deine fachmännische Intervention, Herr Doktor.«

»Warst ein harter Brocken«, zog Cristian ihn auf.

Alexander lachte, trat zu ihm, boxte ihm kumpelhaft an die Brust. »Danke, mein Freund! Ich weiß zwar immer noch nicht, warum du dich hierher zurückgezogen hast, aber es war eine verdammt gute Idee, auszusteigen, dein Ding zu machen und Menschen mal ganz anders zu helfen. Hier inmitten der uralten, knorrigen Olivenbäume kann man gut alt werden.«

Cristian lachte kurz. Er durfte nicht mit zu vielen Leuten darüber reden, dass er gesucht wurde. Deshalb hatte er es seinem Freund, den er viele Jahre nicht mehr gesehen hatte, nicht erzählt. Dass er sich Liz auf dem Felsvorsprung geöffnet hatte, war eine Ausnahme gewesen. Auf diesem Felsen, vor dem Abgrund, war es einfach aus ihm herausgebrochen. Wohl auch, weil er ihr vertraute. Das wurde ihm gerade bewusst. Er kannte sie zwar nur kurz, aber es kam ihm viel länger vor. Das Gefühl, dass er sie nicht wieder verlieren wollte, wurde wieder stark.

Die Ziege meckerte, kam zu Alexander, der ihr einmal kurz über den Kopf streichelte. Dann erklärte er, wieder zu Anouk gehen zu wollen. »Sie schläft bei Isabelle, ich betrachte die kleine Maus so gern dabei. Und Isabelle hat es mir erlaubt, sie wollte rüber zu Liz, sich um sie kümmern.« Er lächelte versonnen. Die Ziege meckerte erneut. Alexander scherzte: »Nicht, dass Anouk wieder ausbüchst, diesmal vielleicht mit der Ziege oder der Gans.«

Cristian lachte. Mit Alexander konnte man ausgelassen sein, schon damals. Er dachte an Liz, auch mit ihr fühlte sich alles leichter an. Cristian atmete durch. Er durfte sich nichts vormachen, musste seine Gefühle zurückdrängen. Sie würde in ein paar Tagen abreisen und im Moment hatte er absolut keine Idee, was sie daran hindern sollte. Sie lebte und arbeitete in

Berlin, in der Großstadt. Er atmete durch, machte sich auf zu seinem Wagen, um Picasso nach Hause zu holen.

* * *

Liz saß erschöpft und nachdenklich auf der Veranda der Finca im Schatten des weinumrankten Daches. Isabelle schenkte ihr fürsorglich kühle Limonade aus einer Karaffe ein. Limonenscheiben und Pfefferminze schwammen darin. »Kann ich dir sonst noch etwas Gutes tun?«, fragte sie.

»Nein danke. Die Limonade ist jetzt genau richtig.«

»Cristian hat sie wohl selbst gemacht. In seiner Küche habe ich außerdem mallorquinisches Mandelgebäck gesehen, das kenne ich, das schmeckt köstlich, ich hole dir welches.«

Isabelle eilte auch schon hinein in die Finca, ehe ihre Freundin widersprechen konnte. Liz nahm lächelnd das Glas, in dem eine Limonenscheibe schwamm, außerdem ein Stängel Pfefferminze. Cristian legte großen Wert auf gute Küche, gutes Essen und Trinken, offenbar ein Genussmensch. Sie dachte an die letzten Stunden, den Aufenthalt auf diesem Felsvorsprung. Dort, in dieser brenzligen Situation, war ihr noch stärker bewusst geworden, wie viel sie für Cristian bereits empfand. Er hatte sein Leben für ihres riskiert, auch wenn er das nicht so sehen wollte. Er hatte sich um sie gesorgt, ihr Wohl, ihre Verletzung im Hinterkopf gehabt. Wie absurd dieser Vorwurf der »unterlassenen Hilfeleistung« nur war! Er passte ganz sicher nicht zu diesem selbstlosen, hilfsbereiten Menschen, der sich selbst in Gefahr begeben hatte, für sie.

»Was denkst du?« Isabelle kam mit einem Teller voller Plätzchen wieder heraus, steckte sich lächelnd eines in den Mund, stellte die Plätzchen auf den Tisch vor Liz.

»Gib zu, dass du gerade an Cristian gedacht hast.«

»Natürlich. Er hat mich gerettet.«

»Das stimmt. Ich bin so froh, dass euch nichts passiert ist. Anouk, dir, Cristian.«

Liz lächelte sie an. Am liebsten hätte sie Isabelle jetzt eingeweiht, dass damals ein Verfahren gegen Cristian eingeleitet worden war. Aber sie hatte ihm auf dem Felsvorsprung versprochen, mit niemandem über diese Geschichte damals zu reden.

»Wie lief es bei der Suche mit dir und Alexander?«, lenkte Liz ab. »Bist du Team Alexander oder Team ›Ich fange neu an und verliebe mich in einen tollen Fremden‹?«

Isabelle lächelte, wiegte den Kopf. »Das mit dem Fremden klingt auch verlockend. Aber ich fürchte, in meinem Herzen hat immer noch Alexander seinen festen Platz. Füllt es aus, um genau zu sein.« Sie seufzte.

»Und was gibt es dann zu seufzen? Will er nicht mehr?«, erkundigte sich Liz verwundert.

»Ich weiß einfach nicht, ob ich ihm wieder vertrauen kann. Und Vertrauen ist ja schließlich die Basis für eine Beziehung. Allein wie er *dich* angesehen hat.« Es platzte aus Isabelle heraus: »Ist denn zwischen euch etwas gelaufen? Wenn ja, sag es bitte, wir waren ja getrennt und ich hatte dir gesagt, dass es für mich okay gewesen wäre. Das wäre es auch.«

Liz schüttelte sofort den Kopf. »Nein. Nein, wirklich nicht.« Sie hatte sich anfangs kurz zu ihm hingezogen gefühlt. Aber sie hätte sich auf nichts eingelassen. »Ich meine, er ist attraktiv, sehr sogar. Charmant, humorvoll …, ich finde ihn sehr spannend, auch als Künstler.« Liz hielt inne, schüttelte erneut den Kopf. »Aber er passt nicht zu mir und ich nicht zu ihm. Ihr seid es, die zusammengehören. Das glaube ich zumindest.«

Isabelle sah sie mit großen Augen an, fuhr sich durch ihre blonden Locken.

»Ich weiß aber um seine Fehler. Dazu gehört eindeutig, bei schönen Frauen schwach zu werden. Lange hat es ihm genügt, wenn das Auge genießen konnte. Wie bei einem interessanten

Gemälde.« Zögerlich fügte sie hinzu: »Nur einmal nicht. Bei einer Studentin.«

Liz verstand. Sie biss sich auf die Unterlippe, beteuerte: »Isabelle, das tut mir leid. Ich verstehe dich sehr gut.« Sie dachte nach. »Tut ihm diese eine Sache denn leid?«

»Ja, das hat er mehrfach beteuert.« Isabelle nahm nachdenklich erneut einen Schluck Limonade. »Ich wusste von Anfang an, dass er ein Genießer ist. Dass er die Schönheit um sich herum registriert. Was ja auch gut ist als Künstler. Der Wunsch, ihn zu ändern, ist zwecklos, ich möchte es nicht und kann es ohnehin nicht, das weiß ich, das hat Cristian auch noch mal gesagt. Falls Alexander und ich wieder zusammenkommen sollten, darf es allerdings nie wieder geschehen. Nie wieder.«

Liz nickte nachdenklich. Eine Frage lag ihr auf der Zunge und sie stellte sie Isabelle. »Und was ist mit Cristian und dir? Du hast ihn ja auch sehr interessant gefunden.«

Isabelle lächelte. »Keine Sorge, Liz. Cristian ist ein ganz besonderer Mensch, aber nicht mein Mann. Er hat tolle Fähigkeiten und dafür bewundere ich ihn. Er ist Arzt, sieht den ganzen Menschen, weiß um die Heilkraft der Natur und der Tiere. Urlaub hier auf dieser Finca machen zu dürfen, empfinde ich als großes Privileg und Glücksfall. Er hat einen großen Teil dazu beigetragen, dass Anouk wieder spricht. Und vermutlich war die Sorge um sie auch heilend für uns. Auf jeden Fall für mich. Als Mutter musst du damit leben, dass deinem Kind jederzeit etwas geschehen kann. Du musst lernen, deinem Kind zu vertrauen, darauf, dass alles gut wird, dass dein Kind es schaffen wird. Anouk ist so weit allein auf einem Esel über die Insel geritten. Ich bin sehr stolz auf sie. Das habe ich ihr auch gesagt. Diese Erfahrung kann ihr keiner mehr nehmen und wird sie stark machen für den Rest ihres Lebens.« Isabelle lachte auf. »Okay, ich übertreibe vielleicht und werde melodramatisch.«

»Nein.« Liz lächelte. »Ganz und gar nicht. Es muss schwer sein als Mutter, die richtige Balance zu finden. Zwischen übertriebener Sorge und berechtigtem Zweifel, ob es dem Kind gut geht.«

»Oh ja.«

Die Frauen lächelten sich an.

Liz hakte weiter nach. »Du hast also eingesehen, dass du Alexander nicht ändern kannst und es auch nicht möchtest. Dann spricht doch eigentlich nichts mehr gegen eure zweite Chance, habe ich recht?«

Isabelle nickte. »Allein schon für Anouk. Aber auch für uns. Ich weiß nur ehrlich gesagt nicht so recht, wie ich es ihm sagen soll. Wichtig ist mir natürlich, dass so ein Ausrutscher nie wieder vorkommt.«

»Das ist ja klar. Ihm auch, da bin ich mir sicher.« Liz überlegte. »Wir überlegen uns ein romantisches Date für euch und dann sagst du es ihm.«

»Wir?«, hakte Isabelle nach.

Liz nickte und lächelte. »Wir sind schließlich Freundinnen, hoffe ich, oder nicht? Auch wenn wir uns erst kurz kennen.«

Über Isabelles Gesicht ging ein Strahlen, sie stand auf, trat zu Liz und umarmte sie überschwänglich. »Das sind wir. Ich freue mich sehr.«

Isabelle löste sich von ihr, sah sie forschend an. »Dann sag mir doch, was ist jetzt mit Team Cristian und dir?«

Liz zögerte. »Wie heißt es so schön? Status: Es ist kompliziert.«

»Aber wieso? Ich sehe doch, dass da mehr ist zwischen euch beiden.«

»Ja, aber es gibt eine Sache, über die ich nicht reden darf. Die mich zögern lässt, die ihn in seinem Schneckenhaus zurückhält. Wenn die geklärt wäre, würde es uns beiden eindeutig besser gehen.«

Isabelle sah sie nachdenklich an, nickte ihr aufmunternd zu. »Dann kläre sie.«

»Ich? Wie denn?«

»Das weiß ich nicht, du darfst ja nichts sagen. Aber ich weiß eines: Liz, du schaffst das, du schaffst mehr, als du denkst.«

* * *

Ein lautes »Iah« drang an ihr Ohr. Liz lag im Bett, wachte gerade auf, die Morgensonne schien durch die weißen Vorhänge. Picasso stand offenbar im Hof, so nah, wie sein »Iah« geklungen hatte. Jetzt war auch noch Anouks Kichern zu hören. Wie schön, sie lacht sogar wieder, dachte Liz, räkelte sich wohlig. Ein Schmerz am Bein durchfuhr sie. Die Wunde tat weh, aber es war auszuhalten. Liz fuhr mit der Hand vorsichtig über das Pflaster, kontrollierte, ob es noch gut saß. Sie dachte an Cristian, der vielleicht gerade auf der anderen Seite der Wand neben ihr lag. Wie schön hätte es jetzt sein können, wenn er hier gewesen wäre, sie wieder in seine Arme genommen und getragen hätte. Sie hatte sich bei ihm so geborgen gefühlt. Selbst auf diesem Felsvorsprung, am Meer. Als ihre Körper so nah beieinander gewesen waren. Liz schloss die Augen.

In ihrer Fantasie beugte sich Cristian mit nacktem Oberkörper über sie, sah sie liebevoll an, senkte seinen Kopf auf ihren Bauch und liebkoste ihn, erst mit seinen vollen Lippen und dann ganz sanft mit seiner Zunge.

Ein Motorengeräusch riss sie unsanft aus ihrem Tagtraum. Liz seufzte. Sie hörte von draußen das Klappen einer Tür und die Stimme von Madame Penelope, seiner Ex! Schlagartig öffnete Liz ihre Augen und horchte. Madame redete auf Anouk ein, sie nannte sie immer *»chica«*, aber Anouk verstand kein Spanisch und antwortete nicht. Stattdessen hörte Liz nun

Cristians aufgebrachte Stimme auf Spanisch. »Auf diesem Hof fährst du das nächste Mal bitte schön langsamer!«

»Es wird kein nächstes Mal geben, Cristian«, sagte seine Ex angestrengt. »Ich bin es so leid, wie du dich verhältst. Es hat nichts gebracht, dass du dich versteckt hast, wenn du nicht zu diesem neuen Termin erscheinst, lasse ich dich von der *policia* holen.«

Wütend erwiderte Cristian, dass sie verschwinden solle, und damit ließ er sie offenbar stehen.

Liz war aufgestanden, in ihrem Schlaf-T-Shirt ans Fenster getreten, lugte durch den Vorhang. Madame Penelope sah wieder umwerfend aus. Sie trug ein eng anliegendes rotes Kleid, das ihre zierliche, schlanke Figur betonte. Unwillkürlich sah Liz an sich hinunter. Aber sie hatte das Gefühl, dass Cristian ihren Körper mochte, so wie er war, und das fühlte sich gut an. Wie konnte sie ihm nur helfen?

Sie dachte darüber nach, was sie von der ganzen Sache wusste. Es war nicht viel, aber dann hatte sie eine Idee. Diesen Fabio kannte Cristian vom Segeln, hatte er gesagt. Vielleicht wusste Josy, die Cristian schon länger kannte, wo er immer segelte?

Liz ging rasch ins Bad, zog sich ihre Hotpants und ein Top an, setzte ihre Sonnenbrille auf, wartete, bis Madame wieder weggefahren war, und lief dann, von Cristian unbemerkt, den kleinen Weg zwischen den Olivenbäumen entlang in Richtung Meer. Ein kleiner Vogel begleitete sie, hüpfte von Olivenbaum zu Olivenbaum. Liz musste immer wieder anhalten, weil ihr Bein schmerzte. Josy kannte ganz sicher die Segelklubs in der näheren Umgebung und zu viele Fabios würde es dort schon nicht geben. Was genau sie diesem Mann sagen oder ihn fragen wollte, wusste Liz jetzt noch nicht. Es stand Aussage gegen Aussage, Cristian hatte keine Zeugen. Aber sie wusste: Cristian konnte das unmöglich getan haben, nicht dieser hilfsbereite, einfühlsame Mann, und sie würde auf jeden Fall für ihn kämpfen. Die Policia durfte ihn nicht abholen, er hatte schon recht, dass ihm vermutlich keiner glauben würde, die Zeit lief.

Liz kam am Meer an. Wie immer tat allein schon der Anblick des Wassers so unsagbar gut. Der Geruch, der sanfte Wind auf ihrer Haut.

Vor Josys Laden saßen ein paar Touristen. Liz ging hinein und grüßte Josy, die mit einer Touristin in der »Tours«-Ecke saß und sie zu Schnorcheltrips beriet. Sie winkten sich kurz zu und Liz wartete ungeduldig an der Theke.

Es dauerte etwas und Liz schnupperte sehnsüchtig den Geruch von Kaffee ein. Sie hatte noch nichts gefrühstückt und würde das hier gleich nachholen.

Endlich hörte die Touristin auf, Josy mit Fragen zu bombardieren wie »Und gibt es da sicher keine Haie?« oder »Was, wenn ein Fisch mich berührt, fallen dem Armen dann die Schuppen ab?«

Josy hatte Mühe, geduldig zu antworten und nicht zu lachen, warf Liz immer wieder heimlich einen amüsierten Blick zu. Nachdem sie die Touristin verabschiedet hatte, kam sie zu Liz und umarmte sie. »Wie geht es der Kleinen? Hat sie ihren Ausflug mit Picasso unbeschadet überstanden?«

»Ja, zum Glück, und sie redet so niedlich, und das Beste ist, sie lacht.«

Josy strahlte. »Wow, das ist toll. Und deine Verletzung am Bein?« Sie betrachtete das große Pflaster.

Liz winkte ab. »Cristian hat hervorragende Arbeit geleistet. Und die Wunde tut zwar weh, ist aber nicht riesig groß. Er meinte, bis morgen ist sie so weit geschlossen, dass ich wieder kurz ins Wasser kann. Bekomme ich einen Café con leche und eine *Tostada* mit Käse und Tomate, bitte?«

»Sicher.« Während Josy sich daran machte, das Gewünschte zuzubereiten, sagte Liz vorsichtig, dass sie vorher einen Segler auf dem Meer beobachtet hatte, und fragte, wo Cristian eigentlich immer segele.

»Er segelt nicht mehr.«

»Ach, wieso?«

»Er meinte mal, es gibt ihm nichts mehr, wieso?«, erkundigte sich Josy.

Liz überlegte. »Ach, er hat erzählt, dass er früher viel gesegelt ist. Bevor er die Finca übernommen hat jedenfalls.«

»Ja, in Alcúdia. Hat er mir auch mal erzählt.«

Liz horchte auf. Hatte er Josy von der Sache mit seinem Rivalen erzählt?

Josy sah auf. »Verstehe. Er hat dich eingeweiht, warum er sich hier versteckt, nicht wahr?«

Verblüfft sah Liz sie an und sah sich dann schnell um. Im Laden befand sich keine Kundschaft mehr. »Dich auch? Ich darf es niemandem erzählen, aber wenn du es eh schon von ihm weißt.«

»Yepp. In einer schwachen Minute, mit ziemlich viel Alkohol, hat er es mir erzählt, ist schon einige Zeit her.«

Sofort stellte Liz sich die beiden zusammen vor. Im nächsten Moment dachte sie: Was solls, falls etwas zwischen ihnen gelaufen war, lag es schon länger zurück.

»Ich möchte Cristian helfen«, fuhr Liz fort. »Wie er mir geholfen hat. Und Anouk und den Marquardts. Ich möchte diesen Fabio, der ihm unterlassene Hilfeleistung vorwirft, zur Rede stellen. Vielleicht bringt es ja was. Weißt du, Cristian hat mir wieder mehr Selbstbewusstsein gegeben, das der ein oder andere Kerl, den ich in den letzten Jahren gedatet habe, zertrampelt hat. Er gibt mir das Gefühl, genau so richtig zu sein, wie ich bin. Mehr noch, dass ich einzigartig und wundervoll bin. Wie jedes Lebewesen. Auch seine Gans ist für ihn wundervoll. Und das ist sie.« Sie lachten. Liz fuhr ernster fort: »Und er hat mir gezeigt, dass man sich nicht einsam fühlen muss. Dass man zur

Not auch mit sich gut allein sein kann, ohne sich verloren zu fühlen, verstehst du?«

»Ja, sehr gut sogar«, erwiderte Josy lächelnd.

Liz fuhr fort: »Ich meine, hier auf dieser Insel fühlt man sich ja eh nicht so allein wie in der Großstadt. Wie ihr Mädels mitgeholfen habt, Anouk zu suchen, das war so toll. Dabei kennt ihr weder mich richtig noch Anouk.«

Josy reichte ihr den Kaffee, nickte lächelnd. »Wir leben so, wie wir uns das Leben wünschen. In jeder von uns steckt ein bisschen Pippi Langstrumpf. Wir machen uns die Welt, wie sie uns gefällt. Deshalb sind wir auf dieser Insel, hier am Meer. Und es freut mich total, dass du dich hier wohlfühlst. Und dass du dich auch wieder mit dir selbst wohlfühlst. Cristian ist super. Manchmal ein bisschen zu gut für diese Welt.«

Liz lachte auf. »Weißt du was, genau das hat man zu mir auch gesagt. Und ein bisschen Pippi Langstrumpf steckt auch auf jeden Fall in mir. Vermutlich in jedem.«

»Dann passt ihr ja gut zusammen.« Josy lächelte. »Das tut ihr wirklich.«

Liz erklärte nachdenklich: »Und ich dachte, bevor ich hierherkam, ich muss mich ändern, härter werden, so wie es mein Großonkel von mir verlangt hat. Mir Haare auf den Zähnen wachsen lassen, um in der Geschäfts- und Männerwelt zu bestehen.« Sie schüttelte lächelnd den Kopf.

»Also wirklich, so ein Unsinn. Überleg mal, wie das aussehen würde.« Die Frauen lachten.

Liz fuhr fort: »Picasso hat mir gezeigt, dass man manchmal stur sein darf, dass man nicht alles mit sich machen lassen muss. Und Cristian, dass man auch mit Sanftheit so manchen Esel bewegen kann.« Sie lächelte. »Ich muss nicht härter werden, ich kämpfe für Dinge auf meine Weise.« Josy beugte sich zu ihr: »Du bist genau richtig, wie du bist. Du stehst für deine Träume ein und das ist toll. Und das ist nicht immer einfach.

Aber wir müssen das tun, wir alle haben nur dieses eine Leben.« Josy wirkte jetzt sehr in sich gekehrt.

Liz überlegte, ob sie Josy darauf ansprechen sollte, ließ es aber sein, denn Josy lenkte wieder auf das Segelthema. »Wenn du willst, fahre ich mit dir in meiner Mittagspause nach Alcúdia und zeige dir, wo Cristian damals gesegelt ist. Ich kenne da auch ein paar Leute.«

»Das wäre supernett. Sehr gern.«

Josy fiel etwas ein. »Weißt du was, ich kann versuchen, vorher jemanden anzurufen, der viele dort kennt. Wenn er einen Fabio kennt, kann er ihn vielleicht gleich unter einem Vorwand dorthin bestellen. Am Hafen treffen sich viele zum Lunch.«

»Josy, du bist … eine Wucht.«

Sie grinste. »Ich weiß. So, jetzt frühstücke erst mal in Ruhe und ich ruf dich an, ob ich den Kumpel an die Strippe bekommen habe. Ich schreib dir, was ich rausbekomme, dann hol ich dich mit dem VW-Bus auf der Finca ab, in Ordnung?«

»Mehr als das. Danke, Josy.«

* * *

Segel flatterten im Wind, ein sanftes Klirren war zu hören, wie von Windspielen so schön. Josy hatte den Wagen am Hafen von Alcúdia, in dem viele Segelboote und Jachten ihren Liegeplatz hatten, abgestellt. Liz sah sich angetan um, stieg aus. Teure Jachten lagen hier, viele sehr hübsche Segelboote. Wie gern hätte sie jetzt ein Boot geschnappt und wäre hinaus aufs Meer gefahren. Segeln lernen stand definitiv auch noch auf ihrer Lebens-To-do-Liste. Wenn es nur nicht so teuer gewesen wäre. Aber sie beschloss, vor ihrem Abflug wenigstens auf jeden Fall noch eine Segeltour bei Josy zu buchen. Diese hatte nämlich erzählt, dass es bei ihr auch Touren zu entlegenen Buchten gab, mit Wein und Tapas. Es klang verführerisch. Aber jetzt musste

Liz erst mal diesen Fabio zur Rede stellen. Josys Kumpel Paco kannte ihn tatsächlich und hatte ihn zu einem kleinen Lunch überreden können, jetzt wollte er mit Fabio hier bei den Booten auf sie warten. Hoffentlich kam Liz mit Josys Hilfe weiter.

Josy trat zu Liz, hakte sich unter, und gemeinsam gingen die Frauen zu einem Steg.

»Cristian war leidenschaftlicher Segler und Mitglied in diesem kleinen privaten Segelklub, bevor er sein Leben komplett umgekrempelt hat«, erzählte Josy. »Wegen dieser miesen Sache.«

»Er macht wohl alles, was er tut, mit Leidenschaft. Aber wieso ist er in Alcúdia gesegelt? Ich dachte, er hat als Arzt in Palma gearbeitet? Ist das nicht ein bisschen weit hierher in den Norden?«

»Ja, obwohl, es geht. Auf der Insel ist ja nichts wirklich weit. Und seine Großmutter und Mutter wohnen ja in der Nähe. Sie hat er oft besucht, Familie ist ihm sehr wichtig.«

Liz lächelte, was für ein toller Mensch! Nicht jeder Mann nahm sich Zeit, seine Familie oft zu besuchen. Sie kannte da ganz andere Fälle. Männer, die ihre Großmütter liebten, hatten bei ihr sowieso schon gewonnen. Das Kribbeln in ihrem Bauch wurde stärker. »Also, wo ist dieser Paco?« Liz wusste, Josy hatte in ihrer Mittagspause nicht lange Zeit.

Josy deutete jetzt auf zwei Männer in einem Segelboot, das am Steg angebunden war und sanft im Wind schaukelte. »Da ist Paco, das muss Fabio sein.«

Liz sah zu dem stämmigen Spanier neben Josys Freund, der seine etwas lichten Haare zu einem Zöpfchen gebunden hatte. Er nestelte gerade an einem Tau herum, trug eine weiße Leinenhose und ein dunkelblaues Poloshirt, das über seinem Bauch spannte. Was hatte dieser Mann, dass er Madame Penelopes Herz erobern konnte? Genug Geld? Wie hatte sie Cristian gegen diesen tapsigen Bären eintauschen können?

Paco erblickte Josy, kam zu ihnen. Fabio sah irritiert auf. Paco und Josy begrüßten sich herzlich, auch Liz bekam ein paar Küsschen rechts und links, dann verabschiedete sich Paco, ließ die Frauen mit Fabio allein. »Fabio, komm, die Mädels wollen was von dir.«

Fabio lächelte erfreut, stieg ebenfalls aus dem Boot und ging ihnen auf dem Steg entgegen. Sein Gesicht sah rot aus, nach Bluthochdruck, eindeutig ein Herzinfarktkandidat, dachte Liz.

»*Hola*«, sagte Josy und Liz ebenso.

»Wie kann ich euch helfen?«, fragt Fabio ahnungslos.

Liz nahm ihren Mut zusammen und erklärte auf Spanisch: »Ich bin eine Freundin von Cristian und das ist Josy, die Ladeninhaberin von ›Schokoladenglück & Meer‹.«

Sofort war seine Miene ernster geworden. »Ja?« Argwöhnisch wanderten seine Augen zwischen den beiden Frauen hin und her.

»Ja, ich mach es kurz, es geht um die Behauptung über Cristian wegen unterlassener Hilfeleistung vor vier Jahren, als Sie einen Herzinfarkt erlitten haben. Sie haben ausgesagt, er habe ihnen nicht geholfen?«

»*Sí.*« Fabio verschränkte die Arme über seinem kugelrunden Bauch. »Hat er auch nicht. Und ich habe Folgeschäden erlitten.«

»Letzteres glaube ich Ihnen ja. Aber nicht, dass Cristian, der nicht nur Arzt, sondern auch ein sehr hilfsbereiter Mensch ist, Ihnen nicht geholfen hat.«

»Er war rasend vor Eifersucht. Und jetzt lassen Sie mich in Ruhe!«

Er drehte sich um, wollte gehen, aber Liz hielt ihn auf.

»Sie haben keinen Zeugen. Seine Ex-Freundin schwamm weiter entfernt im Wasser, außer Sichtweite. Selbst wenn sie schon näher gekommen sein sollte, weil Sie auf dem Boden des Boots lagen, konnte sie nicht sehen, was Cristian tat.«

»Ich habe Folgeschäden«, wiederholte er aufgeregt. »Durch sein zu langes Zögern. Mein Herz!« Er pochte darauf. »Ich bin seitdem berufsunfähig. *Oyes?*«

»Das tut mir sehr leid. Es ist aber so, dass es eine Zeugin gibt, die beobachtet hat, dass er sofort geholfen hat.«

Er zuckte etwas zusammen, zog seine Augenbraue hoch. »Was? Wer?«

Josy lächelte gespielt siegessicher. »Ich. Ich hatte eine Bootstour mit Touristen an jenem besagten Tag. Nicht weit von Ihnen. Vermutlich haben Sie mich nicht registriert, weil wir nicht so nah waren. Aber ich habe einen kleinen Jungen gerade durch ein Fernglas gucken lassen. Er hat gesagt, da sei ein Mann auf dem Boot zusammengebrochen, hat mir das Fernglas gegeben. Und ich habe gesehen, dass Cristian auf dem Boot war, den ich kenne, habe gesehen, dass er *sofort* Herzdruckmassage durchgeführt hat. Kurz darauf ging es Ihnen wieder besser. Deshalb hab ich auf den Anruf bei einem Notarzt verzichtet. Ich wusste ja, dass Cristian Arzt ist und Sie bei ihm in den besten Händen waren. Dass sie ihm etwas vorwerfen, wusste ich bisher leider nicht.« Josy hielt inne.

Erwartungsvoll und nervös beobachtete Liz die ganze Zeit diesen Fabio. Liz hatte sich diese Finte zuvor ausgedacht und beide waren jetzt mehr als gespannt, ob sie funktionierte. Da es Fabio die Sprache verschlagen hatte, fuhr Liz fort: »Deshalb würde ich vorschlagen, Sie sagen Ihrem Anwalt, er soll die Anzeige zurückziehen und irgendwelche Anhörungen oder Gerichtstermine absagen. Sonst kommt heraus, dass Sie perfide gelogen haben. Warum auch immer.«

Fabio atmete schwer. Nicht, dass er noch einen Herzinfarkt erleiden würde, durchfuhr es Liz. Sein Gesicht wurde tatsächlich noch röter.

»Ich, ich kann das nicht einfach absagen. Ich meine, das geht bestimmt nicht mehr. Der Staatsanwalt ermittelt seit damals ...«

Liz atmete scharf ein, spielte ihre kühle Rolle weiter. »Versuchen Sie es. Er scheint ja Ihr Kumpel zu sein, habe ich gehört. Sonst stehen Sie am Ende noch als Lügner da. Und dann werden Sie verurteilt, wegen Meineids oder wie das heißt.«

Fabio schwitzte. Die Schweißperlen auf seiner Stirn glänzten in der Sonne.

Liz konnte ihre Wut jetzt nicht mehr zurückhalten. »Warum haben Sie das überhaupt behauptet? Sie haben Cristians Leben, seine Karriere, damit zerstört, das war Ihnen doch klar?!«

Unglücklich zuckte Fabio die Schultern. »Ich wollte doch nur, dass es sich Valeria nicht wieder anders überlegt. Dass sie bei mir bleibt, ihn nicht doch noch heiratet. Sehen Sie mich doch an. Ich konnte es selbst nicht fassen, dass eine Frau wie Valeria auf mich stand. Und nicht wieder zu Cristian zurückging. Klar, weil ich Geld hatte und er damals einen Ehevertrag mit ihr wollte, bei dem sie im Falle einer Scheidung leer ausgegangen wäre.«

Liz horchte auf. Cristian hatte Valeria heiraten wollen?

Fabio fuhr fort: »Ich hatte Angst, dass ich sie verliere, verstehen Sie? Ich liebe sie. Unendlich. Ich kann nicht ohne sie leben. Ich habe ihr auch nicht gesagt, dass ich mit Aktien Geld verloren habe, im Grunde lebe ich auf Pump, um sie nicht zu verlieren.« Er atmete schwer. Liz war entsetzt, wie oberflächlich Madame Penelope zu sein schien. Weil Cristian vor der Heirat einen Ehevertrag wollte, hatte sie sich einen anderen gut situierten Mann gesucht? Aber das hieß auch, dass er sie damals hatte heiraten wollen. Dass er sie geliebt hatte, sehr sogar. Ihr Magen zog sich zusammen.

Fabio fuhr sich übers Gesicht, um den Schweiß abzuwischen.

»Und deshalb haben Sie Valeria gesagt, dass er Ihnen nicht sofort geholfen hat?«

»Sí.« Er sah sie an und sein schlechtes Gewissen stand ihm förmlich auf die Stirn geschrieben. »Bitte, versprechen Sie mir eines: Valeria darf nicht erfahren, dass ich gelogen habe. Okay, meinen Freund, den Staatsanwalt, den kriege ich bestimmt dazu, die Sache einzustellen. Bitte! Wenn Sie ein Herz haben, sagen Sie es Valeria nicht. Sie wird sich trennen und es herumerzählen. Auf dieser Insel weiß dann jede Frau, was ich getan habe. Ich will Valeria nicht verlieren, bitte. Sie vermasseln mir sonst alle Chancen bei Valeria.«

»Ich?« Liz konnte es nicht fassen.

»Ja, gut, ich habe es verbockt. Es tut mir leid.«

»Sagen Sie das Cristian«, erwiderte Liz wütend.

»Das kann ich nicht. Machen Sie das, bitte.«

»Feig also auch noch«, kommentierte Josy sauer. »Sie sind ja wirklich so ein mieser Typ. Wenn man solche Freunde hat, braucht man keine Feinde. Komm, Liz.« Josy nahm Liz am Arm, sie verabschiedeten sich knapp von Fabio, der schwitzend zurückblieb.

Die beiden Frauen gingen den Steg zurück zu Josys Wagen. »Er hat mir die Zeugin mit dem Fernglas abgenommen«, sagte Josy leise und kicherte. Und auch Liz konnte sich jetzt nicht mehr zurückhalten, die Anspannung fiel von ihr ab. »Nicht lachen, sonst sieht er noch unsere zuckenden Rücken.« Sie prustete leise los. Rasch stiegen sie in den VW-Bus und nun konnten sie sich vor Lachen nicht mehr halten. Aber kurz darauf wurde Liz wieder ernst. »O Gott, so ein fieser Idiot. Er hat Cristians Leben wirklich zerstört, damals. Deshalb hat er seinen Job als Notarzt aufgegeben, ist auf die Finca, um sich dort zu verstecken.«

Josy schüttelte den Kopf, wirkte nachdenklich. »Nein. Fabio hat damit Cristians Leben gerettet.«

»Wie meinst du das?«, hakte Liz nach.

Josy startete den Motor, parkte den Wagen aus und fuhr zurück. »Cristian war damals am Limit, wie er erzählt hat. Der Job als Notarzt ist nicht ohne. Die ständigen Schichten im Krankenhaus. Menschenleben, die du nicht immer retten kannst. Eine Frau, die du liebst, die dich mit deinem Freund betrügt. Vermutlich wäre Cristian ernsthaft krank geworden, wenn er nicht ausgestiegen wäre. Die Arbeit als Olivenbauer tut ihm gut, erfüllt ihn, wie er sagt. Du wirst sehen, wie er bei der Olivenernte aufblüht. Dazu die Tiere und Menschen, denen er helfen kann. Ich bin mir sicher, dass er all das nie erfahren hätte, wenn er aus seinem Alltagstrott, seinem Karrierewahn, nie rausgekommen wäre.«

Liz dachte darüber nach, während Josy am Meer entlangfuhr. Eine feine Brise wehte durch das geöffnete Wagenfenster, das Meer glitzerte in der Sonne. Josy hatte vollkommen recht. Manchmal brauchte es äußere Ereignisse, um sein Leben zu einem besseren zu wandeln. Auch ihr tat diese kleine Auszeit wirklich gut. Warum schaffte man es eigentlich nicht, selbst zu erkennen und zu entscheiden, dass es Zeit war, sein Leben zu ändern, seinem Leben eine neue Richtung zu geben, innezuhalten, sich Zeit für sich zu nehmen? Liz nahm sich vor, in Zukunft bei sich selbst mehr darauf zu achten. Im Grunde war sie ja an genau so einem Punkt angekommen. Sie hatte in letzter Zeit in Berlin sehr viel gearbeitet in ihrem kleinen Laden, um ihn aus den roten Zahlen zu bekommen. Hatte schon lange keinen Urlaub mehr unternommen, auch aus Geldmangel, und natürlich der Sorge, dass sie alles verlieren könnte. Die Angst, dann womöglich Hartz IV beantragen zu müssen, hatte ihr viele schlaflose Nächte bereitet.

In der Liebe hatte sie in letzter Zeit bei diversen Dates nur Enttäuschungen erleben müssen, und auch die ein oder andere Freundschaft hatte nicht das gehalten, was sich Liz unter

Freundschaft vorstellte. Stand sie vielleicht genauso wie Cristian damals kurz vor einem Burn-out und merkte es selbst nicht? Fakt war, ihr Leben zu Hause machte sie im Moment nicht glücklich und vor allem hatte sie sich seit einiger Zeit wirklich einsam gefühlt. Inmitten der vielen Menschen in der Stadt. Aber auch in einem Dorf konnte man sich einsam fühlen, das war ihr sehr wohl bewusst.

Sie sah Josy von der Seite an. Freundinnen wie Josy und die anderen Mädels von den Läden am Meer gab es selten. Diesen Zusammenhalt, das Füreinander-da-Sein, diese Herzlichkeit und die Selbstverständlichkeit, andere so sein zu lassen, wie sie waren. In all ihrer Unterschiedlichkeit. Hier auf dieser Insel fühlte sich Liz wohl und je näher sie der Finca kamen, umso schneller schlug ihr Herz. Gleich konnte sie Cristian erzählen, dass sie wusste, dass er unschuldig war, dass er sich nicht mehr verstecken musste. Dass Fabio den befreundeten Staatsanwalt ganz sicher zum Einstellen des Verfahrens bringen würde. Sie stellte sich vor, wie Cristian erleichtert lächeln würde, wie er zu ihr treten, ihr Gesicht in seine großen Hände nehmen und sie küssen würde.

Kapitel 16

Cristians Hände umfassten die Mistgabel. Er war dabei, Picassos Stall auszumisten, sah Liz freudestrahlend auf sich zukommen. Sie trug Hotpants und ein Top, was ihre sportliche Figur betonte. Auf die Wunde am Bein hatte sie offenbar ein frisches steriles Pflaster geklebt, das er ihr gestern noch gegeben hatte. Sie sah verdammt gut aus, so energiegeladen. Der Geruch des Strohs kitzelte ihn an der Nase. Cristian trat aus dem Stall, die Mistgabel in der Hand.

»Du strahlst ja so. Geht es deiner Wunde am Bein gut?«, fragte er, als sie zu ihm trat.

»Ja, danke. Ich habe vorhin Fabio getroffen und zur Rede gestellt«, platzte sie außer Atem heraus.

Fassungslos sah er sie an, suchte nach Worten. Was mischte sie sich da ein? Er spürte Wut in sich aufsteigen. Wut, die er so gut im Griff zu haben geglaubt hatte. Diesmal Wut, ohne Eifersucht, auch Wut konnte vieles zerstören. Liz erzählte ihm alles in knappen Sätzen, auch wie Fabio dank ihrer und Josys Finte seine perfide Lüge endlich zugegeben hatte. Cristian hörte zu, strich sich übers Gesicht, dachte nach.

Liz lächelte ihn an, erwartete eine Antwort. Eine Reaktion, das spürte er.

Irritiert, weil er nicht reagierte, redete sie weiter: »Ich habe so gezittert, ob er uns das abnimmt, dass Josy vor Ort und Zeugin war.« Sie lachte. »Vom Boot aus mit dem Fernglas, aber er hat es geglaubt.«

Sie hielt inne, wurde ernster. Wartete immer noch auf seine Reaktion. Ihm wurde schwindelig. Seine Hand krampfte sich um die Mistgabel. Picasso trottete heran, als spürte er, wie es seinem Herrn ging. Cristians Kopf rotierte, zumindest fühlte es sich so an. Er dachte an Valeria. Sie hatte also nichts mit dieser Intrige zu tun gehabt. Sie war ein Opfer in dieser Geschichte, so wie er. Die ganze Sache war allein auf Fabios Mist gewachsen. Fabio hatte sich diese perfide Lüge ausgedacht, aus Angst, Valeria würde wieder zu ihm, Cristian, zurückgehen … und ihn heiraten.

Dabei hatte Cristian ihm das Leben gerettet! Ohne seine Herzdruckmassage wäre Fabio jetzt tot gewesen, ein Laie hätte das bei diesem schweren Infarkt vermutlich nicht so hinbekommen! Seine Gedanken rasten. Das bedeutete, dass Valeria nicht so hintertrieben war, wie er die letzten vier Jahre gedacht hatte. Dass Fabio Angst hatte, sie habe ihn damals noch zu sehr geliebt. Und was, wenn sie das immer noch tat, irgendwie? Ein irritierendes Gefühl durchströmte ihn.

Liz räusperte sich, stand vor ihm, trat von einem Bein auf das andere. Sie lächelte ihn unsicher an. Schien zu spüren, dass er sich innerlich vor ihr zurückzog. Er hasste sich selbst dafür, aber seine Gefühle spielten verrückt.

»Du hättest dich da nicht einmischen sollen«, sagte er leise. »Ich brauche Zeit, das zu verarbeiten, es tut mir leid.« Er hob seine Mistgabel an und ging zurück in den Stall. Hier roch es vertraut.

Tief in Gedanken mistete er den Stall weiter aus. Die körperliche Arbeit tat gut. Wie sie ihm die letzten vier Jahre schon gutgetan hatte. Ihn rettete. Davor, durchzudrehen. Die Arbeit auf der Finca hatte seinen Geist auf Normalnull gebracht. Cristian hielt inne, wischte sich über die Stirn. Sein Blick ging durch das kleine Fenster im Stall nach draußen. Uralte Olivenbäume standen in Reih und Glied. Die Olivenernte würde morgen beginnen, dabei hatte er jetzt keinen Sinn dafür. Aber er hatte es so geplant. Die Frauen aus den Läden am Meer hatten sich wie die letzten Jahre als Hilfen angeboten und würden kommen, auch Isabelle und Alexander wollten bei der Ernte mitmachen. Sogar das Ehepaar Marquardt. Und Liz.

Hatte er sie zu sehr vor den Kopf gestoßen? Immerhin hatte sie das alles für ihn getan. Aber die Tatsache, dass Valeria doch nichts mit der Intrige zu tun gehabt hatte, die Frau, die er vor ein paar Jahren noch hatte heiraten wollen, brachte seine Gefühlswelt komplett durcheinander. Niemals hätte er das gedacht. Cristian legte mit der Mistgabel neues Stroh aus. Sein Puls raste. Dann hielt er wieder inne. Moment! Valeria hatte ihm nicht vertraut, hatte sofort Fabio geglaubt. Und ihn mit seinem Freund betrogen. Diese Tatsachen blieben. Ausgerechnet Fabio. Der nicht gerade attraktive Fabio. Besonders humorvoll war er auch nicht. Was fand sie an ihm? Wirklich nur die Aussicht, ein Leben in Wohlstand zu führen? Denn Fabio führte ein Jetset-Leben, zumindest damals. Seit seinem Infarkt, den Nachwirkungen, die ihn den Job gekostet hatten, bestimmt nicht mehr so sehr.

Niemals hätte Cristian damals gedacht, dass sein Freund zu einem Kontrahenten werden könnte. Niemals. Weil er im Grunde immer an das Gute im Menschen glaubte. Oder war er selbst mit schuld, dass Valeria sich von ihm abgewandt hatte? War es seine ständige Eifersucht gewesen, die ihre Beziehung zerstörte, wie sie damals behauptet hatte? Wie konnte man bei so einer Frau nicht eifersüchtig sein? Einer Frau, die sogar mit dem Postboten flirtete. Valeria liebte es, den Männern schöne Augen zu machen. Sie brauchte es als Selbstbestätigung, denn ihr Vater hatte ihr als Kind immer wieder gesagt, dass sie hässlich sei. Zumindest hatte sie es ihm so erzählt. Er konnte es sich nicht vorstellen, vermutete, dass sie es nur so aufgefasst hatte. Sie war als Kind spindeldürr gewesen, hatte eine Brille und eine Zahnspange getragen. Vermutlich deshalb hatte sie sich so unattraktiv gefühlt. Sodass sie heute die ständige Rückversicherung von Männern brauchte, wie schön sie war. Und das war sie. Vom ersten Augenblick an, als sie sich in Palma auf einer Gartenparty eines Freundes kennengelernt hatten, war er geflasht gewesen. Sie wurden einander vorgestellt und Valeria interessierte sich sofort für ihn, für seine Arbeit als Arzt. Ob sie ihn auch als Finca-Verwalter und Olivenbauern interessant finden würde, durchfuhr es ihn. Er musste es wissen. Nein, er musste sie sich endlich vollkommen aus dem Kopf schlagen. Die Frau, die er vor den Traualtar hatte führen wollen. Mit der er Kinder hatte haben wollen, mindestens drei.

Picasso stupste ihn an. Cristian streichelte ihm über den Kopf, atmete durch, verließ den Stall, ging einen kleinen Weg hinter dem Stall an Olivenbäumen entlang zu einer Anhöhe, von der aus man das Meer gut sehen konnte.

Anfangs war er oft hierhergegangen, um nachzudenken, in letzter Zeit immer seltener. Aber jetzt stand er erneut hier, sah auf das Wasser und dachte wieder an Liz. Diese umwerfende, natürliche Deutsche, die in sein Leben geplatzt war, die allem eine andere Richtung gegeben hatte, die nicht wusste, wie bezaubernd sie wirkte. Sie hatte Gefühle für ihn entwickelt, das spürte er. Und er auch für sie. Spätestens auf diesem Felsvorsprung, als er sich um ihr Leben sorgte, war ihm das bewusst geworden. Aber würden diese Gefühle reichen, um sie glücklich zu machen? Was war mit seinen Gefühlen für Valeria? Liebte er zwei Frauen? War das überhaupt möglich? Oder liebte er Valeria nicht mehr und die Nachricht, dass sie nichts mit der Intrige zu tun gehabt hatte, hatte ihn für einen Moment nur komplett durcheinandergebracht und das seltsame Gefühl in seinem Magen würde sich bald wieder legen?

Das Meer glitzerte in der Ferne.

Liz war sich vorhin vermutlich sicher gewesen, dass er anders reagieren würde, dass er erleichtert und jetzt für sie frei sei. Aber war er das? Nein, dachte er. Zuerst musste er sicher wissen, dass er nichts mehr für Valeria empfand. Er fuhr sich mit den Händen übers Gesicht. Das war er Liz schuldig. Zu oft schien sie von Kerlen enttäuscht worden zu sein.

Was, wenn der Staatsanwalt das Verfahren nicht einstellen konnte? Soviel Cristian wusste, konnte man das nicht so einfach ad acta legen. Dann würde Fabio eine Strafe bekommen, nicht er. Und Cristian seine Approbation zurück. Aber wollte er wieder als Notarzt in der Klinik in Palma arbeiten? Nein, auch das wurde ihm gerade bewusst. Hier auf der Finca, in der Natur, als Olivenbauer am Meer fühlte er sich wohler. Im Prinzip konnte er seinem alten Freund Fabio danken für diese Chance eines Neuanfangs.

Cristian beobachtete einen kleinen Vogel, der sich auf einen Olivenbaum setzte. Was wusste man schon von Menschen? Man konnte ihnen immer nur ins Gesicht schauen. Ob einen der Mensch, den man liebte, belog oder betrog, einem nicht vertraute, wusste man nie. Das Kapitel rasende Eifersucht hatte er hier abgeschlossen. Er wusste, dass sie Beziehungen zerstörte, auch damals hatte er es natürlich gewusst, hatte aber keinen Ausweg gefunden aus diesem alles zerfressenden Gefühl auszubrechen. Erst hier, auch durch seinen Esel Picasso, den nichts aus der Ruhe brachte, war ihm täglich vor Augen geführt worden, dass man das Leben viel relaxter nehmen sollte.

Wieder schweiften seine Gedanken zu Liz ab. Er hatte sie zuvor verletzt, das hatte er ihr angesehen und es tat ihm unendlich leid. Aber in dem Moment, als sie ihn mit dieser Neuigkeit über Valeria konfrontierte, konnte er einfach nicht anders reagieren. Solange ihm Valeria im Kopf herumspukte, solange er das Kapitel nicht abgeschlossen hatte, wollte er Liz nicht unnötig Hoffnung machen. So schwer es ihm fiel. Denn am liebsten hätte er sie gepackt, an sich gezogen, ihren Körper gespürt und mit ihr geschlafen. Cristian schloss seine Augen. Sein Kopfkino zeigte ihm eine nackte Liz, die in seinem Bett lag, zwischen den Laken, wunderschön. Sie mochte ihren Körper, streichelte sich selbst, ließ ihn dabei zuschauen und er spürte, wie er sich nach ihr sehnte.

Der kleine Vogel flatterte auf und sofort war Cristian wieder im Hier und Jetzt. Es gefiel ihm an Liz, dass sie ihre weiblichen Kurven mochte. Sie war nicht dick, besaß eine tolle Figur, und selbst wenn sie etwas zu dick gewesen wäre, hätte das ihrer Ausstrahlung auf ihn keinen Abbruch getan.

Das Aussehen einer Frau spielte für ihn keine so große Rolle. Zumindest inzwischen nicht mehr. Natürlich, auf den ersten Blick zog ihn Schönheit an, wen nicht. Aber Schönheit lag im Auge des Betrachters, jede Frau hatte etwas Bezauberndes an sich und seiner Meinung nach kam es eher auf die Ausstrahlung an. Dieser kleine Vogel zum Beispiel war nicht schillernd bunt, er trug ein braunes, schlichtes Gefieder, aber durch sein fröhliches Zwitschern war er großartig. Er erinnerte ihn an Liz, an ihre positive Art. Valeria dagegen war die Filmdiva, der prächtige Pfau, der bewundert werden wollte. Der das immer wieder hinausschrie und dadurch seine Verletzlichkeit zeigte.

* * *

Liz stand nackt und wütend in ihrem Zimmer, zog sich ihren Bikini an. Sie war immer noch auf hundertachtzig. Gerade hatte sie bei Isabelle geklopft, um ihr alles zu erzählen, auch von der Abfuhr, die Cristian ihr verpasst hatte. Keinen Moment hatte Liz vermutet, dass er so reagieren könnte, im Gegenteil, sie war sich so sicher gewesen, ihm einen Riesengefallen getan zu haben. Sie hatte es doch nur für ihn getan!

Aber Isabelle schien den Tag mit Anouk und Alexander zu verbringen, zumindest war sie nicht in der Ferienwohnung. Liz schloss ihr Bikinioberteil, sie brauchte dringend eine Abkühlung und ihre Wunde am Bein hatte schon eine leichte Kruste gebildet. Doch wenn sie nur kurz im Wasser blieb, musste es gehen. Rasch schnappte sie sich ihr Strandtuch, wickelte es sich um und verließ ihr Zimmer, türenknallend. Hatte sie sich das alles nur eingebildet? Die Nähe auf dem Felsvorsprung, seine Gefühle? Sie ging rasch weiter durch den dunklen Flur seines Appartements, an dem Tischchen mit den Weinflaschen vorbei, hinaus in die Sonne.

So ein Mist, sie hatte ihre Sonnenbrille vergessen, wollte jetzt aber einfach nur noch in den Pool. Abtauchen. Am liebsten ganz.

Liz ging weiter hinters Haus, den mit Blumenkübeln gesäumten Weg zum Pool entlang. Zum Glück befand sich kein anderer darin. Die Marquardts hielten vermutlich Siesta, wie sie es um diese Uhrzeit meist taten.

Liz wickelte ihr Strandtuch ab, ließ es auf eine der Liegen gleiten und trat zum Beckenrand.

In dem Moment kam Alexander aus der Richtung seiner Ferienwohnung. Er blieb bei ihrem Anblick stehen, wieder sichtlich angetan von ihr im Bikini. Ihre Blicke trafen sich, keiner von beiden sagte etwas. Auch dieser Mann hatte sich für eine andere entschieden, so wie es Cristian sicher auch tun würde. Für Valeria. Das hatte sie seiner Reaktion entnommen. Liz wurde schmerzlich bewusst, dass sie offensichtlich kein Glück in der Liebe hatte, dass es vielleicht irgendetwas an ihr gab, was verhinderte, dass sich ein Mann unsterblich in sie verliebte. So wie Alexander in Isabelle oder Cristian in Valeria. Beide hatten ihre große Liebe geheiratet oder heiraten wollen. Sie dagegen hatte noch nie einen Antrag bekommen, von keinem ihrer Ex-Freunde. Liz schloss die Augen. Dann streckte sie die Arme in die Höhe, beugte sich nach unten und machte einen Köpfer, oder zumindest sollte es einer werden. Mit einem schmerzhaften Bauchplatscher kam sie im Wasser an, tauchte rasch unter, vor lauter Peinlichkeit. Am liebsten wäre sie stundenlang unter Wasser geblieben. Denn Alexander stand am Beckenrand und wartete sicher, bis sie auftauchte. Ihr ging die Luft aus und so kam sie prustend an die Wasseroberfläche.

»Hat dir der Doc erlaubt, mit deiner Wunde am Bein schon ins Wasser zu gehen?«

»Ist mir egal, was der sagt.«

»Alles klar bei dir?«, fragte er nett nach. Er kniete jetzt neben dem Beckenrand, dieser wunderschöne Mann. Er lächelte. Kein Wunder, so wie dieser Bauchplatscher ausgesehen haben musste. Liz strich ihr nasses Haar zurück. Ganz sicher lief ihr die Wimperntusche in Rinnsalen übers Gesicht. Sie wischte unterm Auge vorsorglich etwas herum, nickte dann bemüht lächelnd. »Ja, alles super. Läuft bei mir.«

Er musste kurz lächeln, wurde dann wieder ernst. »Wieso liegst du dann nicht mit Cristian in zerwühlten Laken?«

Erstaunt sah sie ihn an. Offenbar wussten alle auf dieser Finca von ihren Gefühlen, was die Sache noch unangenehmer machte. »Cristian hat sich spontan anders entschieden, überlegt offenbar, ob er nicht doch wieder Valeria cool findet«, sagte sie und zuckte die Schultern. »Was solls?«

»Hey. Von wegen was solls.« Er ließ sich, obwohl er eine kurze Hose und T-Shirt trug, zu ihr ins Wasser gleiten. Was sollte das denn jetzt werden? Ein Annäherungsversuch? Aber Alexander tat nichts dergleichen, sah sie mitleidig an. »Du bist eine tolle Frau, Liz.« Sie standen beide am Beckenrand.

»Nicht toll genug für ihn, offenbar.«

»Hey, wo bleibt dein Selbstbewusstsein?«

»Dem ging es hier wunderbar. Aber gerade ist es baden gegangen.«

Er lachte, wurde dann wieder ernst. »Wenigstens dein Humor nicht auch noch.«

»Galgenhumor nennt man das wohl.« Sie lenkte ab. »Und bei dir? Ich hoffe, zwischen dir und Isabelle ist jetzt wieder alles in Ordnung?«

Er überlegte kurz. »Im Moment ja. Und darüber bin ich so was von glücklich. Aber du weißt ja, wie das mit Beziehungen ist, man muss ständig daran arbeiten.«

»Ist das so?« Sie stemmte sich am Beckenrand hoch, setzte sich dorthin, zog ihr Bein aus dem Wasser. Ganz aufweichen sollte ihre Wunde ja auch nicht. Alexander setzte sich neben sie, triefnass.

»Ja, muss man, jeden Tag. Also fast jeden.« Er sah sie bedeutungsvoll an.

Liz sah auf. »Du meinst, ich soll um Cristian kämpfen?«

»Auf jeden Fall. Mein alter Kumpel ist ein prima Typ. Also nach mir eindeutig das Beste, was einer Frau passieren kann.« Er grinste. »Scherz. Nein, aber es lohnt sich doch wohl schon, oder nicht? Außerdem glaube ich nicht, dass er Valeria noch wirklich liebt.«

»Wie kommst du da drauf?«

»Ich kenne die beiden als Paar von damals. Sie haben sich oft gestritten. Mit dir war er immer ganz gechillt.«

»Könnte es sein, dass es ihm langweilig war mit mir und er auf temperamentvollere Frauen steht?«, erwiderte sie.

»Nein, das ständige Streiten mit Valeria damals hat ihn genervt. Das hat er mir auch mal gesagt.«

»So, so. Aber gegen seine Gefühle ist man manchmal machtlos.« Sie seufzte und lächelte Alexander an. »Aber danke, dass du mir zuredest. Ich überlege mir das mal, ob ich um ihn kämpfe. Oder ob ich es sein lasse. Eigentlich will ich keinen Mann, um den ich kämpfen muss.«

»Das verstehe ich auch.« Alexander legte freundschaftlich seinen Arm um sie, zog sie kurz zu sich. Nur einen kurzen Moment. Dann ließ er sie los. Und Liz wurde warm ums Herz. Solange es Menschen wie Alexander, Isabelle, Josy und die anderen Mädels aus den Läden am Meer gab, war das Leben wunderschön. Und dennoch: Sie hatte sich in Cristian verliebt. Das sagten ihr ihre Schmerzen in der Brust. Und sie hoffte so sehr, dass er ihre Gefühle erwiderte, sich ihrer bewusst wurde und nicht wieder mit Madame Penelope zusammenkommen würde. Bitte nicht!

* * *

Ein großes Stück Schokoladenkuchen wurde vor Liz auf den Tresen gestellt. Josy sah sie mitleidig an. »Hier, das tut dir jetzt gut. Schokolade hilft immer und macht glücklich. Schokoladenglück.« Liz musste schmunzeln, nahm die Gabel vom Teller und steckte sich einen großen Bissen Schokokuchen in den Mund. Ein herrlicher schokoladiger Geschmack erfüllte ihren Gaumen. Es war die richtige Entscheidung gewesen, hierherzukommen, ins »Schokoladenglück & Meer«. Sie hatte es nicht mehr ausgehalten auf der Finca, wollte nicht weiter mit Alexander reden, sondern mit einer Frau, die sie eher verstand. Bei Josy stand auch Teresa mit einer Tasse Café solo in der Hand, eine der anderen Ladeninhaberinnen, die gerade für einen Ratsch rübergekommen war. Die beiden hatten sich Liz' Geschichte von ihrem »Eigentor«, wie sie es nannte, angehört. »Du konntest ja nicht wissen, dass seine Ex mit dieser Intrige nichts zu tun hatte und jetzt für ihn die Unschuld vom Lande ist.«

»Und selbst wenn, hätte ich niemals gedacht, dass es *das* bei Cristian auslöst. Das heißt doch nur, dass er noch viel für sie empfindet«, stellte Liz unglücklich fest und nahm erneut einen Bissen. »Findet ihr nicht?«, fragte sie mit vollem Mund.

Josy und Teresa warfen sich kurz einen Blick zu. Liz war zum Heulen zumute. Die beiden sagten nichts, dachten es also auch.

»Das heißt nur, dass der Arme total durcheinander ist«, stellte Teresa in ihrer pragmatischen Art fest. »Wäre ich auch, wenn ich mein komplettes Leben aufgegeben hätte, weil mir von einer Freundin so was Krasses vorgeworfen wird und mein Verlobter sich sofort gegen mich richtet. Und sich dann rausstellt, dass er nichts dafürkann, dass meine frühere Freundin die alleinige miese Wurst war.«

»Und eine arme Wurst. Fabio hat es aus Liebe getan, aus Angst, seine große Liebe Valeria zu verlieren«, sagte Liz und seufzte. »Na ja, und Alexander, also Isabelles Alexander von der Finca, der meint, ich soll um Cristian kämpfen, es lohnt sich.«

Josy presste die Lippen zusammen. »Dazu könnte ich jetzt einiges sagen, aber das lass ich lieber.«

Was sollte das denn nun wieder heißen?

»Mensch, Josy, jetzt musst du aber schon damit rausrücken. Schau, die arme Liz.« Teresa stemmte die Hände in ihre Hüften und sah Josy herausfordernd an.

Josy nickte, fuhr fort: »Okay, so viel: Ich hab auch mal um einen Mann gekämpft, aber das war nicht von Erfolg gekrönt. Vielleicht klappt es ja bei dir, Liz. Ganz bestimmt.«

»Oje«, erwiderte diese nur und nahm erneut einen Bissen Schokokuchen. »Ich sag ja, kämpfen will ich nicht. Entweder es passt oder – nicht.«

Teresa sah sie an. »Liz, richtig so. Ich bin mir sicher, dass es bei euch passt, nach dem, was Josy so erzählt hat.« Sie klatschte in die Hände, versuchte, das Thema zu wechseln. »Morgen ist

Olivenernte, Mädels, und das ist ein super Event. Da konzentrieren wir uns jetzt drauf. Vergesst die Männer.«

Liz lächelte sie dankbar an. Teresa schien auch keine besonders guten Erfahrungen mit Männern gemacht zu haben. Außer Matilda waren die Ladenbesitzerinnen alle solo, wie Josy ihr einmal erzählt hatte. Matilda war mit einem Mallorquiner verlobt.

Liz sagte bemüht zuversichtlich: »Ihr habt recht. Freuen wir uns auf die Olivenernte. Sie soll ja der Seele guttun. Und vor allem freu ich mich, weil ihr auch alle mitmacht.«

»Genau, das ist die richtige Einstellung. Mit uns wird das in jedem Fall eine Gaudi.« Teresa legte ihre Hand kurz auf Liz' Arm und streichelte nett darüber.

Bei diesen sympathischen Frauen fühlte sich Liz wohl und deshalb freute sie sich wirklich auf morgen. Auch wenn sie dann von früh bis spät Cristian sehen würde.

Kapitel 17

Ihr Wecker schrillte, gefühlt fünf Stunden zu früh. Denn um nicht in der prallen Mittagshitze ernten zu müssen, hatte Cristian allen Helfern und Helferinnen gesagt, besser früh mit der Olivenernte anzufangen. Nach einem leichten Lunch sollte es eine Siesta geben und am Spätnachmittag würde es mit dem Pflücken und Pressen der Oliven weitergehen. Abends stand für alle freiwilligen Helfer ein Essen auf der Veranda auf dem Programm, mit Wein, mallorquinischen Köstlichkeiten und Oliven. Es klang nach einem tollen Tag, auf den sich Liz ja auch die ganze Zeit gefreut hatte. Aber jetzt fühlte sie sich, als hätte sie heute Nacht keine Sekunde geschlafen und sähe aus wie durch die Mangel gedreht. Viel nachgedacht hatte sie heute Nacht, sich stundenlang von der einen auf die andere Seite gewälzt. Und dann war sie zu dem Schluss gekommen, bei ihrem Bauchgefühl zu bleiben. Sie würde nicht um ihn kämpfen. Er musste es selbst kapieren. Sonst eben nicht. Liz rappelte sich auf, zog sich ihre bequemste Shorts an, cremte sich mit Sonnenmilch ein. Daran hatte Cristian sie erinnert. Ein fürsorglicher Mann, ohne Zweifel. Sie beschloss, den Tag mit den Mädels zu genießen, sich auf das leckere Essen zu freuen und nicht mehr zu erwarten. Denn immer, wenn sie viel erwartet oder erhofft hatte, war sie enttäuscht worden. Als Kind an Weihnachten, als Jugendliche bei einem Schwarm. Und auch später bei den Männern, mit denen sie zusammen gewesen war.

Vor der Finca hörte sie bereits Stimmen. Josy und Teresa waren zu hören, Alexanders Stimme konnte sie auch ausmachen. Er und Isabelle hatten sich zur Ernte gemeldet, um den meditativen Aspekt selbst zu erfahren. Und Anouk freute sich darauf, Picasso zu streicheln und ihm später beim Mahlen der Oliven in der Ölmühle zuzusehen. Sie wollte ihm dann immer Wasser geben, damit er das schaffte, hatte die Kleine fürsorglich gesagt.

Als Liz aus ihrem Zimmer trat, die Sonnenbrille auf der Nase, öffnete genau in dem Moment Cristian seine Zimmertür und sie wäre beinahe gegen ihn gelaufen. Liz blieb abrupt stehen, Cristian ebenso. Verlegen sah er sie an. »Es tut mir leid, Liz.«

Ihr Atem stockte. Was genau meinte er? Wie er reagiert hatte, nachdem sie sich so für ihn eingesetzt hatte? Oder dass er sich für Valeria entschieden hatte?

»Kein Problem«, erwiderte sie bemüht locker. »Geht es los? Oder kann ich noch rasch einen Café solo trinken?«

»Was? Ja, natürlich. Auf dem Herd steht einer für dich, der ist noch heiß. Ich hatte gerade nur etwas in meinem Zimmer vergessen, ich habe schon einen getrunken.«

»Gut.« Rasch bog sie ab in die Wohnküche, schloss die Tür hinter sich. Sie atmete durch. Auf dem Herd stand eine Espressokanne und Liz ging dorthin, nahm eine Tasse aus dem Regal und schenkte sich den köstlich duftenden Espresso ein. Er hatte tatsächlich einen für sie mitaufgebrüht. Im nächsten Moment fiel ihr ein, dass er das vermutlich für jeden Gast gemacht hätte.

Sie trank einen Schluck. Dann sah sie auf der Anrichte eine Bäckertüte, auf der »Panadería Emilio« stand. Ein Zettel klebte daran: »für Liz«.

Sie musste unwillkürlich lächeln, zog zwei frische Ensaimadas mit Zucker und Zimt heraus. Wie sie dufteten! Hungrig biss Liz in eine hinein und ließ den Geschmack auf der Zunge zergehen. Selten hatte sie so gute Ensaimadas gegessen. Doch, bei Josy, vermutlich waren die aus derselben Bäckerei.

Sie schlang das süße Teilchen hinunter, nahm einen Schluck Espresso und wusch sich rasch die zuckrigen Hände. Dann eilte sie hinaus. Ein paar Erntehelfer standen mit Cristian wartend da, offenbar war sie nicht die Letzte. Mindestens Isabelle und Anouk fehlten und Amelie und Matilda, die beiden anderen Ladenbesitzerinnen.

Josy und Teresa begrüßten Liz herzlich und auch Alexander ging auf sie zu und küsste sie rechts und links. Dabei sah Liz Cristians Blick, seine Augen wanderten aber schnell weiter, als hätte er nichts gesehen. Sie erinnerte sich daran, dass er sehr eifersüchtig sein konnte. Bei ihr aber offenbar nicht.

Die Marquardts, beide in Wanderschuhen und praktischer Funktionskleidung, die sie sonst vermutlich an der Nordsee im Sommer trugen, kamen aus ihrer Ferienwohnung und begrüßten alle.

Cristian erklärte, noch kurz warten zu wollen, dann könne es losgehen. Er ging zu seinem Schuppen und kam mit drei seltsamen Geräten in der Hand zurück. Sie sahen aus wie Hexenbesen aus Draht. Er stellte sich vor die Anwesenden und erklärte: »Ihr wisst ja schon, die Oliven ernten wir von Hand, aber die, an die wir nicht hinkommen, schlagen wir mit diesen Rechen herunter. Deshalb werden zuvor unter den Bäumen Netze ausgelegt.«

Frau Marquardt lächelte. »Ich freue mich schon, die meisten Oliven wandern dann wohl in meinen Mund.«

Cristian schüttelte den Kopf. »Das würde ich nicht empfehlen. Direkt vom Baum kann man auch die reifen Oliven nicht essen. Sie sind sehr bitter. Man legt sie in Salzlake ein, erst dann schmecken sie köstlich und dann können Sie essen, so viel sie möchten.«

»Ach, das wusste ich ja gar nicht.« Frau Marquardt klang ein wenig enttäuscht.

»Die Salzlake oder Natronlauge entzieht den Früchten die Bitterstoffe«, erklärte Cristian. »Haltbar gemacht werden die Oliven dann durch Essig- oder Milchsäure. Das kann man aber erst machen, wenn sie ihre Bitterkeit verloren haben.«

»Siehst du, Trudi«, sagte Herr Marquardt mit leichtem Triumph in der Stimme. Was ihm einen bösen Blick seiner Frau einbrachte.

Alexander schmunzelte, warf Liz einen amüsierten Blick zu, den diese erwiderte.

»Und wie lange hält sich ein geöffnetes Olivenglas im Kühlschrank?«, fragte Frau Marquardt. »Mein Willi will die immer nach einer Woche wegschmeißen, aber ich sag, die halten sich doch wochenlang.«

Cristian nickte lächelnd: »Richtig. Ungefähr drei Monate, weil sie ja in Salzlake oder Essigwasser liegen.«

Jetzt warf Frau Marquardt ihrem Mann einen triumphierenden Blick zu.

In dem Moment kam Isabelle, mit Anouk an der Hand. Isabelle sah heute wieder so grazil und umwerfend aus in ihrem weißen Kleid und mit ihrem Strohhut auf den blonden Locken. Ihre Tochter das kleine Ebenbild von ihr. Liz beobachtete Alexander, der den beiden mit einem Blick voller Liebe entgegensah. So wollte Liz angesehen werden, alles andere hatte für sie keinen Sinn.

»Entschuldigt, wir haben etwas länger gebraucht als gedacht.« Ihrem Blick nach zu urteilen lag es an Anouk, aber sie nahm ihre Kleine in Schutz.

»Kein Problem«, entgegnete Cristian nett. »Das hier soll ja auch ein Tag für euch werden. Um zu entspannen, um zu euch zu finden, ganz ohne Stress. Die Oliven rennen nicht davon.«

Frau Marquardt lachte.

Matilda und Amelie kamen, beide in praktischen kurzen Hosen und mit Käppis auf dem Kopf. »*Hola*, da sind wir. Mein Verlobter hat den Wecker ausgestellt«, entschuldigte sich Matilda auf Spanisch.

Aber es schien sie nicht so zu stressen wie Amelie, die wohl schon ungeduldig gewartet hatte, bis Matilda sie endlich abgeholt hatte. »Typisch spanische Mentalitiät«, flüsterte sie Liz zu. »Wir Deutschen sollten uns da wirklich eine Scheibe von abschneiden. Dann haben wir auch weniger Herzinfarkte und Burn-outs. Ich gebe zu, ich habe zwei Jahre gebraucht, bis ich das gelernt habe, und heute Morgen hat es mich wieder wahnsinnig gemacht. So ganz habe ich es also immer noch nicht drauf.«

Liz lächelte, gab ihr recht und da die Truppe jetzt beieinander war, verteilte Cristian die Rechen an die drei Größten. Alexander, Amelie und Herrn Marquardt. »Mit den Rechen könnt ihr gern abwechseln, jeder arbeitet in seinem Tempo, macht genug Trinkpausen und haltet euch, wann immer es geht, im Schatten auf.« Er selbst nahm ein paar Netze zur Hand.

»Aye, aye, Sir«, entgegnete Teresa in ihrer handfesten Art. »Packen wirs. Die ganz reifen Oliven erkennt man daran, dass sie leicht abgehen, richtig?«

»Richtig. Erst schütteln wir die Bäume, dann fallen die reifen ab. Den Rest pflücken wir per Hand oder holen sie mit dem

Rechen herunter. Ein paar Bäume ernten wir noch nicht ab, ich sag euch dann, welche.«

Die kleine Gruppe ging gut gelaunt los.

* * *

Liz folgte den anderen zwischen den knorrigen Olivenbäumen hindurch. Sie musste wieder an ihren Großvater denken, der mit seinem Bruder hier aufgewachsen war. Ganz sicher hatten die beiden schon früh bei der Olivenernte mithelfen müssen. Vielleicht hatte ihr Opa die Früchte von genau demselben Baum gepflückt wie sie jetzt. Diese Vorstellung gefiel Liz. Auch dass sie hier mehr über sein Leben erfuhr. Über ihre Familie, ihre Wurzeln.

Cristian schien sich zu bemühen, sie nicht anzusehen. Zumindest sah er nie zu ihr, wenn sie ihn beobachtete. Alexander dagegen warf ihr immer wieder aufmunternde Blicke zu, schien aber mit seiner kleinen Familie wirklich glücklich zu sein. Er sah Liz nicht mehr interessiert an und das war auch gut so.

Während Liz an dem Olivenbaum neben der kleinen Familie rüttelte, beobachtete sie, wie Alexander Isabelle und Anouk die Oliven abnahm, die die beiden ernteten. Als handelte es sich um Prinzessinnen, denen ihr Diener etwas abnehmen musste. Dieser verrückte, künstlerisch begabte Mann. Dann legte er die Oliven in einen Korb, stand einfach nur da, betrachtete Isabelle und die Kleine, wie sie eifrig weitere Früchte vom Baum pflückten.

Anouk kicherte: »Papa spielt Diener.«

»Immer zur Stelle«, entgegnete der albern. Dann wurde er ernst: »Es ist wie ein Gemälde«, sagte er angetan. »Ich werde es malen. ›Die Olivenernte‹. Ich sehe es vor mir. Und es wird mich immer an diesen Moment erinnern. An unsere bedeutungsvolle Reise.«

Isabelle wandte sich zu ihm, lächelte ihn glücklich an. »Endlich. Endlich hast du wieder Inspiration gefunden, Alexander.«

»Du bist meine Inspiration. Schon immer gewesen. Ohne dich bin ich nichts«, entgegnete er und sah sie voller Leidenschaft an. »Du bist meine einzige Muse.«

Isabelle schien sichtlich ergriffen, hielt ihren Strohhut fest, warf ihm einen Luftkuss zu und arbeitete mit einem Lächeln auf den Lippen weiter. Anouk grinste, ließ ihre Eltern aber in Ruhe.

Liz, die stumme Zeugin dieser berührenden Szene geworden war, freute sich so für Isabelle. Manchmal musste man Fehler verzeihen. Zumindest, wenn derjenige wirklich reumütig war.

Die Liebe ging seltsame Wege. Oft auch viele Irrwege, und Liz fühlte sich, als wäre sie mal wieder auf einem gelandet. Auf einem Irrweg, in einer Sackgasse. Ihr Blick wanderte erneut zu Cristian, auch wenn sie es nicht wollte.

Der stand bei Amelie und Matilda, ein paar Olivenbäume weiter, schüttelte, pflückte und erzählte ihnen gerade, dass Oliven nicht dick machten, wie so viele glaubten.

»Super. Und wann können wir sie dann essen, wie lange müssen sie noch mal in dieser Salzlake liegen?«, hakte Amelie nach. Sie half dieses Jahr zum ersten Mal bei der Olivenernte mit.

»Das dauert ein paar Wochen, ungefähr fünf, erst dann verlieren die Früchte ihre Bitterstoffe.«

»Ach schade, aber na ja, wir sind ja auf der Insel.«

»Ich liebe die Marinade aus Olivenöl mit frischem Knoblauch, Thymian und Rosmarin besonders«, fuhr Cristian fort und Liz merkte ihm an, dass er ganz in seinem Element war. »Die Salzlake muss übrigens immer wieder aufgefüllt werden, damit die Oliven komplett bedeckt bleiben, ansonsten kann sich Schimmel bilden. Aber selbst wenn sich eine weiße Schicht bildet, sie kann einfach abgehoben werden, das schadet den Oliven nicht.«

Amelie sah ihn skeptisch an und verzog angeekelt das Gesicht, aber Matilda bestätigte das lachend. »*Sí,* so hat es mein Vater auch immer gemacht. Wir hatten auch ein paar Olivenbäume, bei Sóller, als ich ein Kind war.« Ihre Miene wurde ernst. »Leider jetzt nicht mehr.«

Cristian sah auf, genau in Liz' Richtung. Sofort arbeitete sie konzentriert weiter.

Die monotone Arbeit tat tatsächlich gut. Man kam in eine Art Flow, in einen Zustand der absoluten Entspannung. Und das war jetzt genau das Richtige. Die Sonne schien und Liz war froh, das Jeans-Käppi aufgesetzt zu haben, das sie in Berlin noch in ihre Reisetasche gesteckt hatte. Der Geruch, den die Oliven ausströmten, war wohltuend. Liz beschloss, sich auf jeden Fall Olivenlotion bei Amelie zu besorgen. Für den Körper und Olivencreme fürs Gesicht gegen Falten.

Josy, Amelie und Teresa scherzten über anstrengende Kunden, die alle drei kannten, nur Matilda wirkte seltsam ruhig. Hatte die Erinnerung sie eingeholt? Die Erinnerung an ihre Kindheit, an den Olivenhain ihrer Familie?

Wieder dachte Liz an ihren Großvater und seinen Bruder. Wieso nur hatten sie ihrer Mutter nie von dieser Finca erzählt? Liz beschloss, nach der Ernte weiterzuforschen, das Familiengeheimnis zu lüften. Sie hatte nichts mehr in der Schublade gefunden, das sie weiterbringen konnte, hatte ihre Suche deshalb innerlich so gut wie aufgegeben gehabt. Sollte sie noch einmal zur Bäckerei Emilio? Oder hatte sie sich die seltsame Reaktion der Bäckereiverkäuferin eingebildet?

Die Stunden vergingen, die Erntehelfer machten öfters Pause, tranken selbst gemachte Zitronenlimonade von Cristian und aßen Ensaimadas aus dieser Bäckerei. Cristian schien dort oft einzukaufen. Kein Wunder, die Teigteilchen schmeckten hervorragend.

Die Arbeit war zwar anstrengend in der Hitze, aber es machte Spaß mit den anderen. Liz genoss die Zeit mit den Frauen, spielte zwischendurch Fangen mit Anouk, die immer mehr auftaute. Als würde mit jeder Olive, die sie pflückte, ein weiterer kleiner Stein von ihrem Herzen fallen. Als sei der große Stein, ihr Trauma, in viele kleine Stücke zerteilt worden. Durch die Tiere auf der Finca, durch die Delfine, den Ausflug mit Picasso oder einfach die Zeit hier mit ihren Eltern. Wer wusste schon, was Kinderherzen heilte? Liz wusste aber eines: Anouk sah wieder glücklich aus, redete mehr und lachte. Und allein das zählte. Wie dieses kleine Wunder geglückt war, spielte jetzt keine Rolle mehr. Auf jeden Fall spielte Cristian, der sich in seinen Pausen immer wieder mit der Kleinen beschäftigt hatte, eine große Rolle, durchfuhr es sie. Dieser außergewöhnlich einfühlsame Mann.

Bei einem köstlichen Picknick nahe den Olivenbäumen saßen die freiwilligen Erntehelfer auf karierten Decken, aßen Manchego-Käse, Chorizo-Salami, Weißbrot und eingelegte Oliven aus dem Glas. Ein einfaches, aber köstliches Mahl. Cristian erzählte ihnen, dass im Jahr 2000 auf Mallorca ein europäisches Gütesiegel für Olivenöl geschaffen wurde: »Oli de Mallorca«. »So kann man sicher sein, dass unsere gute Qualität erhalten bleibt.« Liz kannte das Siegel, hörte gespannt zu. Cristian erklärte weiter: »Zweihundert mallorquinische Ölmarken tragen heute das Siegel. Lebensmittel aus unserer Heimat, unsere Oliven, Tomaten, Orangen, haben einen eigenen Geschmack. Aber das weiß nur der, der sie tatsächlich auf den Tisch bekommt.«

»Und was sollte noch auf dem Etikett stehen?«, fragte Amelie nach, »wenn ich in den Laden gehe und Olivenöl kaufe?«

»Vírgen Extra, also nativ extra. Das bedeutet, dass das Öl einen Säuregehalt von weniger als 0,8 Prozent hat und nicht mehr als 0,1 Prozent Verunreinigungen. Kaltgepresst ist auch wichtig.«

»Und wo befinden sich die meisten Olivenbäume auf der Insel?«, wollte Alexander wissen.

»Besonders in der Gegend um Sóller im Tramuntana-Gebirge werden neben Orangen auch viele Oliven angebaut.«

Alle hatten interessiert zugehört, weitere Fragen gestellt, ihm gelauscht. Dann beendeten sie das Picknick und machten sich wieder an die Ernte. Cristian, Alexander und Amelie schüttelten mit dem Rechen die oberen Oliven ab und Frau Marquardt und ihr Mann sammelten anschließend die Netze am Boden ein und füllten die Oliven in die Körbe. Sie schwitzten dabei, auch das Bücken fiel ihnen schwer, aber sie wollten partout nicht aufhören. Liz und die anderen Frauen pflückten weiter von Hand, die Stimmung war ausgelassen, auch Anouk half mit und es machte der Kleinen sichtlich Spaß.

»Wie kommt es eigentlich, dass die einen Oliven grün, die anderen schwarz sind«, hakte Isabelle bei Cristian nach.

Der erklärte: »Das hat nichts mit unterschiedlichen Sorten zu tun, wie viele denken, sondern mit dem Reifegrad. Meine Sorte ist die auf der Insel verbreitete ›Arbequina‹. Die grünen Oliven sind einfach jünger, die schwarzen durften länger reifen. Deshalb ernten wir ein paar Bäume auch noch nicht ab. Heute holen wir sie grün vom Baum.«

Zum wiederholten Mal fing Liz seinen Blick auf. Konnte er sie nicht endlich in Ruhe lassen? Die körperlich ungewohnte Arbeit war anstrengend, mittlerweile spürte sie jede Faser ihres Körpers. Aber genau das war es wahrscheinlich, was für Städter meditativ wirkte. Körperlich arbeiten, Kopf abschalten. Nur mit Cristian an ihrer Seite gelang das schwer. Selbst wenn sie sich einen Baum vornahm, der möglichst weit von ihm entfernt war, stand er kurz darauf wieder wie zufällig in ihrer Nähe, wie eine Motte, die vom Licht angezogen wurde.

Liz angelte nach einer hoch hängenden Olive, die Sonne blendete sie. Cristians tiefe Stimme ließ sie zusammenzucken. »Alles klar bei dir?«

»Was?« Sie sah ihn ernst an. Natürlich nicht, dachte sie. »Klar«, antwortete sie, aber ihrer Stimme hörte man sicher an, dass sie schwindelte. Es ging ihm auch nicht gut, sie spürte es. Er sah aus, als hätte er sie jetzt gern berührt, schien zwischen zwei Frauen zu stehen. Hatte er Valeria zwischenzeitlich getroffen? Nein, wann auch. Liz wohnte mit ihm in einem Appartement, sie bekam mit, wann der Mann hustete, sich die Zähne putzte, sich im Bett umdrehte. Wie er verschlafen aussah, wie seine Haare verstrubbelt zu Berge standen, wie er halb nackt ins Badezimmer ging. Sie lebte gern mit ihm zusammen, dachte sie. Wie gern wäre sie jetzt zu ihm getreten, hätte ihn in die Arme genommen, alles vergessen! Seinen Duft eingesaugt. Die Stille schmerzte.

»Schmeckt das Olivenöl aus den grünen Oliven eigentlich anders als das aus den dunklen?«, hörte sie sich fragen. Was für eine dämliche Frage, aber um von sich abzulenken, was tat man nicht alles.

Er sah sie an. Wusste, dass es nicht das war, was sie wissen wollte, antwortete aber, wohl auch um diese Stille zwischen ihnen zu übertönen: »Das grünlich-gelbe Öl hat einen fruchtigen, leicht bitterscharfen Geschmack. Das Öl aus den reifen dunklen Früchten schmeckt weniger charakteristisch, hat ein mildes bis süßliches Aroma, dem die Schärfe und Bitterkeit fast völlig fehlen.«

Sie hatte kaum zugehört. »Bitterkeit«, wiederholte sie nachdenklich und sah Richtung Meer.

Dann hörte sie Cristians dunkle Stimme, die ihren Körper vibrieren ließ. »Aber auch Öl reift und verliert mit der Zeit etwas von seiner Schärfe.« Er sah sie vielsagend an.

Sollte das heißen, die Zeit werde ihre Wunden heilen? Wollte er ihr das durch die Olive sagen? Liz wurde wütend, pfefferte die Olive, die sie gerade gepflückt hatte in hohem Bogen in den Korb.

»Dann weiß ich ja Bescheid«, sagte sie, drehte sich um und ließ ihn stehen.

Sie ging zu Josy, die die beiden von Weitem beobachtet hatte. »Autsch, das sah nicht gut aus«, sagte diese. Josy hatte schon eine beträchtliche Menge Oliven geerntet, hielt mit dem Pflücken inne und wischte sich über die Stirn.

»Meine Bitterkeit wird mit der Zeit an Schärfe verlieren, hat er gesagt«, erklärte Liz wütend.

Josy starrte sie stirnrunzelnd an. »Nicht dein Ernst?«

Liz verbesserte sich. »Wenn ich die Olive bin. Also wenn man mich mit einer Olive vergleicht.«

Josy lachte auf. »Also von der Figur her wäre das eine Frechheit.«

Liz musste nun auch schmunzeln. »Vielleicht hab ich es auch total falsch verstanden, bin durch den Wind. Zu viel Sonne, meine Arme fühlen sich an, als hätte ich zehn Tonnen mehrmals hintereinander gestemmt. Ich bin das hier einfach nicht gewohnt.«

»Ich auch nicht.« Josy lächelte. »Aber genau das macht ja den Reiz aus. Mal etwas anderes tun. Nicht Schreibtischtäter sein oder wie wir oft im Laden stehen oder sitzen und die Abrechnung machen. Die Natur holt uns wieder auf den Boden der Tatsachen zurück, finde ich. Also mir hat die Olivenernte die letzten Jahre sehr gutgetan. Besser als jede Therapie«, fügte sie plötzlich aufgewühlt hinzu.

Liz überlegte, ob sie nachfragen sollte, was Josy auf der Seele brannte, aber so wie Josy jetzt reagierte, war eindeutig, dass sie es nicht wollte.

»Themawechsel. Schließ die Augen, spür deinen Körper, erst die Arme, jeden einzelnen … Na los, mach!«

Liz tat wie ihr geheißen. Wie beim autogenen Training ging sie in Gedanken ihren Körper durch, spürte ihn, versuchte, dabei an nichts zu denken. Josy gab mit leisen Worten die Reise vor. »Erst der linke Arm, dann der rechte, sie werden beide ganz schwer …«

Die beiden Frauen scherten sich nicht darum, was die anderen Erntehelfer oder Cristian von ihnen dachten, standen zwischen den Olivenbäumen und machten einfach ihr Ding – und es tat gut.

Als Liz ihre Augen wieder öffnete, fühlte sie sich tatsächlich ein bisschen besser. »Danke, Josy.«

»Da nicht für. Bedank dich bei den alten Olivenbäumen. Sie stehen da, seit vielen, vielen Jahren, haben schon so viel erlebt. Aber sie stehen immer noch. Sie lassen ihre Zweige nicht hängen, sehen auf, in die Sonne. Genau so solltest du auch leben. Wir alle, jeden Tag.«

Liz musste lächeln. »Das hast du schön gesagt. Ein schönes Bild. Ich werde Alexander davon berichten, vielleicht malt er es mir. Aber selbst wenn nicht, werde ich das jetzt für immer in meinem Gedächtnis behalten.«

Josy trat zu Liz, umarmte sie überschwänglich. »Ich bin so froh, dass wir uns kennengelernt haben, Liz. Seelenverwandte findet man nicht so oft im Leben. Ich hoffe, du kommst uns hier auf der Insel ganz oft besuchen.«

Liz nickte überrumpelt. Den Gedanken an ihre Abreise hatte sie die letzten Tage weitestgehend verdrängt. Aber jetzt, wo sich Cristian von ihr distanziert hatte, gab es noch nicht einmal einen Grund, zu verlängern, denn das hatte sie insgeheim überlegt.

Die Oliven mussten am Tag der Ernte gepresst werden, da sonst das Gleiche mit ihnen passierte wie beim Obst in der Küche. Es gab Druckstellen, die braun wurden, und in der Olive würden Gärungsprozesse beginnen. Das frische, knackige Aroma ginge schnell verloren und die Qualität des Olivenöls nähme abrupt ab, hatte Cristian ihnen gesagt. Da der Raum in der alten Ölmühle so eng war, hatte Cristian am Morgen verkündet, dass heute Herr und Frau Marquardt und Josy, Teresa und Amelie dabei sein durften und morgen Liz, Isabelle und Anouk. Alexander und Matilda hatten erklärt, nicht unbedingt beim Mahlen der Oliven dabei sein zu müssen.

Als sie sich alle erschöpft vom ersten Erntetag in ihre Zimmer oder die Mädels kurz in ihre Wohnungen im nahe gelegenen Dorf zurückzogen, um sich für das gemeinsame Abendessen frisch zu machen, sah Liz auf ihrem Handy vier Anrufe von Großonkel Alfonso. Auch das noch. Müde setzte sie sich auf ihr Bett. Auf ein Gespräch mit dem alten Grantler hatte sie jetzt so gar keine Lust. Nachrichten auf dem Smartphone konnte er aber nicht lesen und wie sie ihn kannte, würde er nicht müde werden, weiter anzurufen. Und wenn er sie nicht bald am Apparat hatte, würde er stinksauer sein. Seufzend drückte sie also auf »Antworten«, danach wollte sie rasch unter die Dusche springen.

Alfonso ging sofort ran.

»Lizzy, Kind, wo steckst du? Wieso meldest du dich nie, Herrgott noch mal!?«

»Ich grüße dich auch, Onkel Alfonso. Wie geht es dir?«

Alfonso ignorierte das, sprach einfach weiter: »Ich sitze hier wie auf Kohlen und bekomme fast einen Herzinfarkt! Gibt es denn jetzt etwas Neues oder nicht?«

Bei dem Wort Herzinfarkt schloss Liz getroffen ihre Augen. Es erinnerte sie an den Herzinfarkt von Fabio und an Cristians Reaktion, als er hörte, dass seine Valeria nichts mit der Lüge zu tun gehabt hatte.

»Alfonso«, fauchte sie ihn an und ließ ihre ganze Wut und Enttäuschung an ihm aus. »NEIN! Es gibt nichts Neues. Ich rufe dich schon an, wenn es etwas zu berichten gibt. Aber noch weiß ich nicht, was damals geschehen ist, warum Opa und seine Cecilia nicht geheiratet haben, und den Verwalter schmeiße ich auch nicht raus! Nein, verstehst du? *No!* Ich sage ›nein‹, so wie du es dir gewünscht hast.«

Stille am anderen Ende der Leitung. Ein leichtes Japsen war zu hören.

»Lizzy!« Mehr brachte er nicht heraus. Ein Röcheln war zu hören. Liz war sich zwar fast sicher, dass der Alte schauspielerte, aber nur fast. »Onkel Alfonso? Geht es dir gut?«

Wieder ein Röcheln. Sollte sie ihre Mutter anrufen, dass diese den Notarzt alarmierte? Aber da schien sich ihr Großonkel wieder zu fangen oder er hatte genug vom Theater. »Lizzy, wieso nicht? Wieso wirfst du den Kerl nicht raus?«

»Das spielt jetzt keine Rolle. Viel wichtiger ist: Warum ist Opa alleine nach Deutschland ausgewandert?«

Sie hörte ihn atmen, diesmal kleinlaut, wenn man so atmen konnte.

»Er ist nach Deutschland gegangen, weil … auf Mallorca immer mehr Wälder und Olivenhaine gerodet wurden. Wegen der Touristen. Er hat gesagt, hier haben wir mit unseren Oliven keine Zukunft.« Er hielt inne. Fuhr dann fort: »Jetzt hat sich alles gedreht. Die Touristen lieben die mallorquinischen Oliven, die früher übrigens weltberühmt waren.«

»Onkel Alfonso, komm zum Punkt.« Liz kannte sich selbst kaum mehr. »Was ist damals geschehen? Hast du etwas damit zu tun, dass Opa alleine nach Deutschland ist?«

»Also gut. Ich …« Er hielt inne. »Wirfst du den Kerl dann raus, wenn ich es dir sage?«, hakte er nach.

»Nein.« Ihre Stimme klang entschlossen. Gespannt lauschte sie in ihr Telefon.

»Also gut, du kannst es dir ja im Grunde denken. Ich habe … Cecilia auch geliebt.«

»Ja, das war naheliegend, aber sie liebte doch Opa.«

»Leider«, gab er zu. Liz betrachtete die Kommode in ihrem Raum, in der sie die Briefe gefunden hatte. Mehr aber eben nicht. Sie hatte die Schubladen schon mehrfach durchwühlt. »Und dann?«, half sie ihm auf die Sprünge.

»Ja, also … Ich konnte es nicht ertragen, dass sie Benito geheiratet und ihnen dann unsere Finca gehört hätte. Mein Vater hatte gesagt, der Erste, der heiratet, dem gehört die Finca.« Seine Stimme klang jetzt weinerlich. »Cecilia hatte etwas Besseres verdient als Benito, basta.«

Aufmerksam hakte Liz nach. »Was hast du getan?«

Alfonso schien nach Worten zu ringen, dann sagte er bissig: »Ich habe nichts getan. Auch wenn das alle gedacht haben.«

Dann wurde die Leitung unterbrochen. Klick. Er hatte einfach aufgelegt! Fassungslos starrte Liz ihr Handy an, überlegte, ihn noch einmal anzurufen, aber eigentlich hatte sie jetzt überhaupt keine Lust dazu. Sie wollte nur unter die Dusche, kurz die Beine ausstrecken und freute sich auf das Essen in der Gruppe. Familie konnte man sich nicht aussuchen. Freunde dagegen schon, dachte sie im nächsten Moment. Josy und die anderen Ladenbesitzerinnen, Isabelle, Alexander und auch Cristian fühlten sich nach diesen wenigen Tagen so vertraut an, gaben ihr das Gefühl, nicht allein zu sein, nicht mehr einsam. Wie schön wäre es gewesen, sie alle nach Berlin beamen zu können. Bis auf Cristian, der konnte bleiben, wo der Pfeffer wächst. Oder die Oliven. Basta!

Liz stand auf, zog sich die verschwitzten Klamotten aus, stieg in die Dusche und ließ das erfrischende Wasser über ihren nackten Körper laufen. Es hatte gutgetan, Alfonso Kontra zu geben. Und sie beschloss, sich auch in Zukunft nicht mehr alles gefallen zu lassen.

Kapitel 18

Die Dämmerung hatte bereits begonnen. Es war ein langer Tag gewesen. Während die fleißigen Erntehelfer sich eine Weile ausgeruht hatten, hatte Cristian in der Küche gestanden und ein paar mallorquinische Köstlichkeiten gezaubert. Auch er war müde und seine Arme taten weh. Aber er kannte das schon. Nach einem guten Essen und ebensolchem Wein würde es ihm wieder gut gehen. Cristian hatte den Tisch auf der Veranda für alle Erntehelfer gedeckt und betrachtete sein Werk. Getöpferte Schälchen mit Oliven und brennende Kerzen standen in der Mitte, ebenso Wasserkaraffen mit Limonenscheiben und Minze und bereits geöffnete Flaschen Vino tinto.

Der Wein musste atmen. Genauso wie er. Immer, wenn er Liz begegnete, blieb ihm die Luft beinahe weg. Aber auch, wenn er jetzt wieder an Valeria dachte, die Frau, die er hatte heiraten wollen. Ihre Liebe war etwas Außergewöhnliches gewesen, nie zuvor hatte er so viel empfunden für eine Frau. Nie wieder würde er es tun, hatte er danach gedacht.

Bis Liz in sein Leben geplatzt war. Er nahm eine Flasche Vino tinto und schenkte sich schon mal ein Glas Wein ein. Dann schwenkte er es, roch sein Aroma. Es war subtil, dezent, zurückhaltend. Ein wenig wie Liz. Wäre Valeria ein Rotwein gewesen, hätte es nur ein intensiver, extrovertierter, lauter sein können. Er nahm einen Schluck Wein, ließ ihn kurz im Mund verweilen, genoss ihn wie etwas sehr Kostbares. So unterschiedlich waren sie, diese beiden Frauen. Cristian nahm erneut einen Schluck. Dann einen weiteren.

Vorher hatte er Liz' Stimme im Gästezimmer gehört. Sie hatte telefoniert, dabei so energisch geklungen, wie er sie bisher nicht gekannt hatte. Sie besaß so viele Facetten. Valeria auch, aber sie kannte er natürlich besser, da er ja jahrelang mit ihr zusammen gewesen war.

Er setzte sich, genoss den lauen Sommerabend, den Wein, spürte seine müden Glieder, wartete auf die Gäste.

Dieses Mal hatte er die Olivenernte für sich selbst nicht wirklich genießen können. Sich nicht auf sich konzentrieren, sich nicht entspannen können. Dabei liebte er diese Arbeit sehr. Morgen würde es weitergehen, aber es waren nur noch wenige Bäume, an den restlichen durften die Früchte noch ein wenig reifen.

Er hatte die Ernte dieses Jahr sehr früh angesetzt. Das war gut so, denn so konnte Liz an diesem Event teilhaben. Und auch Isabelle, Alexander und vor allem Anouk. Er mochte die Kleine sehr, sie hatte beeindruckend große Fortschritte gemacht. Es machte ihn glücklich, einen kleinen Teil dazu beigetragen zu haben. Und Picasso natürlich, sein Esel.

Die Tür im Innenraum ging hörbar und kurz darauf kam Liz aus der Finca. Sie hatte sich ein gelbes Sommerkleid angezogen und trug kaum Make-up. Sie sah natürlich und umwerfend aus. Und duftete so gut. Ihre neu erworbene Bräune ließ ihre Haut bronzefarben aussehen, wie gern hätte er sie jetzt berührt. *»Hola«,* sagte sie, aber sehr distanziert.

Er war ein Idiot, ein Esel. Oder hatte er schon zu viel Wein getrunken? Beim Kochen schmeckte er besonders gut und hier auf der Veranda im Sonnenuntergang erst recht.

»Hola«, erwiderte er rau.

»Das sieht umwerfend aus.« Sie betrachtete den Tisch. »Ich bin die Erste?«

Du siehst umwerfend aus und bist die Einzige, hätte er jetzt am liebsten geantwortet. Aber er war sich nicht sicher, wollte ihr nicht noch mehr wehtun als ohnehin schon.

»*Sí.* Setz dich. Ich hole die Tapas.«

»Ich helfe dir.«

»Nein.« Er sah sie ernst an. Noch mehr Nähe wäre jetzt nicht gut gewesen. »Setz dich«, wiederholte er.

Sie zögerte, sagte dann: »Cristian, wir müssen reden.«

Doch ehe er antworten konnte, kamen zum Glück die Marquardts.

»Hach, was für ein herrlicher Tag!«, ertönte Frau Marquardts Stimme. »Ich habe allerdings einen furchtbaren Sonnenbrand und das, obwohl ich Lichtschutzfaktor 30 hatte. Was solls, das war es wert. Aber Willi, du siehst aus wie eine reife Tomate!« Frau Marquardt hörte sich noch aufgedrehter an als sonst.

Ihr Mann sah die beiden entschuldigend an. »Ich lasse meine Frau nie wieder Oliven ernten. Was das mit ihr macht!«, scherzte er. Sein Gesicht sah tatsächlich ziemlich rot aus.

Cristian und Liz lächelten sich kurz amüsiert an. Dann riss er sich von ihr los, ging hinein ins Haus, in die Wohnküche. Er trat zum Waschbecken und stemmte die Arme darauf auf, um durchzuatmen. Einen kurzen Moment verharrte er so, dann öffnete er den Wasserhahn, ließ sich kaltes Wasser in die Hände laufen und benetzte sein Gesicht und seinen Nacken damit.

Es half nichts, er musste zurück zu ihr, er wollte es auch.

Nachdem die Mädels vom Meer, wie er sie gern nannte, dazugestoßen waren, alle hübsch zurechtgemacht und duftend, gab es Essen und Wein. Nach kurzer Zeit wurde viel gelacht. Josy und ihre Freundinnen waren gut drauf, Liz schien sich mit ihnen sehr wohl zu fühlen. Und Isabelle und Alexander scherzten mit.

Cristian lehnte sich einen Moment zurück und beobachtete seine Gäste, denen die Olivenernte offenbar mehr als gutgetan hatte. So gelöst hatte er sie alle lange nicht mehr erlebt.

Da hörte er sein Handy klingeln, Beethovens Fünfte. Es lag in der Wohnküche. Wer konnte das um diese Uhrzeit sein? Ein Notfall in seiner Familie, durchfuhr es ihn. Sofort stand er auf, ging in die Küche und nahm ab.

»*Hola?*«

Ihre sanfte Stimme hätte er unter Hunderten sofort erkannt. Valeria. »Cristian, ich brauche dich«, sagte sie nur. Dann nichts mehr.

Sein Mund wurde trocken, er schluckte.

»Wobei?«, hakte er nach. Dabei wusste er genau, wie sie es gemeint hatte.

Sie atmete. Er erinnerte sich an ihre Telefonate, nachdem sie sich kennengelernt hatten. Wie oft sagte keiner ein Wort! Wie oft hatten sie sich einfach nur gehalten! Er hatte es geliebt, fand es ungewöhnlich für eine Frau. Valeria redete manchmal nicht viel, aber was sie dann irgendwann sagte, hatte ihn jedes Mal beeindruckt. Damals.

»Cristian, du bist mein Leben«, sagte sie jetzt voller Leidenschaft. Er ließ sich auf einen Küchenstuhl sinken.

»Was möchtest du?«, hörte er sich sagen.

Sie atmete: »Cristian, verzeih mir, ich wusste es nicht.«

»Ich habe dir bereits verziehen.«

»Das ist gut, dann kann ich jetzt beruhigt schlafen. Sehen wir uns morgen?«

»Morgen? Nein, wir ernten morgen noch mal Oliven.«

Sie schluckte. »Dann übermorgen. In Alcúdia in unserem Café. 11 Uhr.«

»Gut, übermorgen, in unserem Café«, wiederholte er. »Gute Nacht, Valeria.«

»Bona nit.« Sie legte auf. Es war keine Frage gewesen. Sie hatte es so bestimmt.

Cristian sah auf sein Telefon, hörte die Stimmen und das Lachen seiner Gäste und Erntehelfer von draußen. Hatte er Valeria wirklich verziehen? Oder nur ein bisschen? Er wusste es nicht. Sie hatte sich sofort auf Fabios Seite geschlagen. Nur Fabio geglaubt und nicht ihm. Aufgrund seiner Eifersucht, vor der sie Angst hatte, wie sie beteuerte. Wegen dieser sei die Sache für sie klar gewesen war.

Diese Sucht hatte so viel zerstört. Aber inzwischen hatte er sie im Griff, das hoffte er zumindest. Die Arbeit hier auf der Olivenplantage hatte ihm dabei geholfen. Vor allem Picasso hatte ihm auch in diesem Punkt vor Augen geführt, was für ein Dummkopf er gewesen war, so rasend eifersüchtig zu sein. Dass man andere nicht besitzen konnte, sie nur vertrieb, wenn man klammerte. Picasso, der immer wieder ausbüxte, genoss seine Freiheit und hatte ihm wieder klar gemacht, dass das für jedes Lebewesen wichtig war, vor allem für ihn. Durch diesen Esel hatte Cristian seine Freiheit lieben gelernt. Sollte er sich jetzt wirklich wieder auf eine Frau einlassen? Konnte es nicht einfach eine gute, tiefe Freundschaft werden zwischen Liz und ihm? Und auch zwischen Valeria und ihm. Gute Freunde konnte man nie genug haben. Ehrliche Freunde, die einen nicht hinters Licht führten wie Fabio. Seit damals misstraute er vielen. Seitdem hatte er sich kaum noch auf Menschen eingelassen. Tiere konnten nicht intrigant sein.

Er hörte von draußen Josys Stimme, die etwas von einer Schnorcheltour erzählte.

Cristian legte sein Telefon beiseite, wollte wieder hinaus zu seinen Gästen. Da ging die Tür zu seinem Badezimmer auf und Liz trat heraus. Er hatte gar nicht mitbekommen, dass sie ins Appartement gegangen war. Ihrem Blick nach zu urteilen, hatte sie etwas von dem Gespräch mit Valeria mitbekommen.

Sie wirkte noch verletzter als zuvor, ihre Augen glitzerten im Schein der Lampe im Flur.

Beide sagten kein Wort, gingen nacheinander hinaus zu den anderen, setzten sich an den Tisch und versuchten, sich nicht anzusehen.

* * *

Am nächsten Morgen spürte Liz jeden Knochen. Dass ein Mensch so viele besaß, hatte sie zwar in Biologie in der Schule gelernt, es aber wieder vergessen. Am liebsten hätte sie jetzt gestöhnt, aber sie dachte sofort an Cristian, der hinter dieser Wand vermutlich ebenfalls noch in seinem Bett lag und sie gehört hätte. Dennoch hatte sie Lust, weiter Oliven zu pflücken. So ungewohnt und anstrengend der Tag gestern gewesen war, so innerlich beseelt hatte sie sich gefühlt. Oder lag es an seinen Blicken beim Abendessen, die nach dem Telefonat trotz aller Mühe, einander nicht anzusehen, immer mehr wurden? Demnach schien er sich noch nicht für Valeria entschieden zu haben, auch wenn die Gesprächsfetzen, die sie im Bad gehört hatte, danach geklungen hatten. Oder lag es am Vino? Liz wollte sich jetzt nicht verrückt machen. Sie stand mühevoll auf, fühlte sich wie eine Neunzigjährige, ging zur Tür, um ins Bad zu huschen. Kurz zögerte sie. Bisher hatte es ihr nichts ausgemacht, ihm morgens ungeschminkt und im Schlaf-T-Shirt im Flur zu begegnen, aber heute fühlte sie sich so zerknautscht wie ein Sofakissen. Es half ja nichts. Sie schlich sich hinaus, huschte ins Bad. Geschafft.

Josy und die anderen Mädels jammerten zwar auch etwas über ihre müden Knochen, als sie sich bei den Olivenbäumen in der Sonne trafen, aber sie klangen gut gelaunt und scherzten schon wieder. Die Olivenernte bei Cristian fand extra am Montag und am Dienstag statt. Montag war eh der Ruhetag bei den meisten der kleinen Läden am Meer, und heute, am Dienstag, hatten die Frauen ihren Laden ausnahmsweise auch noch geschlossen. Nur bei Josy, die heute wieder für eine Bootstour gebucht worden war, hielt ihr Skipper die Stellung und machte die Tour ausnahmsweise alleine.

»Die Olivenernte lass ich mir nicht entgehen«, hatte Matilda gesagt. »Sie tut so gut und es ist so ein schönes Event.«

Liz gab ihr recht. Wenn ihr Gefühlschaos nicht gewesen wäre, hätte sie es so richtig genießen können.

Sie schüttelten weiter die Olivenbäume, die Cristian ihnen zeigte, sammelten die Netze auf, in die die Früchte gefallen waren. Anschließend sortierten sie Blätter und Äste heraus, auch die Marquardts, Isabelle, Alexander und Anouk halfen wieder mit. Heute sollten Liz, Isabelle und Anouk dabei sein, wenn die frisch geernteten Oliven in der alten Ölmühle gepresst wurden. Cristian versorgte erst einmal alle mit selbst gemachter Limonade. Dazu hatte er einen Korb mitgebracht, in dem abgefüllte Wasserflaschen mit Limonenscheiben darin und Gläser standen.

»Picasso macht das so toll, diese Mühle zu drehen. Dass er so stark ist, hätte ich vorher nie gedacht«, sagte Isabelle gerade und blies sich eine Haarsträhne aus dem Gesicht.

Sie lächelte Liz an. »Oft sieht man es jemandem nicht an, wie stark er ist«, fuhr sie fort. »Besonders uns Frauen nicht, was?«

Liz musste lächeln. Wie wahr.

Alexander und Cristian protestierten gespielt. Heute wirkte Cristian etwas lockerer. Was hatte das zu bedeuten, fragte sich Liz. Sie fing seinen Blick auf. Seine warmen Augen ruhten auf ihr. Der Mann machte sie kirre.

Isabelle lenkte sie zum Glück ab, als sie zu ihr trat, mit einem Glas Limonade in der Hand. »Magst du? Viel trinken ist wichtig. Und gut für die Haut.«

»Danke, sehr gern.« Liz trank in großen Schlucken, der Limonengeschmack war köstlich.

Nach einigen Stunden hatten sie die Olivenbäume, die ihnen Cristian gewiesen hatte, abgeerntet, alle Blätter und Zweige heraussortiert und die Oliven in den Körben zur Ölmühle gebracht. Josy, Teresa, Amelie und Matilda verabschiedeten sich, um wieder in ihre Läden zu gehen.

Cristian umarmte die Frauen herzlich, nahm sie fest in die Arme und drückte jede. Dann dankte er ihnen sehr. Er versprach ihnen, wie besprochen Olivenöl und Olivenmus vorbeizubringen, wenn es fertig wäre. Auch Alexander verabschiedete sich von der Truppe, er wollte auf seine kleine *family* im Pool warten und dort ein wenig chillen und seine »alten Knochen« pflegen.

Die Marquardts erklärten, Siesta halten zu wollen. »Aber ich bedanke mich vielmals, sehr verehrter Cristian«, begann Frau Marquardt und kämpfte fast mit den Tränen. »So ein Erlebnis, so einfach, aber so besonders. Das hätte man bei keinem Reisebüro buchen können.«

Cristian lächelte. »Freut mich sehr, dass es Ihnen gefallen und gutgetan hat.«

Frau Marquardt knuffte ihren Mann, der neben ihr stand, in die Seite. Der zuckte zusammen. »Hat es doch, oder Willi?«

»Was? Ja, ja, sehr. Was dir guttut, tut mir auch gut, mein Täubchen.«

Liz und Isabelle sahen sich an und mussten heimlich grinsen. Ein seltsames Paar, aber sie schienen wie füreinander geschaffen zu sein. Gut, dass sie sich dank Cristians Einfluss hier wieder nähergekommen waren. Denn das hatte Frau Marquardt Liz erzählt. Dass sie vor ihrem Aufenthalt hier auf der Finca überlegt hatte, ihren Mann zu verlassen, jetzt aber, dank Cristian, wieder wusste, was sie an ihrem Willi hatte.

Beeindruckt hatte ihr Liz zugehört und wieder dieses warme Gefühl in ihrem Magen gespürt.

Cristian bat Liz, Isabelle und Anouk, ihm zur Ölmühle folgen. Sie taten es. Liz konnte nicht anders, als auf seinen breiten Rücken zu sehen, seinen schmalen Hintern, seine sportlichen Beine.

Picasso wartete vor der Mühle. Cristian streichelte dem Tier über den Kopf, legte ihm sein Geschirr an, das neben der Mühle bereitlag, und ging mit ihm hinein.

Anouk nahm Isabelles Hand und lächelte ihre Mutter an. »Guck, Picasso freut sich, das sieht man, Mama.«

»Das siehst du, Schatz?«, hakte Isabelle nach.

»Ja.« Mehr sagte Anouk nicht.

Cristian bestätigte. »Er freut sich, wieder etwas zu tun zu bekommen. Anouk, du scheinst die Mimik der Tiere zu verstehen.«

Anouk strahlte stolz und Liz freute sich so sehr, dass es der Kleinen hier immer besser ging, von Tag zu Tag. Alexander und Isabelle hatten sich inzwischen auch geeinigt, keine weitere Therapie mehr anzufangen, sondern lieber so oft es ging hierherzukommen.

In der Mühle schlug ihnen der Duft von Oliven entgegen. Hier standen bereits die Körbe voller Früchte. Alle Helfer hatten sie dort abgestellt. Es war kühl und erfrischend. Cristian nahm einen Korb hoch, erklärte dabei, was er jetzt machte, schüttete Oliven auf den Mahlstein, schnallte Picassos Holzgeschirr so an, dass er gleich im Kreis gehen und die Oliven gemahlen werden konnten.

»Die Kerne bleiben drin?«, hakte Liz nach.

Er sah sie an. »Ja, sie gehören zusammen.«

Spielte er auf sie an?

Cristian räusperte sich, sprach weiter: »Das Fruchtfleisch enthält das meiste und beste Öl, etwa siebzig Prozent. Und ungefähr dreißig Prozent des Öls befinden sich noch im Kern der Olive.«

»Ach wirklich?«, hakte Isabelle erstaunt nach.

»Ja. Beim Mahlen der Olive gehen viele der gesunden Inhaltsstoffe in das Öl über.« Cristian schien wieder in seinem Element.

»Das ist interessant.« Isabelle wandte sich an ihre Tochter. »Hast du gehört?«

Anouk nickte beeindruckt.

»Olivenöl ist also sehr gesund, richtig, Cristian?«, fuhr Isabelle fort.

»Oh ja. Es gibt wissenschaftliche Untersuchungen, die das bestätigen. Und es ist auch Hauptbestandteil der mediterranen Diät und die tut den Menschen schon seit der Antike gut.«

»Und für was ist es gesund?«, hakte die kleine Anouk nach.

»Es beugt allen möglichen Krankheiten vor, Demenz, also Vergesslichkeit im Alter, Krebs, es schützt vor Herzerkrankungen …«

»Boah.« Anouk sah ihn beeindruckt an, dann wieder Picasso, der bereits seine Kreise zog. Eingespannt in sein hölzernes Geschirr, bewegte er den trichterförmigen Läuferstein, der im Kreis über den Bodenstein walzte und die Oliven unter ihm zu einer Paste zerquetschte.

Plötzlich sang Anouk mit ihrer feinen Stimme mit: »Rundherum, rundherum, immer rundherum …«

Es klang wie ein Lied, das sie in der Schule oder im Kindergarten gelernt hatte, Liz kannte es nicht, aber sie sah, dass Isabelle Tränen in den Augen hatte. Wie sie Liz bei einem ihrer Freundinnen-Nachmittage auf der Finca erzählt hatte, hatte es Anouk vor dem traumatischen Unfall geliebt, zu singen, war sogar im Chor gewesen, hatte seitdem nie wieder gesungen.

Liz lächelte Isabelle berührt an, nahm hinter Anouk kurz Isabelles Hand und drückte sie einen Moment. Auch Cristian schien seinem Gesichtsausdruck nach zu wissen, was das für Isabelle bedeutete.

Ein magischer Moment, Picasso zog seine Bahnen, der Duft der Oliven wurde immer intensiver und Anouk sang.

Kapitel 19

Als Cristian am Morgen nach der Olivenernte aufwachte, hörte er aus dem Gästezimmer nebenan ein knarzendes Geräusch. Liz. Am liebsten wäre er zu ihr gegangen, aber heute würde er Valeria treffen. Das Pflücken und Mahlen der Oliven gestern und vorgestern hatte in Cristian wieder bewirkt, dass er sich innerlich ruhiger fühlte. Wohl deshalb war er vor dem anstehenden Treffen mit Valeria nicht so aufgeregt, wie er es sonst vielleicht gewesen wäre.

Das Abendessen mit den Erntehelfern gestern war wieder fröhlich und ausgelassen gewesen. Der Vino hatte sicher einen Teil dazu beigetragen. Liz war ihm aus dem Weg gegangen, ließ ihn sein, und dafür war er ihr dankbar. Jede andere Frau hätte ihn bedrängt, zu reden.

Cristian fuhr sich übers Gesicht, setzte sich auf, strubbelte sich durchs Haar und ging nackt, wie er immer schlief, zur Tür seines Zimmers, um das Bad aufzusuchen. Gerade noch rechtzeitig fiel ihm ein, dass er ja Liz begegnen konnte, so stoppte er, schnappte sich eine Shorts und zog sie über.

Liz war offenbar schon im Bad gewesen. Sie hatte geduscht, es roch nach Orangen-Limetten-Shampoo und ihr. Cristian sah sich im Spiegel an, der vom Wasserdampf etwas beschlagen war. Sollte er Valeria nicht besser absagen?

* * *

Die Playa de Alcúdia erinnerte Cristian immer an den Sommer, in dem er sich in Valeria verliebt hatte. Es war besonders heiß gewesen, kurz nachdem sie sich bei einer Party kennengelernt hatten, schwammen sie hier zusammen in diesem türkisblauen Wasser. Er wusste noch, wie er auftauchte und in ihren wunderschönen, leidenschaftlichen Augen versank. Noch nie hatte er eine Frau wie sie getroffen. Geheimnisvoll. Klar in ihren Gedanken, verletzlich, sensibel. Aber sie konnte auch hysterisch werden. Wenn ihr etwas nicht passte, wenn er zu lange in der Klinik zu tun hatte, wenn sein Chef drohte, ihm seinen Job als Oberarzt zu nehmen. Sie stammte aus einem armen Elternhaus, einer einfachen Arbeiterfamilie vom spanischen Festland. Schon früh hatte Valeria erfahren, was es bedeutete, wenig Geld zu haben. Schon früh hatte sie von ihren Mitschülern gesagt bekommen, dass sie hässliche Kleider trug. All das wollte Valeria nicht mehr.

Valeria wusste, dass er nach der Sache mit Fabio den Arztberuf an den Nagel gehängt hatte, dass er auf dieser Finca Menschen heilte, mithilfe der Natur und der Tiere. Offenbar schien es ihr nichts auszumachen, denn so wie sie am Telefon geklungen hatte, wollte sie ihn zurück. Bedauerte sie ihre Entscheidung für Fabio? Oder lag es daran, dass dieser nicht mehr so viel Geld wie früher besaß?

Cristian saß in ihrem damaligen Lieblingscafé in der Sonne, es lag nur wenige Meter vom Strand entfernt. Er blickte aufs Meer, beobachtete die Touristen, die sich an der Schönheit des Strandes erfreuten, zwei Kinder, die mit ihren aufblasbaren Flamingo-Schwimmringen ins Wasser rannten.

Eine junge Kellnerin trat zu ihm, fragte erneut, ob er etwas bestellen wolle.

»Ein Glas Wasser«, sagte er. Er brauchte jetzt einen klaren Kopf, Vino hatte er gestern Abend genug getrunken und es war auch viel zu früh dafür.

Valeria kam wie immer zu spät. Er war es damals gewohnt gewesen, aber mittlerweile fand er Menschen, die andere Menschen warten ließen, respektlos.

Gerade als die Kellnerin das Wasser brachte, trat Valeria zu ihm und lächelte ihn an. »*Hola*, Cristian.« Sie sah wunderschön aus. Trug ein eng anliegendes Kleid, das ihre zierliche Figur betonte. Roten Lippenstift, eine Sonnenbrille im Haar. Keine Entschuldigung, wie immer. Sie setzte sich, ihre Bewegungen glichen denen einer Primaballerina. Sie schlug ihr Bein elegant über das andere, sah ihn an, lächelte. »Du bist gekommen. Du hast mir das mit Fabio verziehen. Er ist mir nicht wichtig. Nicht mehr.«

Er sagte nichts dazu. »Was möchtest du trinken?«

»Einen Café solo.«

Er winkte der Kellnerin, bestellte.

Einen Moment sahen sie sich nur an. Cristian suchte in ihren Augen, das, was ihn damals verrückt gemacht hatte vor Leidenschaft.

Sie lachte unsicher auf, wandte ihre Augen mit einem lasziven Wimpernschlag ab, ehe er fündig werden konnte. »Was siehst du mich so an?« Sie blickte aufs Meer. »Ich liebe dieses Café, diesen Blick«, sagte sie leise.

Was hätte er damals dafür gegeben, ihre Stimme zu hören, mit ihr hier sitzen zu dürfen. Irgendwann saß sie hier mit Fabio, nicht mehr mit ihm. Die Erinnerung an seine Qualen suchte ihn heim. Wie sehr hatte er sie geliebt! Konnte man jemals aufhören, einen Menschen zu lieben, den man so sehr begehrt hatte?

* * *

Frische Brötchen und Croissants, Orangenblütenhonig und Orangenmarmelade, Manchego-Käse, frischer Kaffee und ein kleiner Blumenstrauß standen auf dem kleinen Tisch. Der Frühstückstisch auf der Veranda von Isabelles Ferienwohnung war liebevoll gedeckt. Den Blumenstrauß hatte Anouk zusammen mit Alexander in Cristians Garten gepflückt. Liz saß mit der kleinen Familie am Tisch, konnte das Frühstück nicht wirklich genießen. Vermutlich jetzt saß Cristian mit Valeria in ihrem Café. Zumindest hatte es, als sie ihn mit ihr telefonieren gehört hatte, so geklungen. Isabelles Stimme riss sie aus ihren Gedanken: »So schade, dass wir bald abreisen müssen.«

»Ja, das ist es«, bestätigte Liz.

»Papi, können wir ganz bald wiederkommen?«, fragte Anouk.

»Sehr gern, Süße«, erwiderte Alexander. »Es geht aber nur in den Schulferien.«

Anouk nickte mit einem kleinen Lächeln auf den Lippen. Alexander und Isabelle warfen sich glückliche Blicke zu.

Liz nahm einen Schluck Kaffee, trank ihre Tasse aus, freute sich für die beiden, aber im Grunde war ihr gerade nicht nach glücklichen Paaren, die sie daran erinnerten, was in ihrem Leben immer noch fehlte. Und sie wollte jetzt auch nicht über Cristian sprechen. Sie stand auf.

»Ich lasse euch jetzt alleine, ich muss noch ein paar Dinge erledigen.« Zum Glück fragte keiner der beiden nach.

»Schade, aber klar«, erwiderte Isabelle aufmunternd lächelnd.

Liz ging über den Hof, überlegte einen Moment, in ihr Zimmer zu gehen, aber da es in Cristians Appartement lag, erinnerte es zu sehr an ihn. Sie marschierte weiter zu den Ställen, sah nach Picasso und der Ziege, streichelte beide. Sie sahen zufrieden aus, hatten genug Wasser, hier gab es nichts zu tun. Liz spürte ihre Nervosität darüber, was wohl zwischen Cristian und Valeria vor sich ging? Sie versuchte, den Gedanken beiseitezuschieben, schlenderte weiter zur Ölmühle. Das Herstellen des Olivenöls und Cristians leidenschaftlicher Vortrag hatten sie fasziniert. Der Duft war so herrlich gewesen. Sie betrat den Raum und der Geruch von frisch gepressten Oliven schlug ihr entgegen. Sie sah sich in der alten Mühle um. Seit Jahren war sie im Besitz ihrer Familie, und ihre Mutter, ihr Bruder Sven und sie hatten nichts davon gewusst. Nach wie vor fand sie das unglaublich, sie musste ihren Großonkel dazu kriegen, zu erzählen, warum in der Familie so ein Geheimnis daraus gemacht wurde.

Sie setzte sich auf eine Steinbank, die sich in der Ölmühle befand, ließ den alten Raum auf sich wirken. Dabei fiel ihr Blick auf einen alten Holzschrank, der in der Ecke stand. Sie stand auf, ging dorthin und öffnete ihn neugierig. Alte, leere Olivenöl-Flaschen standen darin, überzogen mit Spinnweben. Es sah aus, als ob dort schon jahrelang keiner mehr etwas hineingestellt hatte. Dabei entdeckte sie ein Papier, das neben einer Olivenölflasche an der Seite hervorlugte. Neugierig zog sie es heraus, klappte das zusammengefaltete Papier auf. Ein handschriftlicher Brief. Ganz sicher nicht für Cristian, so alt und vergilbt wie nicht nur das Papier, sondern auch die Schrift aussah. Sie las. Von Cecilia an Benito, Liz' Großvater. Sie setzte sich aufgeregt auf die Steinbank, entzifferte die verblassten Worte und übersetzte für sich:

Benito, es tut mir so unendlich leid und ich weiß nicht, wie ich es dir sagen kann. Deshalb schreib ich dir diesen Brief, in der Gewissheit, dass es feige ist, nicht mit dir zu reden, verzeih mir. Aber ich kann dich nicht heiraten, ich weiß es jetzt sicher. Ich liebe einen anderen mehr als dich. Stelle bitte keine Fragen, es würde dir nur wehtun, aber rein

gar nichts an meiner Entscheidung ändern. Das Leben geht manchmal seltsame Wege, erst recht in der Liebe. Für dich ist es sicher das Beste, alleine nach Deutschland auszuwandern, ich komme doch nicht mit. Ich bete darum, dass du in diesem fremden Land glücklich wirst, so wie ich es hier auf meiner Insel sein werde. Leb wohl, vielleicht kannst du mir irgendwann verzeihen, ich bete für dich,
Cecilia

Erstaunt starrte Liz auf den Brief. Damit hätte sie jetzt nicht gerechnet. Die beiden hatten vorgehabt, zusammen nach Deutschland auszuwandern? Und Cecilia hatte dann doch einen anderen? Ganz sicher Alfonso, der seinem Bruder das Mädchen ausgespannt hatte. Auf den Bildern von früher sah Alfonso gut aus, war ihrem Großvater sehr ähnlich. Liz hatte sich von ihrer Mutter alte Fotos von Alfonso schicken lassen und konnte die beiden darauf kaum unterscheiden. Nachdenklich stand Liz auf. Aber was hatte das alles damit zu tun, dass sowohl ihr Opa als auch sein Bruder ihren Verwandten verschwiegen hatten, dass es diese Finca gab und sie seit vielen Jahren Alfonso gehörte?

Liz trat mit dem Brief in der Hand aus der Ölmühle, die Sonne strahlte ihr entgegen. Sie hob die Hand über die Augen. Wie konnte sie nur mehr darüber herausfinden? Es gab keine neue Spur, Alfonso redete nicht, sie musste Cecilia finden. Und da sie bei ihrem letzten Besuch in der Panadería Emilio im Ort nicht nur das Gefühl gehabt hatte, die Verkäuferin würde Cecilia kennen, sondern es auch für möglich hielt, dass sich diese sogar im Hintergrund aufgehalten und das Gespräch mitgehört hatte, wollte sie noch einmal dorthin gehen.

Rasch brachte sie den Brief in ihr Zimmer, legte ihn zu den anderen Schriftstücken in die alte Kommode. Wieso hatte dieser Brief in dem alten Schrank in der Ölmühle gelegen, fragte sie sich. Aber darauf würde sie vermutlich nie eine Antwort bekommen. Liz setzte sich kurz auf ihr Bett und dachte nach. Hatte Alfonso seinem Bruder seine Liebe ausgespannt? Kein Wunder, dass die Brüder lebenslang Streit gehabt hatten und keiner über den Grund dafür reden wollte. Ihr Opa Benito vermutlich aus Verletztheit nicht, ihr Großonkel Alfonso aus Scham nicht. Wenn es denn so gewesen war, dann hatte seine Liaison mit Cecilia nicht lange gehalten, zumindest geheiratet hatten sie nicht. Alfonso war zeit seines Lebens Junggeselle geblieben, soviel Liz von ihrer Mutter wusste. Vielleicht würde es Liz ja auch so ergehen, dachte sie im nächsten Moment und fühlte sich augenblicklich schrecklich.

Sie stand entschlossen auf, setzte ihre Sonnenbrille auf und machte sich auf den Weg zum Meer.

Kurz schaute sie bei Josy hinein, um Hallo zu sagen, aber die war gerade auf einer Tour. Teresa stand vor ihrem Laden, füllte die Aufsteller nach und freute sich, Liz zu sehen. »Magst du bei mir was Erfrischendes trinken? Ich hab einen kleinen Kühlschrank im Laden.«

»Nein, danke, das ist lieb, ich will noch was erledigen.«

Sie kannte Teresa noch nicht gut genug, um ihr von ihrer Familiengeschichte zu erzählen, und Teresa stammte ja nicht von der Insel, konnte also sowieso nichts Erhellendes dazu beitragen. Sie plauderten noch kurz über die Olivenernte und wie meditativ sie gewesen war, dann machte sich Liz auf den Weg ins Dorf. An der Klippe spazierte sie wieder am Meer entlang, dann den kleinen Weg nach oben in den Ort.

Selbst wenn sie in der Bäckerei nichts herausfinden sollte, so freute sie sich schon auf das mallorquinische Gebäck. Matilda, die Mallorquinerin war, hatte ihr bei der Ernte von

Robiols vorgeschwärmt. Diese süßen Teilchen wurden eigentlich zu Ostern hergestellt, aber in jeder traditionell mallorquinischen Bäckerei gab es sie ganzjährig, wie Matilda versicherte. Robiols wurden wohl aus einem knusprigen und süßen Teig hergestellt und es gab sie gefüllt mit eingekochtem Kürbis, allerlei Marmeladen, Quitten und Quark. Liz versuchte, sich nur darauf zu konzentrieren, um nicht wieder so enttäuscht zu werden, wenn sie in ihren Nachforschungen nicht weiterkam.

Im Dorf war wenig los, es war bald Mittag und Liz musste sich beeilen, dass die Bäckerei nicht gleich schloss. Sie trat ein, die Ladenglocke ertönte.

Die Ende fünfzigjährige Verkäuferin sah lächelnd auf, aber als sie Liz erkannte, wurde sie abweisender. *»Hola.«*

»Hola.« Liz lächelte sie an, sah in die Auslage und erkundigte sich nach dem gesuchten Gebäck.

Die Frau lächelte wieder und sagte auf Spanisch: »Natürlich haben wir Robiols, heute gefüllt mit Quark. Sie schmecken wunderbar. Wie viele möchten Sie?«

»Sechs.« Liz wollte auch Isabelle, Alexander und Anouk welche mitbringen und vielleicht sogar Cristian.

Die Verkäuferin nahm die Teilchen mit der Zange, legte sie in eine Tüte und sagte Liz, was es kostete. Liz bezahlte. Dann fragte sie vorsichtig: »Bitte, Sie kennen Cecilia, mein Großvater Benito hat sie so geliebt. Können Sie mir wenigstens sagen, ob sie noch lebt?«

Die Verkäuferin zögerte. »Sie ist meine Mutter. Aber sie möchte nicht mit Ihnen sprechen, es tut mir leid.«

Betreten sah Liz sie an. »Wissen Sie, warum nicht?«

Die Verkäuferin schüttelte den Kopf. »Ich weiß es nicht. Ich habe das Gefühl, sie schämt sich, warum auch immer.«

»Das tut mir leid.« Liz nahm die Bäckereitüte, die knisterte, und starrte nachdenklich vor sich hin. In dem Moment klingelte wieder die Ladenglocke, jemand trat ein. Die Verkäuferin fing augenblicklich an zu strahlen. *»Cristian, hola mi querido!«*

Liz drehte sich abrupt um. Da stand er, Cristian, und schaute verdutzt. Doch er ließ sich nichts weiter anmerken und begrüßte die Verkäuferin herzlich. Kannte er sie so gut? Natürlich, sein Brötchen-Service, er holte hier jeden Tag die Backwaren für die Feriengäste.

Kurz darauf kam aus dem Hinterzimmer die alte Frau mit dem weißen Dutt, der Liz schon einmal in Josys Laden begegnet war. Sie trug ein schwarzes Kleid, ein besticktes Tuch, ging strahlend um die Theke herum, auf Cristian zu und umarmte ihn und er sie. *»Mi abuela!«*, sagte er freudig und küsste sie rechts und links.

Meine Großmutter, übersetzte Liz für sich verblüfft. Nach dieser Begrüßung wandte sich Cristian an Liz und stellte ihr seine Großmutter Cecilia vor.

Cecilia. Sie lächelte Liz zaghaft an, reichte ihr ihre alte, faltige Hand, die zitterte, und sagte leise: »Sie sind die Enkelin von Benito?«

Liz konnte nur noch nicken. Sah von Cecilia zu Cristian, der genauso überrascht zu sein schien.

»Was? Du kanntest Liz' Großvater?«, fragte er seine Großmutter. »Und du kennst Liz?«

Die alte Frau nickte andächtig. »Ich kenne sie nicht. Aber sie hat vor ein paar Tagen hier nach mir gesucht, ich stand hinten an der Teigmaschine und habe gehört, dass Benito gestorben ist …« Sie seufzte tief, bekreuzigte sich. »Aber ich freue mich sehr, dass er eine Familie gegründet hat in Deutschland. Dann hoffe ich, dass er glücklich geworden ist.«

Liz bestätigte das. »Zumindest hatte ich immer den Eindruck.« Sie zögerte kurz, fuhr dann fort: »Mein Großonkel Alfonso lebt noch.«

Cecilias Miene wurde ernster bei der Nennung von Alfonsos Namen.

»*Mamá*«, wandte sich Cristian an die Verkäuferin. »Ich gehe ein paar Schritte mit Großmutter, ist dir das recht?«

Die Verkäuferin ist seine Mutter, durchfuhr es Liz.

»*Sí,* natürlich, sie soll nur genug trinken.« Sie holte rasch eine Flasche Wasser und gab sie Cristian mit.

»Kommst du?«, fragte er Liz, als wäre es das Natürlichste auf der Welt, dass sie mit ihm und seiner Großmutter spazieren ging.

»Äh, ja.«

Sie folgte den beiden hinaus. Cristian führte Cecilia fürsorglich am Arm und so gingen sie zu einer Bank, die etwas abseits der Hauptstraße am Dorfrand im Schatten lag. Cecilia setzte sich und Cristian bedeutete Liz, sich neben ihr niederzulassen. Von hier sah man auf das nicht allzu weit entfernte Meer. Cecilia sah in Erinnerungen verhangen in Richtung Wasser, erklärte dann leise, hier gern zu sitzen und nachzudenken.

»Ja, die Aussicht ist perfekt«, sagte Cristian und setzte sich auf einen großen Stein. Dann sah er Liz an. »Wusstest du davon, dass sie deinen Großvater kannte?«

»Nein. Also ich weiß, seit ich hier bin, dass es eine Cecilia gab, die er sehr geliebt hat, weil ich ein paar Briefe gefunden habe. Aber dass es sich um deine Großmutter handelt, das wusste ich nicht.« Sie überlegte. »Vielleicht hat mich Onkel Alfonso auch deshalb hierhergeschickt.«

Cristian zuckte die Schultern. Cecilia hatte die beiden beobachtet.

»Alfonso hat dich hergeschickt, Kind?«, fragte sie nach.

»Ja, aber eigentlich, um auf unserer Finca nach dem Rechten zu sehen, um diesen unmöglichen Verwalter zu feuern, wegen dem eine Stornierung nach der anderen kam«, setzte sie amüsiert fort. »Warum eigentlich?«, fiel es Liz ein und sie sah Cristian an.

Cristian musste jetzt grinsen. »Weil ich beschlossen hatte, mir meine Gäste nur noch selbst auszuwählen. Ich habe denen, die schon gebucht hatten, abgesagt. Deshalb haben sie auf meine Bitte hin storniert. Was deinen Großonkel auf den Plan gerufen hat.«

»Selbst schuld«, erwiderte Liz lächelnd.

»Ich weiß.«

Cecilia beobachtete die beiden, wie Liz aus dem Augenwinkel sah. Cristian blickte sie mit so viel Liebe an, oder nicht? Sie hoffte so sehr, dass das Treffen mit Valeria ihn zum Nachdenken gebracht hatte. Aber jetzt war nicht die Zeit dafür.

»Großmutter, du hast ihren Großvater geliebt, aber wieso hast du dann meinen Großvater, Emilio, geheiratet?«, hakte er nach.

»Emilio? So heißt doch die Bäckerei«, warf Liz ein.

»*Sí.*« Cecilia nickte bedächtig. Ihre Hände lagen in ihrem Schoß. Sie schien nervös zu sein, fing an zu erzählen, dabei sah sie immer wieder aufs Meer.

»Ich habe Emilio geliebt, auf eine bestimmte Art, schon vor Benito.« Sie hielt inne. Liz und Cristian hörten ihr aufmerksam zu, sahen sich kurz an.

Cecilia fuhr fort: »Aber als ich Benito kennengelernt habe …, zuvor waren wir uns nur ab und zu begegnet … also auf diesem Fest nach der Olivenernte, als wir zusammen getanzt haben …« Sie hielt verträumt inne und ein sanftes Lächeln schlich sich auf ihr Gesicht, »… ist es um mich geschehen. Es war, als ob ein Blitz eingeschlagen hätte.« Sie sah die beiden an. »Liebe fragt nicht, sie strömt in dein Herz und du kannst nichts dagegen tun. Ich war hin- und hergerissen. Emilio oder Benito? Benito oder Emilio? Kann man zwei Menschen auf einmal lieben, habe ich mich gefragt.«

Liz sah Cristian an. Ob er sich diese Frage tatsächlich auch stellte, jetzt, nachdem er gehört hatte, dass Valeria nichts mit der Intrige zu tun gehabt hatte?

Cecilia fuhr fort: »Mein Seelenverwandter war eindeutig Benito, ein fürsorglicher, herzensguter Mann. Er konnte gut mit den Tieren. Er wusste nichts von Emilio. Und das war auch gut so. Ich habe mich für Benito entschieden, wollte mit ihm ein neues Leben anfangen, zusammen in Deutschland. Damals klang das sehr verlockend. Der Tourismus nahm hier immer mehr zu, immer mehr Olivenhaine mussten Ferienhäusern weichen, sein Vater überlegte auch, zu verkaufen. Wir malten uns eine wunderschöne Zukunft in Deutschland aus.«

»Und wieso hast du dich dann gegen Liz' Großvater entschieden?«, fragte Cristian sanft.

Sie schüttelte aufgewühlt den Kopf, presste ihre Lippen zusammen. »Weil ich gemerkt habe, dass ich schwanger war. Von Emilio.«

Liz und Cristian warfen sich einen überraschten Blick zu. Alfonso hatte also gar nichts damit zu tun, dachte Liz.

»Mit Benito ist bis dahin nichts geschehen, er war sehr katholisch erzogen«, setzte sie lächelnd hinzu. Dann wurde sie ernst. »Ich hätte Benito verführen und sagen können, es sei sein Kind. Aber ich kann nicht lügen, hätte mit dieser Lebenslüge nicht leben können, das wusste ich. Und ich wollte das dem Kind auch nicht antun, nicht bei seinem leiblichen Vater aufzuwachsen.«

Cristian atmete durch. »Mamá war also das Kind?«

»*Sí.* Mein Mädchen.« Cecilia lächelte. »Emilio hat sie zeitlebens auf Händen getragen. Ich habe alles richtig gemacht. Habe ich zumindest lange gedacht. Denn unsere Ehe war gut, voller Respekt. Wenn ich auch Benito das Herz brechen musste und mir selbst natürlich auch.«

Liz verstand: Weil Cecilia schwanger von ihrer Jugendliebe war, hatte sie sich von ihrem Opa getrennt. Ohne Erklärung, um die Schande im Dorf nicht publik zu machen. Zur damaligen Zeit ein uneheliches Kind zu bekommen, noch dazu im konservativen, damals sehr katholischen Mallorca … Ihr armer Opa. Dennoch verstand Liz immer noch nicht, weshalb der Besitz der Finca in ihrer Familie geheim geblieben war.

Sie fragte Cecilia danach und spürte sofort, wie unangenehm dieser das Thema war.

»Können wir ein paar Schritte gehen? Zum Meer?«, fragte die alte Dame.

»Naturalmente«, sagte Cristian, half ihr hoch, hakte sie unter. Liz ging neben ihnen her und betrachtete Cristian von der Seite. Wie liebevoll er mit seiner Großmutter umging.

Das Dorf lag ja nicht weit vom Meer und so kamen sie nach ein paar Minuten dort an. Liz atmete den Geruch des Meeres ein, sah auf die in der Sonne glitzernde Wasseroberfläche. Wie schade, dass aus Cecilia und Benito damals kein Ehepaar geworden war, aber dann hätte es weder sie noch Cristian gegeben. Das Schicksal ging seine eigenen Wege.

Sie kamen zu einer Holzbank, die am Meer stand, und ließen sich alle drei darauf nieder. Cecilia blickte mit ihren trüben Augen aufs Wasser, erzählte weiter: »Ich habe Benito einen Brief geschrieben, dass ich einen anderen liebe und er nach Deutschland gehen und dort glücklich werden soll. Ich hatte Angst vor seiner Reaktion, aber er ist nicht gekommen, um mit mir zu reden. Er schien sehr verletzt gewesen zu sein, war ein sehr stolzer Mann. Er hat nicht um mich gekämpft, was ich ja auch nicht wollte. Aber wisst ihr, warum er es nicht getan hat?«

Liz und Cristian schüttelten beide den Kopf.

»Weil er gedacht hat, ich hätte mich in seinen Bruder Alfonso verliebt. Das habe ich erst viel später erfahren. Auch dass die Brüder seitdem bis aufs Blut verstritten waren. Es tat mir so leid, als ich das gehört habe. Sie hatten sich als Kinder und junge Männer so gut verstanden. Kein Olivenblatt kam zwischen die beiden. Jahrelang. Aber Alfonso habe ich auch gefallen, das habe ich damals wohl gemerkt. Deshalb hat es Benito auch gleich geglaubt. Dass ihm sein Bruder das Mädchen ausgespannt hätte. Wie es ja oft vorkommt unter Brüdern.« Sie atmete durch. »Mein Benito war ein sehr leidenschaftlicher, sehr stolzer Mann, wie gesagt. Er ist kurz darauf nach Deutschland ausgewandert, weil sie in Süddeutschland Arbeiter in einer Firma gesucht haben, habe ich danach von einer Frau aus dem Dorf erfahren. Ich habe nie wieder von ihm gehört.« Sie sah Liz traurig an, ihre Augen wurden wässrig bei dem Gedanken an ihre verlorene Liebe.

Liz warf ihr einen aufmunternden Blick zu, presste die Lippen zusammen.

Cecilia sah wieder aufs Meer, fing sich wieder. »Dann hat der Vater der beiden, also dein Urgroßvater, Liz, mit meinem Vater Karten gespielt. Wie so oft. Benitos und Alfonsos Vater war ein leidenschaftlicher Spieler. Und dem Vino *sehr* zugeneigt.«

»Mein Urgroßvater«, wiederholte Liz nachdenklich. Sie wusste im Grunde nichts über ihn. Ihre Mutter oder Alfonso hatten nie etwas von ihm erzählt.

»Sí.« Cecilia sah Liz bedrückt an. »Er hat alles auf eine Karte gesetzt, hat sogar eure Finca mitsamt dem jahrhundertealten Olivenhain eingesetzt und alles verloren. An meinen Vater.«

»Was?!«, entfuhr es Liz und Cristian gleichzeitig. Wieder sahen sie sich an. Liz fragte irritiert nach, musste das Erfahrene sortieren. »Wieso gehört es dann immer noch uns, also Onkel Alfonso?«

Cecilia fuhr fort: »Mein Vater ist kurz darauf gestorben. Ich hätte alles geerbt, weil meine Mutter zu dem Zeitpunkt schon länger tot war und ich leider keine Geschwister hatte. Ich konnte das nicht. Ich konnte eurer Familie jetzt nicht auch noch ihren Besitz, der sie ernährte, wegnehmen. Unsere Familie hatte das Glück, genug Land auf der Insel zu besitzen. Teilweise wurden darauf Häuser gebaut, mir ging es nicht ums Geld, mein Emilio hat die Bäckerei meiner Eltern weitergeführt, wir waren versorgt. Ich habe den Schrieb, auf dem die Spielschulden stehen, verschwinden lassen. Aber ich habe ihn aufbewahrt. Alfonsos Vater hat sich, als er nüchtern war, nicht mehr wirklich daran erinnert oder nicht erinnern wollen. Zumindest hat er es nie thematisiert. Aber Alfonso hat es später durch den dritten Kartenspieler erfahren, dass das Land nicht mehr ihnen gehörte.«

Liz verstand: »Das heißt, die Finca und der Olivenhain gehören Ihrer Familie, Cecilia? Und Alfonso weiß es seit Jahren, kassiert ab und hat das Anwesen deshalb vor uns verheimlicht?«

Cecilia nickte. »Da ich meinen Besitz nicht eingefordert habe, hat er den Mund gehalten, ist nach Deutschland gegangen und hat die Einnahmen durch die Oliven und Feriengäste eingestrichen. Ich habe mich um all das nicht mehr gekümmert. Jetzt, wo das Abkassieren nicht mehr ganz so einfach ging, weil ich Cristian auf der Finca den Job als Verwalter zukommen lassen habe, und sich seitdem einiges geändert hat, ist Alfonso offenbar gierig geworden. Und vielleicht auch vergesslich im Alter. Er weiß außerdem sicher nicht, dass Cristian mein Enkel ist.«

Cristian sah seine Großmutter voller Respekt an. »Du hast aus Liebe auf die Finca verzichtet. Du bist einfach zu gut für diese Welt, Großmutter.«

Er sah Liz an und lächelte. Sie verstand. Das Gleiche hatte man immer zu ihr gesagt. Seine Großmutter schien ihr vom Charakter her ähnlich zu sein.

Liz bestätigte beeindruckt: »Das war unglaublich nett von Ihnen, Cecilia, aber trotzdem. Ihnen gehören die Finca und das alles«, konstatierte Liz aufgewühlt. »Ihrer Familie, also auch dir,

Cristian. Spielschulden sind Ehrenschulden, das ist ja klar. Und es gibt ja auch ein Dokument. Vielen Dank, dass Sie das alles meiner Familie so lange überlassen haben. Ich weiß nur nicht, wie wir Ihnen die Gelder jemals zurückzahlen können. Meine Mutter lebt von der Witwenrente meines Vaters und von ihrer Arbeit in einem Friseursalon. Und ich führe einen kleinen Laden in Berlin, der leider vor dem Aus steht.« Sie erklärte, dass ihre erhoffte Finanzspritze durch ihren Großonkel in weite Ferne gerückt war, weil Onkel Alfonso jetzt ja wohl keine Einnahmen der Finca mehr bekommen würde. »Aber irgendwie schaffen wir das schon.«

Cristian und Cecilia sahen sich an, Cristian flüsterte seiner Großmutter etwas ins Ohr. Sie nickte, sah Liz aufmerksam an, schüttelte den Kopf. »Kind, deine Familie muss nichts zurückzahlen. Es war meine Entscheidung.«

»Oh wirklich!«, erwiderte Liz überwältigt, nahm die Hand der alten Frau und drückte sie. Sie fühlte sich warm an. »Danke! Vielen, vielen Dank! Aber jetzt werde ich natürlich sofort abreisen«, erklärte Liz entschlossen.

»Nein, auf keinen Fall«, entgegnete Cecilia. »Habe ich recht, Cristian?«

Der knetete seine Hände, nickte, sah Liz an. Aber mehr sagte er nicht. Wollte er wirklich, dass sie wenigstens bis zu ihrem geplanten Abflug in ein paar Tagen blieb? Der Kerl machte sie verrückt und am liebsten hätte sie ihn geschüttelt wie einen Olivenbaum.

Kapitel 20

Liz saß nachdenklich auf ihrem Bett im Gästezimmer, sah auf die Kommode und ließ sich das Erfahrene durch den Kopf gehen. Cristian hatte seine Großmutter vorher zurück zur Bäckerei gebracht, den Geräuschen nach musste er aber mittlerweile auch in sein Appartement zurückgekehrt sein.

Liz' Familie hatte diese Finca und der Olivenhain vor vielen, vielen Jahren gehört, aber seit den Sechzigern war sie im Besitz von Cecilias Familie. Dass Alfonso das so lange ignoriert hatte, passte so gut zu ihm. Er hatte seinem Bruder offenbar weisgemacht, das alles überschrieben bekommen zu haben. Liz konnte es nicht fassen. Das viele Geld, das er über die Jahre einkassiert hatte! Sie freute sich schon darauf, Alfonso zur Rede zu stellen, ihm klarzumachen, dass der unmögliche Verwalter in Wahrheit der Besitzer war und nicht Alfonso. Der konnte froh sein, dass er nichts zurückzuzahlen brauchte für all die Jahre.

Cristian kam ganz nach seiner Großmutter. Ihm schien Geld nicht wichtig. Dafür umso mehr die Menschen und Tiere, die er glücklich machen wollte. Nur hatte Liz das Gefühl, dass er es noch nicht geschafft hatte, selbst so richtig glücklich zu werden.

Liz lauschte. Den Geräuschen nach machte sich Cristian gerade in der Wohnküche zu schaffen. Ein Kaffee wäre jetzt nicht schlecht, dachte Liz. Ein Teil von ihr sehnte sich danach, aber ihr Stolz verbot es ihr, hinüberzugehen. Ihr Stolz. Den sie offensichtlich von ihrem Großvater Benito geerbt hatte und der auch ihr schon so oft im Wege gestanden hatte. Gerade bei Männern. Hätte sie manchmal eingelenkt, wäre sie heute vielleicht längst verheiratet, dachte sie. Aber wollte sie das? Gegen ihre Überzeugung einlenken müssen, um eine Beziehung zu retten oder einen Mann zu bekommen? Nein, ganz sicher nicht.

Liz griff zu ihrem Handy, suchte die Nummer ihres Großonkels heraus und drückte auf »Anrufen«. Sie hatte eigentlich keine Lust auf dieses Gespräch, aber es musste sein, sie wollte herausfinden, ob er es wirklich aufgrund seines beginnenden Alzheimers nicht mehr wusste, dass ihm die Finca nicht gehörte, oder ob er einfach nur aufs Geld aus war. Hätte er sie nicht hierhergeschickt, wäre das Ganze nie herausgekommen.

»Lizzy, mein Mädchen«, hörte sie seine Stimme. Er klang gut gelaunt. »Du hast einen Neuen?«

»Wie kommst du darauf, ich habe keinen Freund?«, hakte sie irritiert nach.

»Ich meine doch einen neuen Verwalter.« Er lachte. Mit seiner knarzenden Tonlage, die an ein altes Eisenscharnier erinnerte.

»Nein, ich habe keinen neuen Verwalter und ich sage dir hiermit noch mal klipp und klar, dass Cristian bleiben wird. Vielleicht kannst du dir denken, warum? Es hat mit Cecilia zu tun.«

»Cecilia? Wer ist Cristian?«, hakte er hörbar verwirrt nach.

»Dein Verwalter. Cristian Perez …«

»Den Namen kenne ich nicht. Was für ein Verwalter?« Sie hörte ihm an, dass er wirklich ins Staunen kam. Offenbar war es nicht gespielt. Wieso sonst hätte er so reagieren sollen?

»Jedenfalls ist der Verwalter auf der Finca sehr nett und stell dir vor, es ist der Enkel von Cecilia.«

Sie horchte, hörte seinen Atem, ein Schmatzen, dann seine kleinlaute Stimme. »Ich kenne auch keine Cecilia.«

Hatte sich sein Alzheimer, der erst voriges Jahr diagnostiziert worden war, so rapide verschlechtert oder spielte er ihr jetzt etwas vor? Liz beschloss, ihre Mutter zu fragen. Sie erklärte Alfonso, etwas erledigen zu müssen und sich noch mal zu melden. Dann legte sie auf. Liz trat mit dem Handy in der Hand ans Fenster und sah nachdenklich hinaus. Dann suchte sie die Nummer ihrer Mutter heraus und drückte auf »Anrufen«. Nach einer kurzen, herzlichen Begrüßung fragte sie ihre Mutter nach Alfonsos Geisteszustand.

»Oh ja, hatte ich dir das nicht gesagt. Er scheint einen neuen Schub bekommen zu haben. Oje. Vorgestern hat er sich noch nicht mal erinnert, dass sein Bruder tot ist. Als ich es ihm gesagt habe, hatte ich das Gefühl, er leidet, als hätte er gerade das erste Mal davon erfahren.«

»Das ist ja schrecklich.«

»Ja, das ist es. Sag, Lizzy, wie geht es dir? Lass mich raten, du bist glücklich verliebt und meldest dich deshalb so wenig?«

Die Stimme ihrer Mutter klang erwartungsvoll.

»Nein, es ist komplizierter. Deshalb erzähle ich dir auch alles, wenn ich wieder zu Hause bin, in Ruhe.«

»Du kommst uns besuchen? Musst du nicht nach deinem Laden in Berlin schauen?«, fragte ihre Mutter.

»Doch, ich meinte ja auch Berlin. Aber die wenigen Nachrichten, die Olaf doch geschickt hat, klangen okay. Der Laden läuft wie immer. Schlecht eben, aber das wird sich schon ändern.«

»Ach, ist das schön, dass du so positiv bist, Lizzy. Wär schön, wenn du uns mal wieder besuchen kommst«, fügte sie hinzu. Das hatte sie selten gesagt. Liz durchströmte ein warmes Gefühl.

»Ja, fände ich auch.«

»Ich mach dir dann auch dein Lieblingsessen.« Kurz hielt sie inne. »Schweinelendchen in Champignonrahm oder gibt es ein neues?«

Schweinelendchen in Champignonrahm hatte Liz als Kind geliebt. Genauso wie ihr Opa. Aber mittlerweile aß sie weniger Fleisch. »Ja, gibt es wirklich. Ganz einfach, aber superlecker. Eine Vorspeise. Pa amb oli.«

»Was?«, hakte ihre Mutter nach. Ihr Vater hatte zwar ein paar mallorquinische Speisen bei ihnen zu Hause eingeführt, aber dieses einfache Olivenbrot offenbar nicht.

»Geröstetes Brot mit Knoblauch, Tomate und gutem Olivenöl. Ganz simpel, aber ein Gedicht.«

»Ah. Das wird Gunther nicht reichen, so ohne Fleisch.« Ihre Mutter zögerte, fügte dann hinzu. »Aber das ist egal.«

Hatte sie etwa auch gelernt, Nein zu sagen?

»Weißt du was, Mum, das mach ich dir, als Vorspeise. Und danach essen wir Schweinelendchen mit Kartoffelecken. So wie früher. Dann ist Gunther auch zufrieden.«

»Das ist doch eine gute Idee, Lizzy.«

»Hat sich Sven mal wieder bei dir gemeldet?«, fragte Liz. Ihr Bruder war ein Telefonmuffel, rief, seit er in Köln lebte, kaum an. Weder Liz noch ihre Mutter.

»Der hat immer viel zu tun«, entschuldigte sie ihren Erstgeborenen sofort. »Hauptsache, wir denken aneinander.«

»Das tun wir, Mum.«

»Ja, das tun wir, Lizzy.« Sie verabschiedeten sich und Liz legte auf.

Das Telefonat hatte ein Gefühl von Heimweh in ihr ausgelöst und sie beschloss, ganz bald eine Reise in die süddeutsche Heimat zu unternehmen, ihre Mutter und Alfonso zu besuchen und ihn dann nicht am Telefon, sondern von Angesicht zu Angesicht doch noch auf den Topf zu setzen, auch wenn er gerade einen Schub gehabt hatte.

So ganz durchgehen lassen durfte man das Ganze dem alten Herrn, der vor ein paar Jahren ja noch keinen Alzheimer gehabt hatte, schließlich nicht.

Aus der Wohnküche drang das Klappern von Töpfen. Kochte Cristian? Oder räumte er die Spülmaschine aus? Wie gern wäre sie jetzt zu ihm gegangen, hätte ihm geholfen, ihn dann gefragt, wie das Treffen mit Valeria gelaufen sei. Aber sie ahnte, es hätte nichts gebracht. Wie hatte Cristian die Tage einmal zu ihr gesagt, als sie einen kleinen Vogel beobachtet hatten, der von einem Olivenbaum zum nächsten geflogen war: »Wenn man einen Vogel in die Ecke drängt, kann er nicht mehr fliegen, und das ist das, was die meisten Menschen vergessen.«

Sie stand immer noch am Fenster, betrachtete den wunderschönen Innenhof der Finca. Da traten Isabelle, Alexander und Anouk mit ihren Koffern auf den Hof, gingen zu Alexanders Mietwagen. Sie reisten heute ab.

Sie verließ rasch ihr Zimmer, um sich von den dreien zu verabschieden, prallte dabei fast gegen Cristian, der in diesem Moment aus der Wohnküche kam. Sie konnte gerade noch anhalten. »Huch!« Sie zuckte zurück.

Auch er hielt abrupt inne, sah sie an. Er trug einen Werkzeugkoffer und eine Säge in der Hand. »Vorsicht, die Säge«, sagte er nur, trat an ihr vorbei, hinaus in den Hof.

Sie folgte ihm kopfschüttelnd.

Cristian legte sein Werkzeug beiseite, verabschiedete sich von Isabelle, gab ihr Küsschen links und rechts. Dann klopfte er Alexander auf die Schulter, ließ sich versprechen, dass sie bald wieder auf die Finca kommen würden, und ging schließlich in die Knie, um mit Anouk auf Augenhöhe zu sein. Liz beobachtete, wie die Kleine Cristian anlächelte. Als wäre er der Weihnachtsmann mit einem großen Paket in der Hand. Wie hatte er es geschafft, dass sie ihn so ansah? Liz musste selbst lächeln. Sie fing Isabelles Blick auf, ging zu der kleinen Gruppe.

»Liz, da bist du ja, ich habe dich gesucht. Und dein Handy war besetzt.« Isabelle klang etwas verzweifelt, jetzt aber erleichtert. Die Frauen drückten sich.

»Tut mir leid, ich musste mit meiner Familie telefonieren. Hier auf der Insel vergisst man ganz die Uhrzeit. Ich werde dich vermissen«, erklärte Liz.

»Und ich dich, Liz. Lass uns in Verbindung bleiben, nein, das ist nicht das richtige Wort, du weißt, was ich meine. Wenn uns beiden ganz viel daran gelegen ist an unserer Freundschaft, dann schaffen wir das. Hamburg ist von Berlin nicht soo weit entfernt.«

Isabelle lächelte Liz an.

Liz nickte. »Oh ja, wir schaffen das.«

»Mit dem Zug ist es ein Katzensprung«, erklärte Isabelle.

»Ich komme dich in Hamburg besuchen«, sagte Liz fest.

»Und wir treffen uns mal wieder hier, auf deiner Finca, bei Cristian.« Isabelle warf Liz einen heimlichen fragenden Blick zu.

Die schüttelte fast unmerklich den Kopf. Isabelle wusste ja auch noch gar nicht, dass die Finca nicht Liz' Familie gehörte. Das wollte sie ihr bald in Ruhe am Telefon erzählen.

Isabelle sah Liz forschend an, wollte aber vor den Männern nicht weiter darauf eingehen. »Wir telefonieren, ja?«, schlug sie vor.

»Unbedingt«, bestätigte Liz. »Es gibt einiges zu erzählen.«

»Ach ja?«, mischte sich Alexander ein und sah Liz fragend an.

»Müsst ihr nicht zum Flughafen?«, fragte Cristian schnell.

Liz nickte. »Ich rufe dich an, Isabelle. Gute Reise.«

Alexander trat zu Liz, nahm ihr Gesicht zwischen seine beiden Hände. »Mach es gut, Liz. Du bist eine ganz besondere Frau. Ich würde dich gern malen. Wenn du mal in Hamburg bist, werde ich das tun.«

Liz lächelte überwältigt. »Also das hat noch nie ein Mann zu mir gesagt.« Isabelle und sie lachten.

Dieser schöne, feinsinnige Mann. Isabelle hatte so ein Glück mit ihm. Liz freute sich für die Freundin, die Alexander wieder mit glänzenden Augen ansah. Nicht allen war dieses Glück vergönnt.

Liz zumindest nicht. Ihr kam ein Gedanke. Pech in der Liebe, aber Glück im Job. Denn jetzt, wo Onkel Alfonso für all die Jahre nichts zurückzahlen musste, konnte er wenigstens ihr ein bisschen was abgeben, um ihren Laden zu retten. Sie würde darauf bestehen, und wenn er sich weigern sollte, würde Cecilia sicher dafür sorgen.

Liz würde ihr Sortiment mit neuen mallorquinischen Produkten bestücken können, dem köstlichen Olivenöl, das Picasso gepresst hatte, Cristians Olivenmus mit Knoblauch und anderen Olivenprodukten dieser Finca. Außerdem hatte sie ja einige Fotos von Picasso geschossen, wie er das Mühlrad drehte. Das würde sich wunderbar auf ihrer Instagram- und Facebook-Seite machen und für ihren Laden werben. All die schönen Fotos, die sie die Tage auf der Finca mit ihrem Handy geschossen hatte, würden sich perfekt als Insta-Storys oder Posts machen. Wenn Cristian schon keine Werbung wollte, dann nutzte sie die Fotos eben für ihren Laden in Berlin.

Isabelle, Alexander und Anouk stiegen in den Mietwagen. Liz hatte sich auch noch von Anouk verabschiedet und ihr gesagt, was für ein tolles, tapferes Mädchen sie sei. Anouk hatte gelächelt, war dann eingestiegen und winkte Liz jetzt zu: »Sagst du Picasso und den Delfinen noch mal tschüss von mir?«

»Das sage ich, versprochen.«

Der Wagen fuhr hupend los, berührt sah Liz den dreien nach. Auch Cristian, der neben ihr stand, winkte der kleinen Anouk nach, bis der Wagen außer Sichtweite war.

Dann blickte er Liz an. »Liz, können wir reden?«

»Ja, natürlich.« Sie sah ihn erwartungsvoll, mit einem mulmigen Gefühl in der Magengegend an.

»Nicht jetzt, ich habe noch viel zu tun«, sagte er ausweichend.

»Wann dann?« Sie sah ihn herausfordernd an, stemmte die Hände in die Hüften. Er hatte sich also für Valeria entschieden, oder für keine von ihnen? Sonst hätte er doch nicht so herumgeeiert.

»Morgen?«, schlug er vor.

»Morgen? Übermorgen fliege ich.« Sie merkte, dass sie wütend wurde. Enttäuscht.

»Es geht nicht anders, Liz. Du wirst es verstehen. Morgen. Ich sage dir Bescheid, wann, okay?«

»Wenn du meinst.« Ihre Antwort klang knapp, aber das sollte sie auch. Konnte dieser Mann nicht einfach reden?

* * *

Nachdem sie ein paar Runden im Pool geschwommen war, um sich abzukühlen, zog sie ihr Sommerkleid wieder an. Die Wunde am Bein war zum Glück schon recht gut verheilt, sie machte dennoch ein neues Pflaster darauf, wie ihr Cristian geraten hatte. Dann beschloss sie, zu den Läden am Meer zu gehen. So richtig Zeit hatte sie noch gar nicht gehabt, die anderen Läden anzusehen, Shopping half bei ihr fast immer, wenn sie niedergeschlagen war. Auch freute sie sich erst einmal auf einen Kaffee und Schokoköstlichkeiten bei Josy. Hoffentlich befand sich diese nicht auf einer Tour, aber um diese Uhrzeit konnte Liz Glück haben. Die meisten Schnorcheltrips endeten nachmittags.

Liz schnappte sich ihre Sonnenbrille, ging den kleinen Weg zwischen den Olivenbäumen hindurch in Richtung Meer. Wie sehr würde sie das alles hier vermissen! So schade, dass die Finca und der Olivenhain jetzt doch nicht ihrer Familie gehörten. Wenn sie über Cristian hinweg wäre, wollte sie auf jeden Fall wieder auf die Insel kommen, auch auf die Finca. Und auf jeden Fall spätestens nächstes Jahr zur Olivenernte. Dann würde sie natürlich nicht in seinem Appartement, sondern in einer der Ferienwohnungen wohnen. Schön wäre es, wenn sie mit Isabelle und ihrer kleinen Familie gleichzeitig hier sein könnte. Sie musste sich, wie es aussah, zwar den Mann aus dem Kopf schlagen, der sie so durcheinanderbrachte, aber sie hatte hier einige neue Freunde gefunden. Und das fühlte sich gut an, sehr gut sogar. Liz merkte selbst, dass sie in dieser kurzen Zeit tatsächlich selbstbewusster geworden war. Stärker. Man konnte immer neue Freunde finden, musste sich im Grunde nie einsam fühlen. Das hatte sie jetzt gelernt. Denn es gab irgendwo auf der Welt immer Menschen, die seelenverwandt mit einem waren, auch wenn man sich nicht jahrelang kannte. Auch seelenverwandte Männer. Wie schnell konnte ein neuer Mann in das eigene Leben treten, es aufhellen, bereichern! Wenn es Cristian nicht sein sollte, weil er noch zu sehr an seiner großen Liebe von damals hing, dann würde Liz ganz sicher irgendwann jemanden kennenlernen, der offen für eine neue Beziehung mit ihr war, der sie genauso faszinierte. Besser sowieso in Berlin, eine Fernbeziehung mochte Liz eh nicht.

In Gedanken versunken kam Liz an der Küste an, der Duft des Meeres kitzelte sie an der Nase. Sie schloss für einen Moment die Augen, hörte die Möwen rufen, den Wind und das Wasser rauschen.

Dann schlug sie die Augen wieder auf. Sie musste bald Abschied nehmen von diesem kleinen Paradies. Wie glücklich konnte sich Josy schätzen, die hier jeden Tag arbeitete, mit diesem Wahnsinnsausblick!

Josy stand gerade an einem der Tischchen vor ihrem »Schokoladenglück & Meer« bei einem Pärchen, erblickte Liz und winkte sie aufgeregt zu sich. Was hatte sie denn? Liz ging zu ihr, die Frauen begrüßten sich mit einer herzlichen Umarmung.

»Warte einen Moment.« Josy kassierte fertig ab und lotste Liz in den Laden.

»Komm rein, komm«, sagte sie.

Innen roch es verführerisch nach Ensaimadas und heißer Schokolade. Liz dachte beim Anblick der Ensaimadas sofort an die »Panadería Emilio«, an Cristians Familie. Sie bestellte eines dieser leckeren Teigteilchen und eine Schokolade mit Marshmallows dazu. Josy erzählte ihr, während sie die Schokolade zubereitete, von ihrer Delfintour heute Morgen. »Sie sind so nah gekommen, das hättest du sehen sollen.«

»Fährst du denn morgen früh wieder raus?«, fragte Liz nach.

»Nein, morgen und übermorgen nicht. Ich habe Touren ins Tramuntana-Gebirge und die sind ausgebucht.« Sie stellte die Tasse Schokolade mit den Marshmallows vor Liz an die Theke.

Die sog den Schokoladenduft ein. »Schade. Na ja, wenn ich mal wieder auf die Insel komme, mache ich auf jeden Fall wieder eine Tour zu den Delfinen mit. Und bitte sag ihnen, wenn du sie das nächste Mal siehst, ein ›Hallo‹ von Anouk, ich habe es ihr versprochen.«

»Klar, mach ich.« Josy wischte über den Tresen, sah kurz aus dem Fenster.

Liz nahm einen Schluck Schokolade, dann setzte sie die Tasse ab und ließ ein Marshmallow in ihrem Mund zergehen. »Cristian will morgen mit mir reden. Erst morgen, kurz vor meinem Abflug, das sagt doch alles.«

»Vielleicht hat er einfach viel zu tun?«, erwiderte Josy. Sie nahm mit einer Zange eine Ensaimada mit Puderzucker, legte sie auf einen Teller und reichte ihn Liz.

»Was soll denn so wichtig sein? Die Oliven sind gepresst, das Öl ist in den Flaschen.«

»Keine Ahnung, was für einen Verwalter sonst noch so ansteht eben«, mutmaßte Josy.

»Ich weiß nicht. Ich finde es eindeutig und das macht mich sehr traurig. Gerade ist ja kein Kunde da, wollen wir uns raussetzen, den Blick genießen, hast du einen Moment?«, schlug Liz vor. Sie stand schon auf, aber Josy winkte sie zurück. »Nein, bleib hier. Ich meine, setz dich hier drinnen an die Theke, dann kann ich weitermachen, es kommt ja bestimmt gleich jemand.«

»Okay.« Liz setzte sich wieder. Dann blickte sie Josy, die erneut über die Theke wischte, forschend an. »Du bist so hibbelig, weißt du, was er mir sagen will?«

Josy sah auf. »Was? Wie kommst du denn darauf?«

»Nur so ein Gefühl. Im Grunde weiß ich es ja, wie gesagt. Er wollte Valeria noch vor ein paar Jahren heiraten. Mehr muss man dazu nicht sagen. Ich verstehe es. Sie ist seine große Liebe, will ihn sicher wieder.« Liz presste die Lippen aufeinander.

Josy sah sie mitleidig an, kam um die Theke herum, ging zu ihr und legte ihren Arm um Liz. »Hey. Jeder Mensch kann mehrere große Lieben haben. Sonst gäbe es ja für beziehungswillige Singles gar keine Hoffnung mehr.« Sie lachte.

»Das stimmt.«

»Siehst du«, fuhr Josy fort. »Noch weißt du nicht, was er dir sagen will. Warte es doch einfach ab.«

Liz zuckte unglücklich die Schultern.

»Cristian muss das erst mal alles verdauen, dass er von seinem Freund so hintergangen wurde. Das hat nichts mit dir zu tun, verstehst du? Und das wird er. Seine Tiere und die Arbeit in der Natur helfen auch ihm. Haben ihm schon geholfen, als er herkam. Aber das jetzt zu erfahren, war schon wieder ein ziemlicher Schlag. Gib ihm Zeit.«

»Ja, vielleicht hast du recht. Nur, wenn ich in Berlin bin, war es das, das weiß ich. Und übermorgen geht mein Flug.«

Josy atmete durch. »Weißt du was, ich heitere dich jetzt ein bisschen auf und erzähl dir was über einen tollen Laden in Palma, okay? Das könnte dich für deinen Laden mit deinen mallorquinischen Spezialitäten interessieren.«

Liz lächelte gerührt. »Aufheitern klingt gut.« Während sie zuhörte, aß sie ihre Ensaimada, trank die Schokolade und genoss die Marshmallows.

»Ganz in der Nähe vom Plaça Major liegt der Laden in Palma, an einem ruhigen kleinen Platz, dort parken Autos, aber sonst ist es sehr schön. Banc de l'Oli heißt der Platz. Ölbank auf Deutsch. Schon mal davon gehört?«

»Ölbank? Nein, nie.«

»Die wenigsten wissen um diese Geschichte Mallorcas«, fuhr Josy fort. Sie hatte sich mittlerweile auf den zweiten Barhocker zu Liz gesetzt und erzählte voller Begeisterung: »Dahinter steckt eine Riesengeschichte, denn da gab es früher eine Art Börse, an der Vermögen gemacht, gehandelt wurde. Das weiß heute sogar wohl kaum noch ein Mallorquiner.«

»Aha. Wow.«

»Der Platz soll umgestaltet werden und dort wieder ein Ölmarkt stattfinden. Es soll daran erinnert werden, dass dies jahrhundertelang der einzige Ort Mallorcas war, an dem mit Öl gehandelt werden durfte. Zumindest habe ich das so gehört. Öl war damals sehr, sehr wichtig. Und wertvoll.«

»Und warum?«

»Ein Liter Öl ergab dreihundert Stunden Licht. Für Öllampen. Deshalb sagt man, Olivenöl war seit dem Mittelalter das Gold der Insel.«

»Stimmt, man kann es natürlich auch dafür nehmen. Toll.«

»Ja, auf Öl wurden Steuern erhoben, und an den Stadttoren Palmas wurden alle Olivenbauern kontrolliert. Das war wirklich ein richtiger Markt. Wer sein Öl verkaufen wollte, der brauchte eine Genehmigung. Die Hälfte des mallorquinischen Öls wurde für Licht, für Öllampen verwendet.« Josy redete immer leidenschaftlicher. »Und im Keller der Kathedrale von Palma lagern heute noch steinerne Fässer, in denen das Öl für die Beleuchtung aufbewahrt wurde. Mallorca hat sein Öl aufs spanische Festland, nach Mitteleuropa und in die amerikanischen Kolonien exportiert. Wahnsinn, oder? Im 19. Jahrhundert haben Olivenbäume 40 000 Hektar der Insel bedeckt, drei Millionen Liter Jahresernte. Olivenöl war früher für Mallorca so wichtig wie heute der Tourismus.«

Liz hörte fasziniert zu, wunderte sich dann aber. »Sag mal, das ist ja echt verrückt, das wusste ich alles nicht. Aber wieso interessierst du dich so im Detail dafür?«

Josy dachte kurz nach. »Ich muss meinen Touristen doch was Besonderes über die Insel erzählen können. Und da du mallorquinische Feinkost verkaufst, dachte ich, ist das was für dich.«

»Auf jeden Fall! Ich will morgen mit Cristian auch noch mal festmachen, dass er mir sein köstliches Olivenöl, sein Olivenmus und noch ein paar Leckereien regelmäßig nach Berlin liefert, damit ich es dort in meinem Laden verkaufen kann. Ich will dann auch Verkostungen anbieten, mit Pa amb oli. Vielleicht gibt das wieder einen Schub, das und die Finanzspritze meines Großonkels. Aber ewig reicht die natürlich nicht.« Liz sah nun wieder etwas sorgenvoller vor sich hin. Vielleicht machte sie sich etwas vor, ihren Laden in diesem teuren Viertel in Berlin retten zu können. Hier in der Sonne am Meer hatte der Plan so überzeugend gewirkt. Mit fruchtigem Olivenöl und der köstlichen Olivenpaste von Cristian würde sie neue Kunden gewinnen, hatte sie gehofft. Aber reichte das, damit die Zahlen auch wieder stimmten? Sie musste jemand anderen die Buchhaltung machen lassen. Nicht Olaf. Sie musste ihm das sagen.

»Das wird schon alles.« Josy sah erneut aus dem Fenster, dann zu Liz.

»Meinst du?«

»Es gibt immer mal graue Tage, aber dann kommen wieder sonnige, ganz viele, das habe ich hier am Meer gelernt.« Josy lächelte sie aufmunternd an. »Alles fügt sich, das hat die Natur so eingerichtet.«

Liz musste lächeln.

»Und weißt du was, ich habe noch etwas, um dich aufzuheitern. Wir sind ja die letzten Tage durch die Ernte gar nicht dazu gekommen, einen Sundowner am Beach zu trinken. Ich habe mit den Mädels ausgemacht, das heute nachzuholen, auch weil es dein vorletzter Abend ist, ein kleines Abschiedspicknick am Strand, du musst dich um nichts kümmern.«

»Was? Das ist ja megalieb von euch.« Liz stand überwältigt auf, ging zu Josy und umarmte sie. Was machte es schon, weiter Single zu sein, wenn sie so tolle neue Freundinnen gewonnen hatte, auch wenn diese auf dieser Insel lebten. »Und wenn ich wieder in Berlin bin, machen wir Videotelefonie-Mädelsabende ohne Ende, versprochen?«, schlug Liz vor.

Josy lächelte herzlich. »Das machen wir.«

Kapitel 21

Zurück auf der Finca begegnete Liz den Marquardts, die aber auch nicht wussten, wo sich Cristian aufhielt. Denn Liz hatte sich vorgenommen, ihn jetzt gleich zur Rede zu stellen, um endlich zu wissen, was in ihm vorging.

»Wir vermissen ihn schon seit Stunden«, meinte Frau Marquardt. »Auch an sein Handy geht er nicht ran. Dabei ist er doch hier der Verwalter.« Es klang ein wenig vorwurfsvoll und Liz bemühte sich rasch, ihn zu verteidigen. »Ganz bestimmt hat er etwas Wichtiges zu erledigen.«

»Sein Wagen ist da, aber bei den Ställen ist er nicht«, fügte Herr Marquardt hinzu. Sofort fügte Frau Marquardt mit verschwörerischer Stimme hinzu. »Da steckt bestimmt ein Frauenzimmer dahinter, das sag ich euch.«

»Ach, Trudi, das muss ja nicht sein.«

»Doch, ihr werdet sehen, dass ich recht hab. So gut, wie er aussieht, das ist doch klar. Vielleicht liegt er ja im Bett«, fügte sie vielsagend hinzu, stemmte die Hände in ihre rundlichen Hüften und sah Liz triumphierend an. Offensichtlich hatte sie mitbekommen, dass Liz unter Liebeskummer litt, und wollte sie auf ihre Art trösten.

Liz sah kurz auf den Parkplatz. Valerias Wagen stand da nicht, aber vielleicht hatte er sie ja auch hergebracht und er lag tatsächlich mit ihr bei sich im Bett? Ihr wurde schlecht.

»Sie sehen ja ganz blass aus, Kindchen, geht es Ihnen nicht gut«, erkundigte sich Frau Marquardt besorgt.

Liz schüttelte tapfer den Kopf. »Doch, doch.«

Herr Marquardt musterte Liz mitleidig. »Mensch, Trudi, was du da wieder für Gerüchte verbreitest.«

Liz lächelte bemüht, beeilte sich, zu erklären, dass sie dringend einen Anruf erledigen müsse, und ging weiter zur Finca, ins Haupthaus, betrat den Flur. Sie schloss die Tür hinter sich und lehnte sich dagegen. Was, wenn er wirklich mit Valeria im Bett lag? Nur durch eine Wand getrennt von ihrem Zimmer. Hätte er das getan? Sie konnte es sich nicht vorstellen, aber Männer konnte man schwer durchschauen. Sie ging zur Tür zu seinem Appartement, blieb dort einen Moment stehen. Vielleicht war er aber auch nur zu Hause und wollte seine Ruhe haben? Sollte sie bei ihm klopfen, auf die Gefahr hin, ihn und womöglich Valeria zu stören? Es kribbelte ihr in den Fingern.

Die Dielen knarzten wie immer, als sie sein Appartement betrat. Liz blieb kurz stehen und lauschte. Weder aus der Wohnküche noch aus seinem Zimmer hörte sie irgendwelche Geräusche.

Sie trat zu seiner Tür, horchte noch einmal. Dann ging sie in ihr Zimmer, legte sich auf ihr Bett und starrte an die weiß getünchte Decke. Ihr Herz klopfte. Sie hörte keine Geräusche von nebenan und das beruhigte sie wieder ein wenig. Aber wieso ging er ihr und sogar seinen Feriengästen aus dem Weg?

Liz beschloss, sich kurz auszuruhen und dann fertig zu machen für den Abend. Josy und die anderen würden sie auf der Finca mit Josys VW-Bus abholen und gemeinsam wollten sie zu einer Bucht fahren, hatte Josy gesagt.

»Wieso nicht hier am Strand?«, hatte Liz vorgeschlagen, in der leisen Hoffnung, dass Cristian dann dazustoßen konnte.

Aber Josy hatte widersprochen. »Es gibt eine andere wunderschöne Bucht, die möchte ich dir unbedingt noch zeigen.«

* * *

Der VW-Bus fuhr auf den Parkplatz, Josy saß am Steuer, Teresa als Beifahrerin stieg aus, Matilda und Amelie saßen hinten im Wagen. Liz, die sich eine Jeans und eine Bluse angezogen hatte, wurde von Teresa herzlich umarmt. »*Hola,* gut siehst du aus.«

»Danke, du auch.«

»Wie geht es deinem Bein?«

»Bestens.«

»Steig ein, ich hab einen Bärenhunger, wir haben alle so köstliche Tapas dabei.«

»Ihr seid der Hammer.« Liz lächelte überwältigt, öffnete die Schiebetür und stieg zu den anderen hinein. Ein großes Hallo, die Stimmung war gut und so fuhren sie zu einem Gute-Laune-Radio-Song an Olivenbäumen vorbei zum Meer und dort die Küste entlang im Licht der bereits untergehenden Sonne.

Nach gefühlt zwanzig Minuten bog Josy in einen kleinen Weg ab und kurz darauf kamen sie an einer Klippe am Meer an. Die Frauen stiegen aus, schnappten ihre Essenskörbe und Taschen und machten sich zusammen mit Liz auf zum Strand.

Liz hatte schon einige Badebuchten gesehen, aber diese sah wirklich besonders schön aus. Vor allem befanden sich um diese Uhrzeit kaum noch Badegäste hier. Nur zwei Grüppchen, die wohl auch auf den Sonnenuntergang warten und anstoßen wollten. Die Frauen hatten sogar zwei Decken dabei, breiteten sie aus, alle ließen sich nieder und die herrlichsten Tapas, zum großen Teil selbst gemacht, wurden angerichtet. Liz konnte ihr Glück kaum fassen. Sie kannten sich noch nicht sehr lange, aber wie die Mädels gesagt hatten, hätten sie normalerweise nur Wein und Oliven dabeigehabt. Da es aber Liz' vorletzter Abend war, hatte sich jede von ihnen Gedanken gemacht. Teresa hatte ihre Tapas selbst gekocht: *Tapas Salsa*, aus roter Paprika, Aubergine, Zitrone und Koriander, außerdem Kroketten mit Kartoffel-Parmesan-Füllung und Thunfisch-Empanadas mit *Mojo verde*.

Amelie hatte einen mediterranen Gemüseauflauf in einem kleinen Laden in Alcúdia gekauft. Josy brachte kleine Calamares und Baguette aus der Panadería Emilio mit und Matilda hatte wie Teresa ihre Tapas selbst zubereitet, und zwar nach Rezepten ihrer Urgroßmutter: Pimientos de Padrón und Kartoffel-Mangold-Frikadellen. Es schmeckte alles wundervoll. Dazu der Blick aufs Meer, der warme Sand und die sich immer mehr orangerot färbende Sonne. Und vor allem die heiteren Frauen, die das alles für Liz organisiert hatten. Wo sie doch alle mit ihren Läden genug zu tun hatten.

Liz bedankte sich herzlich, sie stießen gemeinsam darauf an, dass sie sich ganz oft sehen würden. »Videotelefonie ist ja das neue ›sehen‹«, sagte Liz. Sie merkte schon die Wirkung des Alkohols. Der Wein, der aus der Region stammte, war trocken und schmeckte tiefgründig. Die Frauen alberten herum, nur Josy, die als Fahrerin nüchtern bleiben musste, hielt sich zurück. Irgendetwas hatte sie, dachte Liz einen Moment, aber wieder spürte sie, dass Josy nicht darüber reden wollte.

Als die Sonne wie ein orangeroter Feuerball erst auf dem Meer aufsetzte und dann am Horizont verschwand, kämpfte Liz mit den Tränen. Ihr Aufenthalt hier hatte so viel in ihrem Leben verändert, das spürte sie jetzt schon, auch wenn alles anders gelaufen war als anfangs gedacht. Von den zwei Verehrern war keiner übrig geblieben, die Finca ihrer Familie, von der sie erst vor Kurzem erfahren hatte, gehörte ihnen nun doch nicht, schon längst nicht mehr, aber dennoch machte sich in Liz' Bauch gerade ein warmes Glücksgefühl breit. Diese Insel konnte einfach nur glücklich machen und deshalb würde sie auf jeden Fall bald wiederkommen. Auch schon vor der Olivenernte im nächsten Jahr. Sie wollte den Kontakt zu diesen wundervollen Frauen pflegen und zu Hause in ihrem kleinen Laden Werbung für die Läden der Frauen auslegen. Der ein oder andere Kunde würde dann sicherlich bei seiner nächsten Mallorca-Reise dort vorbeischauen.

Amelie, die Marketing-Expertin, fand diese Idee super. Dann sah Amelie die anderen an und fing an, zu kichern. Matilda und Teresa fielen ein, konnten sich aber wieder zusammenreißen.

»Eindeutig zu viel Vino«, erklärte Josy schmunzelnd.

Die Frauen unterhielten sich über Gott und die Welt, philosophierten ein wenig über ihr Leben. Alle drei Auswanderinnen hatten ihren Entschluss, ein neues Leben anzufangen, nie wirklich bereut.

»Klar, gab es auch Tiefschläge«, sagte Teresa. »Aber die gibt es immer. Wichtig ist, danach aufzustehen, die Krone zu richten und weiterzugehen.«

Sie erzählten ein paar Anekdoten, lachten viel, so ausgelassen hatte sich Liz schon lange nicht mehr gefühlt.

Nachdem Josy alle wieder nach Hause gefahren hatte, lag Liz weinselig in ihrem Bett in Cristians Appartement. Sie war ihm wieder nicht begegnet und hörte auch keine Geräusche, so langsam fragte sie sich, ob sie sich Sorgen um ihn machen sollte. Aber noch während sie das dachte, fielen ihr die Augen zu.

* * *

Am nächsten Morgen weckte die Sonne sie, denn Liz hatte vergessen, die Vorhänge zu schließen. Ihr Blick schweifte im Zimmer umher, blieb an der alten Kommode hängen. Hätte sie nicht die Briefe gefunden, wäre alles anders gekommen. Aber es war gut so, wie es war. Liz stand müde auf, machte sich im Bad fertig und packte dann schon mal das meiste in ihren Koffer. Heute wollte Cristian endlich mit ihr sprechen. Es machte sie sauer, wenn sie darüber nachdachte, dass er sie so hingehalten hatte. Vielleicht sollte sie einfach abreisen, ohne sich das alles noch anzuhören. Zu sehr würde es wehtun, zu sehr schmerzen.

Sie sah auf ihren Koffer, den sie schon herausgestellt hatte. Morgen würde sie in aller Frühe fliegen. Sie beschloss, das Angebot von Josy, heute noch mal bei ihr zu frühstücken, anzunehmen. Dann musste sie Cristian nicht in der Wohnküche begegnen. Denn ohne einen Kaffee im Magen wollte sie sowieso nicht reden.

Ihr Handy signalisierte den Eingang einer Nachricht. Ganz sicher Cristian. Sie nahm es zur Hand. Erstaunt las sie, dass Olaf geschrieben hatte. Sie las: »Hi, Liz, alles ziemlich ruhig hier. Für die Uni auch alles erledigt. Ich mach jetzt die Steuer vom letzten Jahr, okay?«

Um Himmels willen, dachte Liz. Bloß das nicht. Sie überlegte fieberhaft. Denn sie wollte Olaf nicht mehr ihre Buchhaltung machen lassen.

»Nein«, schrieb sie, hielt inne und musste lächeln. Noch vor ihrer Reise hatte Onkel Alfonso ihr vorgeworfen, zu ihren Angestellten nicht Nein sagen zu können. Sie schrieb weiter. »Lieb von dir, aber nicht notwendig, dafür nehme ich mir ein Steuerbüro.« Sie schickte es ab und musste lächeln. Es fühlte sich gut an.

Zwei Sekunden später rief Olaf an. Sie überlegte einen Moment, ob sie abnehmen sollte. Aber sie wollte fair sein und auch persönlich mit ihm reden. »Liz, du willst mich als Buchhalter feuern?«, fragte er auch schon.

Sie stockte. Plötzlich tat es ihr doch leid.

»Das ist genial«, hörte sie ihn sagen. »Ich bin ja so erleichtert.«

»Was?«

»Ja, ey, du glaubst gar nicht, was das immer für ein Druck war, dass da alles stimmte. Und das hats dann ja auch nicht. Und das war mir so megapeinlich. Aber ich wollte dir eben einen Gefallen tun und das für dich machen, weil du so Geld sparen konntest und der Laden so schlecht lief. Boah, bin ich froh.«

Liz lachte auf. »Du bist nicht sauer oder enttäuscht?«

»Was? Nein! Im Gegenteil. Voll krass. Ich bin diesen blöden Job los. Also eins weiß ich auf jeden Fall, wenn ich mein Studium fertig hab, werd ich nicht Controller oder so was. Das ist so gar nicht mein Ding. Dank dir weiß ich schon mal, was ich nicht werden will. Das ist cool. Du bist cool. Die coolste Chefin, die ich je hatte.«

»Cool«, wiederholte sie amüsiert. »Ich bin echt froh, dass du das so siehst. Manchmal erledigen sich Sachen ganz von alleine. Sonst alles klar?«

»Na ja, läuft halt nicht so mega, wie vorher eben.«

»Ja, ich bring aber ein paar neue Oliven mit, und Olivenmus. Das schmeckt toll.«

»Mmhm, toll. Also tschüssi, bis morgen, oder?«

»Ja, bis morgen.« Sie legte auf, musste lächeln.

Dann machte sie sich auf zu Josy, ging an den knorrigen Olivenbäumen vorbei in Richtung Meer. Die fast silberfarbenen Blätter der jahrhundertealten Olivenbäume glitzerten in der Sonne und Liz schoss noch ein Foto mit ihrem Handy. Sie ging weiter, um die nächste Wegbiegung, da stand Picasso mitten auf dem Weg. Liz musste lächeln. Was hatte sie bei ihrer Ankunft für eine Scheu vor diesem harmlosen Esel gehabt. Aber klar, sie hatte ihn nicht gekannt, nicht gewusst, wie er reagieren würde. Sie ging zu ihm, streichelte ihm über sein struppiges Fell. »Na, du lieber Esel, willst du dich von mir verabschieden? Ich wäre schon noch zu dir gekommen. Liebe Grüße auch von Anouk.« Picasso stupste sie an, blähte die Nüstern. Liz strich mit der Hand darüber, flüsterte ihm ins Ohr. »Machst du bitte den Weg frei? Ich brauche jetzt dringend einen Kaffee, das verstehst du doch, oder?« Und als ob er das wirklich verstanden hätte, ging er ein paar Schritte weiter. Liz sah ihm amüsiert nach. Sie hatte es selbst geschafft, ihren Weg freizubekommen.

Dann wandte sie ihren Kopf wieder in Richtung Meer und wollte weitergehen, aber eine Gestalt stand in ein paar Metern Entfernung vor ihr, umrandet von der Sonne, die Liz blendete. Sie blinzelte, hielt ihre Hand über die Augen. Cristian! Er kam auf sie zu. Ernst, erwartungsvoll.

»*Hola*«, sagte er mit seiner dunklen Stimme.

»*Hola.*« Sie wartete ab.

»Ich habe hier auf dich gewartet«, sagte er und wirkte nervös.

»Hier? Inmitten der alten Olivenbäume auf diesem Weg?«, fragte sie irritiert. »Woher wusstest du, dass ich zu Josy gehe?«

Er sah sie vielsagend an. Natürlich, von Josy.

»Komm mit«, sagte er, drehte sich um und erwartete offensichtlich, dass sie ihm folgte. Da sie ja eh in diese Richtung wollte, setzte sie ihren Weg fort, schloss auf, ging neben ihm weiter. Ein paar Hundert Meter vor ihnen funkelte das Meer, Josys Laden und die weißen Markisen der anderen Läden tauchten auf.

Cristian hatte nichts mehr gesagt, ging wortlos neben ihr her, sie spürte die Anspannung, die er ausstrahlte.

»Ich brauche erst einen Kaffee und einen Schokokeks«, sagte sie. Ihr Magen fühlte sich flau an und da sie noch nichts gefrühstückt hatte, wollte sie wenigstens einen Kaffee und Schokolade, bevor er ihr von Valeria und sich erzählte.

»Den bekommst du.«

Sie wollte zu Josys »Schokoladenglück & Meer« abbiegen, aber Cristian schüttelte den Kopf.

»Komm weiter, ich habe einen Coffee to go für dich besorgt. Und eine Ensaimada. Wenn ich gewusst hätte, dass du lieber einen Schokokeks möchtest …«

Liz zog ihre Stirn kraus. »Wohin weiter?«

»Das wirst du gleich sehen. Komm einfach mit.«

»Nein, ich möchte es erst wissen.« Sie verschränkte die Arme vor ihrer Brust.

Er musste lächeln. »Du bist so störrisch wie Picasso.«

»Und wie du.« Sie spürte seinen Atem, so nah stand er jetzt vor ihr.

»Liz, ich möchte dir etwas zeigen. Bitte, komm.«

»Na gut.«

Er ging an den Läden der anderen Mädels vorbei, die Reihe entlang am Meer, bis er an einem Laden ankam, den sie vorher noch gar nicht registriert hatte. Auf dem Schild stand: »Olivenliebe & Meer«. Mallorquinische Feinkost stand hübsch dekoriert im Schaufenster.

Sie zuckte die Schultern. »Ein neuer Laden?«

Er lächelte, wirkte aber immer noch angespannt. »Ja, ein neuer Laden. Er stand leer. War ziemlich heruntergekommen, der Vorbesitzer hatte ihn lange leer stehen lassen. Wollte ihn nicht vermieten, da gab es in der Familie Uneinigkeit, ob der Sohn der Familie ihn haben wollte. Aber der hatte andere Pläne.«

Irritiert sah sie ihn an. So langsam verstand sie.

Cristian fuhr fort. »Warte einen Moment.« Er ging eilig hinein, kam mit einem Pappbecher Coffee to go und einer Bäckereitüte »Panadería Emilio« wieder heraus und reichte ihr den Becher und die Tüte. »Mit ein klein wenig Zucker, wie du ihn magst.«

Sie nahm beides, trank den Kaffee ahnungsvoll, die Tüte in der anderen Hand. Ihr Magen krampfte sich zusammen. Sie würde jetzt keinen Bissen essen können.

Cristian wartete einen Moment. »Geht es dir jetzt besser, mit etwas Kaffee im Magen?«

»Geht so.« Sie sah ihn an.

Er fuhr mit belegter Stimme fort, fuhr sich nervös durchs Haar: »Ich musste mich durch Spinnweben kämpfen, einige Spinnen fangen und habe sie nach draußen umgesetzt.«

»Du hast Spinnen umgesetzt?« Sie musste insgeheim lächeln – dieser Mann!

Er nickte nun auch lächelnd. »Und die alte Einrichtung war leider ziemlich geschmacklos und in die Jahre gekommen. Und malern musste ich auch. Deshalb hat es länger gedauert als geplant. Ich habe mir erst ein Konzept überlegt, hatte noch nie eine Theke geschreinert. Ich hoffe, es gefällt dir alles. Meine Mamá hatte noch Regale, die gut aussehen, wie ich finde.« Er hielt inne, wusste, dass sie längst verstanden hatte, was er ihr sagen wollte.

Ihr Herz klopfte. Hier war er die letzten Stunden also gewesen. Hatte seine Feriengäste vernachlässigt, Tag und Nacht gearbeitet, nur um diesen Laden herzurichten. Für sie.

Sie starrte auf den Laden.

Er atmete durch. »Ich weiß, ich habe dich jetzt ziemlich überrumpelt«, fuhr er fort. »Aber ich war mir sicher, dass das so und mit diesem Laden meine einzige Chance ist, dich zum Bleiben zu überreden. Zum Wiederkommen und Bleiben. Weil du mir sonst nicht glauben und vertrauen würdest, dass ich es ernst meine. Liz, ich habe diesen Laden für dich renoviert, damit du bleibst. Bei mir … und bei Josy und bei den anderen.«

Erwartungsvoll sah er sie an. Sie brachte keinen Ton mehr heraus.

»Möchtest du dir deinen Laden ansehen?«

* * *

Cristian war Liz in den Laden gefolgt, beobachtete sie angespannt, wie sie sich umsah. Ernst fuhr sie mit der Hand über die selbst geschreinerte Theke, als streichelte sie ein Kind. Sie hatte die Tüte mit der Ensaimada darauf abgelegt, drehte sich jetzt langsam im Kreis und ließ alles auf sich wirken. In den Regalen gab es mallorquinische Spezialitäten wie Orangen- und Zitronenmarmelade, Nuss- und Mandelcreme, Honig, Meersalz, Kräuter, Weinflaschen und natürlich die köstlichen Olivenöl-Produkte von Cristian. Die ganze Zeit sagte Liz kein Wort und an ihrer Miene konnte er nicht ablesen, was sie dachte. Hatte er sich die ganze Mühe umsonst gemacht? Konnte sie sich ein Leben auf dieser Insel, in diesem Laden, vor allem mit ihm nicht vorstellen? Mit einem Mal wurde ihm klar, dass er vielleicht alles falsch interpretiert hatte. Ihre Blicke, ihre Worte, einfach alles. Was, wenn er für sie nur ein Urlaubsflirt gewesen war, ein Olivenbauer mit einer anstrengenden Vorgeschichte. Manchmal etwas stoffelig und störrisch, ein Esel eben. Cristian spürte, wie sein Blutdruck absackte. Auch er hatte noch nichts gefrühstückt, hatte die Nacht hier durchgearbeitet, um wirklich alles perfekt zu machen. So perfekt es in seinen Augen ging. Aber war es auch perfekt für sie? Das perfekte Leben, die Zukunft, die sie sich wünschte und von der sie träumte?

Liz ging jetzt zu den beiden Regalen, die seine Mutter gespendet hatte. Darin standen seine Olivenölprodukte, die er eigenhändig herstellte. Die Olivenpaste mit Kräutern, die in Gläsern eingemachten Oliven. Seine Großmutter hatte ihm sogar geholfen, alles hübsch zu dekorieren. Er selbst fand das von ihr gehäkelte Spitzentuch zwar etwas übertrieben, aber Großmutter hatte darauf bestanden. »Dieser Laden braucht wieder eine Seele. Und mit Liz und diesem Spitzendeckchen bekommt er sie«, hatte sie gesagt. Sie hatte ihm zugeraten, Liz damit zu überraschen. Vielleicht war es sogar ein wenig ihre Idee gewesen, im Nachhinein, auch weil er so müde war von der durchgearbeiteten Nacht, konnte er es nicht mehr sagen. Im Grunde war es egal. Wichtig war jetzt nur, wie sich Liz entscheiden würde.

»Das Ganze muss nichts mit uns zu tun haben«, hörte er sich sagen. Was redete er da?

Sie blickte auf, irritiert.

»Ich meine …« Er fuhr sich verzweifelt durchs Haar. »Zur Not würde ich mich auch freuen, wenn du dich jetzt erst mal für den Laden entscheidest und hierbleibst, falls du noch ein wenig Zeit brauchst … ich meine, wegen uns.«

Er hörte das Meer rauschen. Von diesem Laden aus hatte man fast die beste Sicht auf das Meer. Eine Sünde, dass er so lange leer gestanden hatte. Der alte Laden seiner Großmutter. Seine Mutter hatte kein Interesse daran gehabt, sie hatte genug mit der Bäckerei und ihrem Gemüsegarten zu tun. Großmutter hatte ihn partout nicht vermieten wollen, was er nie verstand, aber schon damals hatte sie davon geredet, dass der Laden den richtigen Menschen brauchte. Der auch zu den anderen Ladenbesitzerinnen, die sie sehr mochte, passen würde. Besonders Josy hatte sie in ihr Herz geschlossen. Cristian freute das für Josy, hatte sie doch kaum Kontakt zu ihren Eltern und sich anfangs, wie sie sagte, auf der Insel etwas verloren gefühlt. Vermutlich so verloren wie er gerade. Liz stand neben ihm und am liebsten hätte er sie gepackt, in seine Arme genommen und geküsst.

»Und was ist mit meinem Leben in Berlin, meinem Laden dort?«, fragte sie. »Du verlangst von mir, das alles einfach so aufzugeben?«

Sein Atem setzte aus. »Ich verlange von dir nur, auf dein Herz zu hören«, sagte er, ohne darüber nachzudenken. »Sonst verlange ich nichts von dir. Du hast gesagt, du fühlst dich nicht glücklich in der Großstadt. Dabei kann sich jeder Mensch das Leben so gestalten, wie es ihm gefällt. Kennst du den Spruch von Pippi Langstrumpf?«

»Natürlich. Ich liebe ihn.«

»Ich auch. Manchmal braucht es schlimme Ereignisse, die einem klar machen, dass man ein Leben führt, das man nicht mehr möchte. Manchmal reichen aber auch schöne Erlebnisse, die richtigen Menschen. Aber natürlich, es gehört Mut dazu, ein neues Leben anzufangen. Aber ich bin sicher, jeder kann es, zumindest wenn er gesund ist und keine Schulden hat. Liz, ich wünsche es mir so sehr, dass du auf Mallorca bleibst, der Insel deiner Vorfahren.« Was konnte er noch sagen? Fieberhaft dachte er nach, starrte dabei auf ihre Lippen, ihre vollen, schönen Lippen.

Und plötzlich bewegten sie sich. »Mein Flug geht morgen früh«, flüsterte sie.

»Ich weiß. Aber du kannst wiederkommen, wenn du alles geregelt hast. Wenn du das möchtest, wenn du das Gleiche für mich empfindest wie ich für dich.«

Und plötzlich kamen ihre Lippen näher und pressten sich auf die seinen.

War es ein Abschiedskuss, durchfuhr es ihn.

Kapitel 22

Sie gingen barfuß am Strand bei den Läden entlang, wichen den spielenden Kindern aus, die mit ihren Förmchen kleine Sandburgen bauten. Liz dachte fieberhaft nach. Es würde ihr ganzes Leben verändern. Das Wasser umspülte ihre Füße, eine Möwe begleitete sie. Liz sah den Mann neben sich immer wieder an. Er hatte diesen alten Laden für sie renoviert und so liebevoll eingerichtet. Er hatte Tag und Nacht darin geschuftet. Gab es ein größeres Liebesbekenntnis auf der Welt? Und dennoch musste sie es fragen, das, was ihr noch im Magen lag.

»Und was ist mit Valeria?«

Er schüttelte lächelnd den Kopf. »Ich habe den Laden für dich hergerichtet, nicht für Valeria. Sagt das nicht alles?«

Sie lächelte. Nahm seine Hand, die sich kalt anfühlte. Er drückte die ihre erleichtert.

»Und was mache ich mit meinem Laden in Berlin?«, fragte sie erneut überfordert. »Ich habe ihn mit dem Erbe meines Opas eröffnet, mit der Unterstützung meiner Familie.«

Cristian überlegte. »Meinst du nicht, er wäre noch glücklicher, wenn er wüsste, dass du so einen Laden auf Mallorca führst, dort, wo er geboren wurde? Dort, wo er sich das erste Mal verliebt hat? Noch dazu in einem Laden, der seiner Cecilia gehört?«

Überrascht sah sie ihn an. »Was? Er gehört deiner Großmutter?«

»Ja. Sie hat ihn lange leer stehen lassen. Wollte ihn nie an irgendjemanden vermieten. Über dich als Mieterin würde sie sich sehr freuen. Sie hat auch die Spitzendeckchen gehäkelt.«

Er lächelte sie warm an. »Du hättest hier auch gleich eine zweite Familie.«

Liz blieb stehen, sah ihn überwältigt an. »Du bist verrückt.«

Er legte seine Arme um ihre Hüften, sah ihr tief in die Augen. »Verrückt nach dir. Und ich war ein Esel, verzeih mir.«

Sie sahen sich in die Augen und das Gefühl, nicht mehr einsam zu sein, mit den richtigen Menschen am richtigen Ort zu sein, endlich zu Hause, auf der Insel, von der ihr Großvater stammte, machte sich in ihr breit.

»Ich glaube, es fühlt sich richtig an«, flüsterte sie.

»Glaubst du das? Das ist gut, so geht es mir nämlich auch«, entgegnete er leise, legte seine Stirn auf ihre. Er schob ihr sanft eine Haarsträhne aus dem Gesicht, strich ihr dabei mit dem Daumen über die Wange. »Ich liebe dich, Liz, ich möchte mein Leben mit dir verbringen, hier am Meer, auf unserer Finca, mit Picasso, unseren Tieren und unseren wunderhübschen Kindern.«

Und mit einem Mal spürte Liz, wie ihre allerletzten Zweifel von dieser Möwe, die gerade über ihnen flog, fortgetragen wurden übers Meer. Er küsste sie, leidenschaftlich und ungestüm und dann wieder sanft. Sie öffnete für einen Moment die Augen, sah auf das Meer und ein Gefühl der Freude durchströmte sie. Sie würde ein neues Leben beginnen, auf dieser traumhaften Insel.

Danksagung

Liebe Leserinnen und Leser,
ich hoffe, ihr habt die kleine Auszeit auf Mallorca so sehr genossen wie ich beim Schreiben. Das Schöne als Autorin ist ja, sich immer dorthin träumen zu können, wo man gerne sein möchte. Wenn ihr euch wohlgefühlt habt auf der kleinen Finca und bei den Läden am Meer, dann es gibt tolle Neuigkeiten. Es geht weiter, in meinem nächsten Roman dieser Mallorca-Sehnsucht-Reihe, in »Inselträume & Meer« geht es um Josy, die mit ihrem Laden »Schokoladenglück & Meer« ihre eigene berührende Geschichte bekommen wird, die sich ihrer Vergangenheit stellen wird und deren Ansichten über die Liebe gehörig durcheinandergewirbelt werden.

Auch die anderen Freundinnen aus diesem Buch werdet ihr wiedertreffen und könnt euch erneut von eurem Alltag ein bisschen ausruhen, in der Sonne am Meer. Jeder Roman wird in sich abgeschlossen sein und kann unabhängig von den anderen gelesen werden.

Herzlichen Dank wieder an meinen Verlag Tinte & Feder und dem ganzen Team, besonders meiner Editorin Jenny Brodski, die mich nach der Lektüre meines Exposés gefragt hat, ob ich daraus nicht eine Reihe machen möchte. Tatsächlich hatte ich genau das schon im Hinterkopf und so habe ich natürlich gerne zugesagt.

Außerdem danke ich wie immer meinen lieben Freundinnen und Kolleginnen für ihre mentale Unterstützung, gemeinsame Essen, Apérol auf der Dachterrasse, gute Gespräche. So schön, dass es euch gibt.

Besonders danke ich wieder meinem Mann, der immer als Erstleser herhalten muss, meinen Söhnen und unserer Hündin Bonnie. Ohne euch wäre alles nichts.

Und ohne nettes Feedback und den Zuspruch von euch, meinen Leserinnen und Lesern, wäre das Schreiben eindeutig viel weniger schön. Ich nehme euch so gerne mit auf meine Reisen, in die Sonne, ans Meer.

Auch diesmal könnt ihr euch auf köstliche, mallorquinische Rezepte freuen, die die Freundinnen zubereitet haben. Genießt es, esst dabei ein paar gesunde Oliven und träumt euch auf diese wunderschöne Insel!

Eure Anja Saskia Beyer

Folgt mir gerne im Internet:

www.Anja-Saskia-Beyer.com (tragt euch gerne in meinen Newsletter ein)
www.facebook.com/AnjaSaskiaBeyer
www.instagram.com/AnjaSaskiaBeyer

Mallorquinische »Inselliebe«-Rezepte

Josys Macadamia-Cookies mit mallorquinischem Fleur de Sel

Zutaten:

70 g Zartbitterschokolade
100 g Macadamia-Nüsse (gehackt)
100 g Butter (weich)
175 g Rohrzucker (braun)
1/2 TL Vanille (gemahlen)
1 Prise Meersalz
1 Ei
230 g Weizenmehl
1 Prise Backpulver
Fleur de Sel zum Bestreuen

Zubereitung:

Den Ofen mitsamt Backblech auf 180 °C (Ober- und Unterhitze) vorheizen. Anschließend die Macadamias und Schokolade grob hacken.

Die weiche Butter mit Zucker, Vanille und Meersalz verrühren. Das Ei hinzugeben und den Teig schaumig schlagen. Anschließend das Mehl mit Backpulver vermengen und zu der Teigmasse geben. Zum Schluss noch Schokolade und Macadamias unter den Teig heben. Achtung: Vorher ein paar Macadamiastücke beiseitelegen.

Mithilfe eines Löffels den Teig portionieren und in kleine Kugeln formen.

Die Kugeln dann auf ein Backblech mit Backpapier legen und etwas flach drücken. Die Macadamia-Cookies sollen genügend Abstand zueinander haben, damit sie nicht zusammenbacken.

Die Cookies anschließend mit etwas Fleur de Sel bestreuen und die restlichen Macadamiastücke dekorativ darauf platzieren.

Im unteren Drittel des Ofens für etwa 12 Minuten backen, anschließend mindestens 10 Minuten abkühlen lassen.

Mallorquinische Coca de Albaricoques (Aprikosenkuchen)

Zutaten:

3 El Zucker
3 Eier
110 g Butter
1 große Tasse lauwarme Milch
1 Würfel frische Hefe, gut zerkleinert
800 g Mehl
geriebene Zitronenschale
etwas Zimt
eine Prise Salz
circa zwei Handvoll frische Aprikosen (oder anderes Obst – geht auch aus der Dose)

Zubereitung:

Die lauwarme Milch und Hefe in eine Schüssel geben und verrühren. Eier und Zucker hinzufügen und gut vermischen. Dann Mehl, Zitronenschale, eine Prise Salz und Zimt beigeben und die Mischung gut kneten. Dazu sollte man die Masse mehrmals mit einem Messer in einzelne Teile schneiden und wieder vermengen.

Teig in der mit einem Tuch zugedeckten Schüssel eine halbe Stunde ruhen lassen. Danach das Schweineschmalz oder die Butter beigeben, noch einmal kneten (die Hände mit etwas Öl anfeuchten).

Noch einmal für eine halbe Stunde ruhen lassen. Ein Backblech einfetten – auf Mallorca gibt es besondere Backformen für die Coca (Bandaja de Cocas), die auf jedem Wochenmarkt zu bekommen sind – und die Masse darauf verteilen. Der Teig sollte nicht zu dick aufgestrichen werden.

Blech oder Form an einen warmen Ort stellen und den Teig aufgehen lassen. Wenn er das doppelte Volumen hat, die halbierten und entkernten frischen Aprikosen mit der Schnittseite nach oben in Abständen auflegen. Die Vertiefungen mit etwas Aprikosenmarmelade auffüllen.

Die gesamte Teigoberfläche mit Zucker und etwas Zimt bestreuen und im heißen Ofen bei 180 °C (Ober- und Unterhitze) circa 20–25 Minuten backen, bis die Ränder goldgelb sind.

Teresas Thunfisch-Empanadas mit Mojo verde

Zutaten für 8 Personen:

75 g kalte Butter
275 g Mehl
1 Ei
1 Msp. Salz
Kurkuma
1 EL Weißwein-Essig
1 Dose (185 g) Thunfisch in Öl
3 Lauchzwiebeln
1 Päckchen (0,13 g) gemahlener Safran
Pfeffer
1 kleines Bund Koriander
1 kleines Bund Petersilie
2 Knoblauchzehen
1 Biozitrone
6 EL Olivenöl
1 TL Zucker
2 Eigelb
2 EL Schlagsahne
etwas Mehl für die Arbeitsplatte
Frischhaltefolie

Zubereitung:

Die etwas weiche Butter zerschneiden. Mehl und Butter mit den Händen verkneten. Ei, 75 ml lauwarmes Wasser, 1 Prise Salz, Kurkuma und Essig mit dem Mehl vermengen. Mit dem Handrührgerät (Knethaken), dann mit den Händen zu einem

Teig verkneten. Teig in Folie wickeln, circa 30 Minuten kalt stellen.

Nun den Thunfisch abtropfen lassen und zerzupfen. Lauchzwiebeln putzen, waschen und fein schneiden. Thunfisch, Lauchzwiebeln und Safran untermengen, mit Salz und Pfeffer abschmecken.

Für die Mojo verde: Koriander und Petersilie waschen, trocken schütteln, Blätter von den Stielen zupfen und bis auf einige zum Garnieren grob zerzupfen. Knoblauch schälen und hacken. Zitrone heiß waschen, trocken reiben, die gelbe Schicht der Schale fein abraspeln, dann Saft aus der Zitrone pressen. Kräuter, Knoblauch, abgeriebene Zitronenschale und -saft, Öl und Zucker in einem hohen Gefäß mit einem Zauberstab fein pürieren. Mit Salz und Pfeffer abschmecken.

Eigelbe mit Sahne verquirlen. Teig nochmals mit den Händen durchkneten. Dann auf einer bemehlten Arbeitsfläche circa 3 mm dünn ausrollen und Kreise (ca. 8 cm Ø) ausstechen. Insgesamt circa 24 Kreise ausstechen, dabei Teigreste verkneten und erneut ausrollen, bis der Teig aufgebraucht ist.

Je circa 1 TL der Thunfisch-Füllung auf einen Teigkreis geben, Ränder mit Eigelb bestreichen und jeweils die Hälfte des Teigkreises über die Füllung klappen, sodass ein gefüllter Halbkreis entsteht. Ränder gut andrücken.

Empanadas mit Eigelb-Mix bestreichen und auf 1 bis 2 mit Backpapier ausgelegte Backbleche verteilen. Eventuell blechweise im vorgeheizten Backofen (E-Herd: 200 °C /

Umluft: 175 °C / Gas: s. Herstellerangabe) circa 25 Minuten goldbraun backen. Empanadas aus dem Ofen nehmen, etwas abkühlen lassen, auf einem Teller anrichten und mit den restlichen Kräuterblättchen garnieren. Mojo verde dazureichen.

Matildas Kartoffel-Mangold-Frikadellen mit Salat:

Zutaten für die Frikadellen:

4 große Kartoffeln
1 Zwiebel
1 Ei
etwas frisch geriebene Muskatnuss
1 El Kartoffelmehl
etwas Meersalz aus der Mühle
etwas bunter Pfeffer aus der Mühle
80 g Mangold
2 El frisch gehackte Petersilie
Rapsöl zum Braten

Für den Salat:
1 Zwiebel, in Halbringe geschnitten
2 Knoblauchzehen, fein geschnitten
Rapsöl zum Braten
80 g Mangold
etwas frisch geriebene Muskatnuss
Meersalz aus der Mühle
Pfeffer aus der Mühle
1 EL Crème fraîche
10 Cherrytomaten, halbiert

Zubereitung:

Kartoffeln schälen, im Wasser ohne Salz gar kochen, durch eine Kartoffelpresse in eine Schüssel passieren oder mit Kartoffelstampfer zu Mus stampfen. Die Zwiebel schälen, klein würfeln und im erhitzten Öl kurz andünsten. Vom Herd nehmen, etwas abkühlen lassen und zu den Kartoffeln geben.

Mangoldblätter unter fließendem Wasser waschen und kurz (weniger als 1 Minute) in Salzwasser blanchieren, kalt abschrecken, abseihen und grob schneiden. Mangold, Petersilie, Ei und Kartoffelmehl hinzufügen. Mit Salz, Pfeffer und Muskat kräftig würzen. Alles gut miteinander vermengen. Öl in einer Pfanne erhitzen. Aus der vorbereiteten Masse kleine Frikadellen in die Pfanne setzen, je nach Größe pro Seite circa 4–5 Minuten »goldig« braten.

Für den Salat: In einer separaten Pfanne das Öl erhitzen, Zwiebel und Knoblauch zugeben und unter Rühren andünsten. Mangold mit siedendem Wasser übergießen, kalt abschrecken, abtropfen, dazugeben und kurz mitdünsten. Mit Salz, Pfeffer, Muskat würzen und mit Crème fraîche verfeinern. Alles kurz ziehen lassen.

Die Kartoffel-Mangold-Frikadellen auf Teller platzieren, den Salat und die halbierten Cherrytomaten darüber verteilen.

Buen provecho, guten Appetit!

Printed in Germany
by Amazon Distribution
GmbH, Leipzig

29823269R00166